DIESES BUCH GEHÖRT:

Die drei !!!

Maja von Vogel

Die drei !!!

1, 2, 3 – Halloween!

Kosmos

Umschlagillustration von Ina Biber, Gilching
Umschlaggestaltung von Sabine Reddig

FSC
www.fsc.org
MIX
Papier aus verantwortungsvollen Quellen
FSC® C014496

Gedruckt auf chlorfrei gebleichtem Papier

ISBN 978-3-440-16222-4
Redaktion: Lea Hille
Produktion: Lena Geiger
Satz: DOPPELPUNKT, Stuttgart
Druck und Bindung: GGP Media GmbH, Pößneck
Printed in Germany/Imprimé en Allemagne

Die drei !!!

1, 2, 3 – Halloween!

Maja von Vogel

Die drei !!!

Tatort Geisterhaus

Kosmos

Die drei !!!

Tatort Geisterhaus

Sonntagsausflug nach Billershausen

»Wer zuerst an der alten Eiche ist!«
Michi schoss auf seinem Fahrrad an Kim vorbei. Seine dunkelbraunen Haare flatterten im Wind.
»Na warte, dich krieg ich!« Kim beugte sich vor und trat in die Pedalen. Die Bäume am Wegesrand sausten vorüber, während sie immer schneller den Hügel hinabrollte. Irgendwo weiter vorne ertönte Michis siegessicheres Lachen. Aber wenn er dachte, sie würde sich kampflos geschlagen geben, hatte er sich geirrt. Kim schaltete einen Gang hoch und steigerte das Tempo, bis ihr der Fahrtwind Tränen in die Augen trieb. Langsam, aber sicher verringerte sich der Abstand zwischen ihr und Michi, bis sie gleichauf waren.
»Hilfe, Angriff von hinten!«, rief Michi in gespielter Angst. Kim warf ihm einen schnellen Seitenblick zu. Ein Fehler, denn das Funkeln seiner blaugrünen Augen brachte sie wie immer völlig aus dem Konzept. Sie vergaß einen Moment zu treten und Michi zog jubelnd an ihr vorbei.
»Gewonnen!« Mit einer knappen Länge Vorsprung erreichte er die alte Eiche, ließ das Fahrrad ausrollen und hielt an.
»Aber nur, weil du geschummelt hast.« Kims Atem ging stoßweise, als sie neben Michi bremste. Sie stieg ab, lehnte ihr Rad gegen einen Baum und warf sich keuchend ins Gras am Wegesrand.
»Ich? Niemals!« Michi ließ sich neben ihr nieder und küsste ihr die Schweißtropfen von der Stirn.

»Doch!«, protestierte Kim schwach. »Du hast mich abgelenkt und dann …« Weiter kam sie nicht, denn Michis Lippen hatten ihren Mund erreicht und sie versanken in einem langen Kuss. Kim vergaß alles um sich herum. Sie hätte Michi ewig weiterküssen können, aber das schrille Läuten zweier Fahrradklingeln riss sie unsanft von ihrer rosaroten Wolke. Marie und Franzi rollten auf ihren Rädern den Hügel hinab und kamen breit grinsend neben Kim und Michi zum Stehen. »Sieh dir unsere zwei Turteltauben an, sind sie nicht süüüß?«, flötete Marie.
Franzi nickte. »Herzallerliebst! Und ich habe Kim noch nie so schnell radeln sehen – ab heute nenne ich dich nur noch ›roter Blitz‹!«
Kim strich ihre rote Kapuzenjacke glatt. »Liebe verleiht eben Flügel«, stellte sie fest und kuschelte sich an Michi. Die spöttischen Kommentare ihrer Freundinnen prallten einfach an ihr ab. Sie war viel zu glücklich, um sich zu ärgern. Genießerisch hielt sie ihr Gesicht in die Sonne, während eine leichte Brise mit ihren kurzen braunen Haaren spielte. »Ist das nicht ein herrlicher Tag für einen Ausflug?«
Michi nickte. »Wer hätte gedacht, dass es Ende September noch mal so warm wird?« Er legte den Arm um Kim und drückte sie an sich.
Franzi sah auf die Uhr. »Ich will ja nicht drängeln, aber wir sollten lieber weiterfahren, sonst wird es zu spät.«
»Du hast recht.« Michi erhob sich. »Das Licht ist perfekt zum Fotografieren. Es wäre schade, wenn wir es verpassen.« Er streckte Kim die Hand hin und half ihr beim Aufstehen.
Seufzend ging Kim zu ihrem Fahrrad und stieg auf. Vor lau-

ter Verliebtheit hätte sie fast vergessen, dass ihre sonntägliche Radtour leider kein reiner Vergnügungsausflug war, sondern einen ernsten Hintergrund hatte. Sie war mit Franzi, Marie und Michi unterwegs nach Billershausen, um Fotos von Oma Lottis Haus zu machen. Franzis Oma hatte vor einiger Zeit einen Schlaganfall gehabt, war seitdem pflegebedürftig und lebte bei Franzis Familie. Es ging ihr zwar schon wieder etwas besser, aber es war klar, dass sie nie mehr alleine wohnen konnte. Deshalb hatte sie sich schweren Herzens dazu durchgerungen, ihr geliebtes Haus zu verkaufen.

»Wirklich nett von dir, Michi, dass du dich bereit erklärt hast, die Fotos für die Immobilienanzeige im Internet zu machen«, sagte Franzi, als sie in gemächlichem Tempo auf dem gewundenen Radweg nach Billershausen weiterradelten.

»Kein Problem.« Michi lächelte. »So kann ich gleich meine neue Kamera ausprobieren. Mein Vater hat sie mir zum Schnäppchenpreis verkauft, weil es ein Auslaufmodell ist.«

Herr Millbrandt, Michis Vater, betrieb ein kleines Elektrogeschäft in der Innenstadt, in dem Michi manchmal aushalf, wenn er nicht gerade damit beschäftigt war, für seine Ausbildung zum chemisch-technischen Assistenten zu lernen. Michi interessierte sich für alles, was mit Chemie zu tun hatte, und führte liebend gerne komplizierte Experimente durch. Kim, Franzi und Marie hatten seine Kenntnisse schon oft in Anspruch genommen, wenn sie mit ihrem Detektivclub *Die drei !!!* mal wieder einen kniffligen Fall lösten und einen Experten in chemischen Fragen brauchten.

»Seht mal, dort drüben!« Marie zeigte auf ein Riesenrad, das sich in der Ferne hinter den Baumwipfeln langsam drehte.

Daneben waren die geschwungenen Schienen einer Achterbahn zu sehen. Sie glänzten im Sonnenlicht. »Im Freizeitpark herrscht bei dem Wetter bestimmt Hochbetrieb.«
Der Freizeitpark *Sugarland* lag vor den Toren Billershausens und war ein richtiger Touristenmagnet. An den Wochenenden und in den Ferien war das Gelände oft völlig überlaufen.
Franzi seufzte und starrte stur geradeaus. Kim ahnte, woran ihre Freundin dachte. »Du vermisst Felipe, oder?«, fragte sie leise.
Franzi nickte. »Er ist jetzt schon zwei Wochen weg. Und es dauert noch schrecklich lange, bis er zurückkommt.«
Franzis Freund Felipe war Halbmexikaner. Seine Mutter Juana betrieb ein Restaurant im *Sugarland* und Franzi hatte ihn oft dort besucht. Aber vor vierzehn Tagen war Felipe in den Flieger gestiegen, um in Mexiko ein mehrmonatiges Praktikum zu absolvieren.
»Wie geht es Felipe denn so in seiner alten Heimat?«, erkundigte sich Michi, der hinter Franzi und Kim radelte. »Gefällt ihm das Praktikum?«
Franzi seufzte noch einmal. »Und wie! So begeistert, wie er mir bei unserem letzten Telefonat von seiner Arbeit im Museum erzählt hat, hatte ich beinahe Angst, dass er gar nicht mehr wiederkommen will.«
»Unsinn!« Marie fuhr an der Spitze und trat gleichmäßig in die Pedale. »Wetten, dass Felipe dich mindestens genauso vermisst wie du ihn?«
»So oft, wie er dir simst und mailt, ist es erstaunlich, dass er überhaupt noch Zeit für sein Praktikum hat«, stellte Kim kichernd fest.

Franzi musste lachen. »Stimmt eigentlich. Heute Abend sind wir mal wieder zum Skypen verabredet. Ich freu mich schon!«
»Grüß ihn von mir«, bat Michi, der auch mit Felipe befreundet war. Beide beschäftigten sich begeistert mit Pyrotechnik und hatten gemeinsam schon einige beeindruckende Feuerwerkshows konzipiert und durchgeführt.
»Mach ich.« Franzis Laune schien sich augenblicklich zu bessern, sobald das Riesenrad hinter den Bäumen verschwunden war. Rasant nahm sie die nächste Kurve und rief Marie zu: »Was macht denn Holger heute?«
»Er packt.« Jetzt war es Marie, die mit düsterer Miene auf die Straße starrte.
»Wieso denn?«, fragte Kim erschrocken. »Er zieht doch nicht etwa schon wieder um?«
Maries Freund war erst vor Kurzem mit seiner Mutter und seinen kleinen Geschwistern von Billershausen ins Ostviertel gezogen, ganz in Maries Nähe. Seitdem konnten sich die beiden so oft sehen, wie sie wollten, was sie sehr genossen.
»Nein, er fährt morgen in ein Sportcamp, das seine Schule organisiert«, verkündete Marie mit Grabesstimme. »Er wird eine ganze Woche fort sein.« Sie seufzte theatralisch. »Wie soll ich das nur aushalten?«
Kim und Franzi wechselten einen belustigten Blick und prusteten los. Marie – Tochter des berühmten Schauspielers Helmut Grevenbroich – wollte später selbst Sängerin oder Schauspielerin werden und liebte das ganz große Drama. Aber manchmal schoss sie ein wenig übers Ziel hinaus.
»Und ich dachte schon, es wäre etwas Ernstes«, sagte Franzi spöttisch.

»Es *ist* ernst!«, verteidigte sich Marie. »Ohne Holger wird mein armes Herz vertrocknen wie eine Primel in der Wüste.«
»Findest du nicht, dass du ein bisschen übertreibst?«, fragte Kim vorsichtig. »Holger ist doch nur eine Woche verreist.«
»Genau, und das ist wirklich keine Ewigkeit«, ergänzte Franzi leicht genervt. »Was soll ich denn sagen? Felipe ist schließlich mehrere Monate weg.«
»Du hast recht.« Marie warf ihrer Freundin einen mitfühlenden Blick zu. »Entschuldige, das war wirklich nicht besonders sensibel von mir.«
»Kein Problem«, sagte Franzi versöhnlich. Sie war zwar manchmal etwas aufbrausend, aber dafür alles andere als nachtragend. »Zum Glück haben wir ja noch uns und unseren Club. Detektivarbeit ist die beste Ablenkung bei Liebeskummer, die man sich vorstellen kann.«
»Ja, aber dafür brauchen wir erst mal einen neuen Fall«, stellte Kim fest. »Im Moment herrscht leider totale Flaute.«
»Keine Sorge, der nächste Fall kommt bestimmt«, sagte Franzi zuversichtlich.
»Wir sind da, Mädels!«, rief Michi von hinten. Tatsächlich fuhren sie gerade am Ortseingangsschild vorbei.
»Na endlich.« Kim atmete erleichtert auf. Nach dem Wettrennen mit Michi waren ihr auf den letzten Kilometern die Beine ganz schön schwer geworden. Sie hatte sich noch nie sonderlich für Sport begeistern können und die Strecke nach Billershausen brachte sie körperlich ziemlich an ihre Grenzen. Zum Glück hatte sie ihre Fitness im Sommer durch regelmäßige Radtouren und Besuche im Waldschwimmbad etwas steigern können.

Gemächlich radelten die drei !!! und Michi durch das kleine Dorf bis zu Oma Lottis Haus. Es lag etwas außerhalb direkt am Waldrand. Die Sonne stand knapp über den Baumwipfeln und ihre schrägen Strahlen ließen die Fenster aufblitzen. Kim war schon oft hier gewesen und wieder einmal kam ihr der Gedanke, dass das Haus von Franzis Oma wie ein verwunschenes Hexenhäuschen wirkte.

»Ich mache schnell ein paar Fotos, ehe die Sonne hinter dem Wald verschwunden ist.« Michi sprang vom Rad, packte seine neue Kamera aus und begann sofort zu knipsen.

Kim lehnte ihr Rad gegen den Gartenzaun und wischte sich den Schweiß von der Stirn. Die Septembersonne hatte noch erstaunlich viel Kraft und die lange Radtour hatte Kim durstig gemacht. Sie holte eine Wasserflasche aus ihrem Rucksack und trank gierig. Dann gab sie die Flasche an Marie weiter und beschloss, sich als Belohnung für die Strapazen einen Schokoriegel zu genehmigen. Kim liebte Schokolade und Süßigkeiten über alles und hatte immer eine Notration dabei, falls sie unterwegs eine Heißhunger-Attacke überkam.

Franzi stand neben Kim am Zaun und blickte wehmütig auf den verwilderten Garten. Oma Lottis Gemüsebeet war von Unkraut überwuchert und der Rasen stand viel zu hoch. »Früher war der Garten immer picobello. Das Gemüsebeet war Omas ganzer Stolz, sie hätte auf keinen Fall zugelassen, dass es so herunterkommt. Und nun wird sie nie wieder in ihrem geliebten Garten Unkraut zupfen.« Franzis Stimme klang ziemlich wackelig.

Kim legte ihr den Arm um die Schultern. »Dafür wohnt sie jetzt bei euch und ihr könnt euch jeden Tag sehen.«

»Genau.« Marie hatte einen Schluck Wasser getrunken und reichte Franzi die Flasche. »Ist doch toll, dass sie nach dem Schlaganfall wieder sprechen gelernt hat und sogar allmählich immer besser laufen kann.«
»Stimmt.« Franzi lächelte tapfer, während sie mit der Wasserflasche herumspielte. »Gestern haben wir einen kleinen Spaziergang durch unseren Garten gemacht. Mit dem Gehwagen hat es ganz gut funktioniert. Aber bei den Mahlzeiten braucht sie noch Hilfe und eigentlich darf man sie nie allein lassen. Ich sag's euch, Mama ist ganz schön gestresst.« Frau Winkler trug die Hauptlast der Pflege, aber ihr Mann, Franzi und ihre älteren Geschwister Stefan und Chrissie halfen, wo sie konnten.
»Das wird bestimmt bald besser«, sagte Kim zuversichtlich. »Hat Stefan denn inzwischen ein Zimmer in Aussicht?«
Franzis Bruder suchte schon länger eine eigene Bleibe, um endlich frei und unabhängig zu sein. Leider war es für ihn als Studenten nicht leicht, etwas Bezahlbares zu finden. Doch allmählich gab es ein akutes Platzproblem bei Winklers, da Franzi für Oma Lotti ihr Zimmer geräumt hatte und seitdem mit ihrer sechzehnjährigen Schwester Chrissie zusammenwohnte – was zu täglichen Reibereien führte und Franzis Nerven manchmal bis aufs Äußerste strapazierte.
Franzis Miene hellte sich auf. »Stimmt, das hab ich euch ja noch gar nicht erzählt! Stefan hat endlich ein günstiges WG-Zimmer in der Innenstadt gefunden, ganz nah bei der Uni. Er kann schon nächstes Wochenende einziehen.«
»Toll!« Marie lächelte Franzi zu. »Dann musst du dich ja bald nicht mehr mit Chrissie herumärgern.«

Franzi nickte froh. »Und das Beste ist: Stefans Zimmer ist viel größer als meins, da hab ich jede Menge Platz. Ich freu mich schon total darauf, es einzurichten.«

»Das sind doch wirklich gute Neuigkeiten«, stellte Kim fest. Während Marie ihren Schminkspiegel hervorholte und ihr Make-up auffrischte, beobachtete Kim, wie Michi ein Bild nach dem anderen schoss. Er wirkte völlig versunken, wie immer, wenn ihm etwas wirklich Spaß machte. Das Sonnenlicht malte helle Kringel in sein dunkles Haar und eine vorwitzige Strähne fiel ihm immer wieder in die Stirn. Kim wurde warm ums Herz. Am liebsten wäre sie zu Michi gegangen und hätte ihm einen Kuss auf die Lippen gedrückt, aber sie wollte ihn nicht beim Fotografieren stören.

Stattdessen folgte sie Franzi durch das kleine Tor in den Garten. Franzi schnappte sich eine mit Regenwasser gefüllte Gießkanne und goss die Rosen, die in einem kleinen Beet vor dem Haus immer noch so üppig blühten, als wollten sie es nicht wahrhaben, dass der Sommer eigentlich schon zu Ende war.

»Papa muss wirklich bald mal herkommen und den Rasen mähen«, sagte Franzi. »Das hat er schon seit Wochen vor, aber es kommt immer etwas dazwischen.«

»Sollen wir drinnen kurz nach dem Rechten sehen, wo wir schon mal hier sind?«, fragte Kim.

Franzi stellte die Gießkanne ab und zog nachdenklich die beiden Haargummis fest, die ihre roten Zöpfe zusammenhielten. Sie sah zu den schmutzigen Fenstern empor, hinter denen die leere Stille von Oma Lottis Haus lauerte. Im Küchenfenster, wo früher immer ein frischer Blumenstrauß

gestanden hatte, prangte jetzt gut sichtbar das ZU-VERKAUFEN-Schild mit der winklerschen Telefonnummer. Da bisher kein einziger Interessent angerufen hatte, waren Franzis Eltern zu dem Entschluss gekommen, es nun mit einer Immobilienanzeige im Internet zu versuchen.
»Nein, ich glaube, ich will lieber nicht ins Haus.« Franzi zögerte. »Ohne Oma Lotti ist es einfach nicht dasselbe.«
Kim nickte langsam. »Das kann ich gut verstehen. Es ist schwer vorstellbar, dass bald andere Leute hier leben werden.« Aber es war mehr als das. Ohne Lotti Winkler hatte das Haus seine Seele verloren. »Ich schau mal nach, wie weit Michi ist.« Kim drückte kurz Franzis Arm, dann marschierte sie um die Hausecke in den rückwärtigen Teil des Gartens. Am besten, sie machten sich zügig auf den Heimweg, sobald Michi mit den Fotos fertig war, damit Franzi nicht noch trauriger wurde.
Aber hinter dem Haus war niemand. Der Garten lag bereits im Schatten des Waldes, der direkt an den Zaun grenzte. Er wurde Märchenwald genannt und viele alte Legenden rankten sich um ihn. Wie stumme Wächter ragten die hohen Bäume hinter dem Garten auf und zwischen ihren Stämmen sammelte sich bereits die Dunkelheit. Eine kühle Brise ließ das lange Gras rascheln. Kim fröstelte und schlang beide Arme um den Oberkörper.
»Michi?«, rief sie leise und ärgerte sich, weil ihre Stimme so unsicher klang. Sie konnte sich die Angst, die sie auf einmal überkam, nicht erklären. Es war später Nachmittag und dies war Oma Lottis Garten. »Es gibt keinen Grund, sich zu fürchten«, sagte Kim laut, um sich selbst Mut zu machen.

Sie beschloss, zu den anderen zurückzugehen. Als sie sich zum Haus umdrehte, fiel ihr Blick auf eins der Fenster im oberen Stockwerk. Ein letzter Sonnenstrahl ließ die schmutzige Scheibe aufblitzen. Kim zuckte zusammen. Was war das? War da nicht eine Bewegung gewesen? Sie trat einen Schritt zurück und meinte, einen Schatten hinter der Scheibe wahrzunehmen. Aber dann versank die Sonne endgültig hinter dem Wald und das Fenster starrte dunkel und trübe auf Kim herab, als wäre es fest entschlossen, sein Geheimnis nicht preiszugeben.

Kim schüttelte den Kopf. »So ein Unsinn«, murmelte sie. »Wahrscheinlich hab ich mir alles nur eingebildet.«

Sie versuchte, die Gänsehaut zu ignorieren, die sich auf ihren Armen ausgebreitet hatte, und hastete mit gesenktem Kopf um die Hausecke. Plötzlich stieß sie mit jemandem zusammen und schrie auf.

»Immer mit der Ruhe, ich bin's doch nur«, sagte eine vertraute Stimme.

Kim blickte auf. »Michi!«

Michi grinste. »Wen hast du denn erwartet?« Er wurde ernst. »He, was ist los? Du siehst aus, als hättest du einen Geist gesehen.«

Kim lächelte gequält. »Nein, ich hab nur …« Sie winkte ab. »Vergiss es, meine Fantasie hat mir einen Streich gespielt, nichts weiter.«

Michi legte den Arm um Kims Schultern und drückte sie sanft an sich. »Das wundert mich gar nicht. Ich kenne niemanden, der so viel Fantasie hat wie du. Darum wirst du später bestimmt auch eine supererfolgreiche Autorin.«

Michis Nähe beruhigte Kim augenblicklich. Ihr Herzschlag normalisierte sich wieder und die Gänsehaut verschwand. Sie verzog das Gesicht. »Das erinnert mich daran, dass ich schon ewig keine Schreibübung mehr gemacht habe. Wenn ich weiter so faul bin, kann ich meine Schriftstellerinnen-Karriere vergessen.«

Es war schon lange Kims Traum, irgendwann eine berühmte Krimiautorin zu werden. Früher hatte sie regelmäßig Kurzgeschichten geschrieben, aber seit sie den Detektivclub gegründet hatte, fehlte ihr meistens die Zeit dazu.

»Du schaffst das schon«, sagte Michi zuversichtlich, während sie eng umschlungen zur Vorderseite des Hauses schlenderten.

»Da sind ja unsere zwei Verliebten!« Marie stand neben ihrem Fahrrad und strich sich grinsend eine lange, blonde Haarsträhne hinter das Ohr.

»Können wir?« Franzi saß bereits auf ihrem Rad. »Ich muss pünktlich zu Hause sein. Meine Eltern haben heute Abend noch einen Termin und ich soll bei Oma Lotti bleiben.«

»Klar, ich hab alles im Kasten.« Michi nahm den Arm von Kims Schultern und packte die Kamera, die noch um seinen Hals hing, vorsichtig wieder ein. »Ich lade die Fotos nachher hoch und mail dir die besten rüber, okay, Franzi?«

Franzi nickte. »Toll, danke. Komm doch morgen Nachmittag mit uns ins *Café Lomo*, dann spendier ich dir einen *Kakao Spezial* als kleine Gegenleistung.«

»Morgen hab ich leider keine Zeit«, sagte Michi bedauernd. »Mein Bruder wird aus dem Gefängnis entlassen und ich hab versprochen, ihn abzuholen.«

Marie zog eine Augenbraue hoch. »Frank wird entlassen?«
Michi nickte. »Ich freu mich total darauf, ihn endlich wiederzusehen. Ich hab ihn zwar ein paar Mal im Gefängnis besucht, aber das ist einfach nicht dasselbe.«
»Kann ich mir vorstellen«, sagte Franzi. »Hoffentlich hat er was aus der Haft gelernt.«
»Und ob«, versicherte Michi eifrig. »Er hat sich völlig verändert. Er will ein neues Leben anfangen und sein Geld nur noch mit ehrlicher Arbeit verdienen.«
»Ein weiser Entschluss«, stellte Marie fest, während sie auf ihr Fahrrad stieg.
Kim schwieg. Michis älterer Bruder war den drei !!! bei ihrem allerersten Fall begegnet. Sie hatten seine kriminellen Machenschaften aufgedeckt und ihn hinter Gitter gebracht. Lange war Frank ein absolutes Tabuthema zwischen Kim und Michi gewesen. Kim hatte lieber verdrängt, dass ihr Freund mit einem verurteilten Verbrecher verwandt war. Doch kürzlich hatten sie sich endlich ausgesprochen. Trotzdem machte Kim die Sache immer noch zu schaffen. Was, wenn Franks Versprechungen nur leere Worte waren?
»Kommst du, Kim? Wir wollen los!« Franzis Stimme riss Kim aus ihren Grübeleien.
»Bin schon da!« Hastig schwang sich Kim in den Sattel und trat in die Pedale. Der Fahrtwind blies die düsteren Gedanken aus ihrem Kopf. Sie beschloss, nicht länger über Frank nachzudenken, dafür war dieser Tag viel zu schön.
Lachend und schwatzend bogen die drei !!! und Michi um die Ecke. Oma Lottis Haus blieb einsam zurück. Im Schatten des Waldes wirkte es mehr denn je wie ein Hexenhaus.

Eine unheimliche Entdeckung

Geheimes Tagebuch von Kim Jülich
Montag, 18:03 Uhr
Achtung: Lesen für Unbefugte (alle außer Kim Jülich) streng verboten! Das gilt auch für Ben und Lukas, die nervigsten Zwillingsbrüder aller Zeiten. Wehe, ihr vergreift euch an meinen privaten Aufzeichnungen, dann könnt ihr was erleben!
Ich bin total durcheinander. Gerade hat Michi angerufen und ganz begeistert von seinem Wiedersehen mit Frank erzählt. Er hat seinen Bruder vom Gefängnis abgeholt und ihn zur Feier des Tages in die Eisdiele eingeladen, in der er manchmal jobbt. Offenbar haben sich die beiden prima verstanden und jetzt will Michi seinem Bruder helfen, im normalen Leben Fuß zu fassen. Ich finde es ja eigentlich total süß von Michi, dass er seinen Bruder unterstützen will. Aber jetzt kommt's: Michi hat gefragt, ob wir morgen zu dritt ins Lomo *gehen wollen, damit ich Frank richtig kennenlernen kann. Vor lauter Überraschung hab ich einfach zugestimmt, doch jetzt würde ich Michi am liebsten anrufen und das Date absagen. Wenn ich an Frank denke, habe ich immer noch so ein komisches Gefühl. Ich kann einfach nicht vergessen, wie er Marie, Franzi und mich bei unserem ersten Fall kaltblütig im Keller des Elektroladens eingesperrt und bedroht hat. Ob er wirklich ein anderer Mensch geworden ist?*
Was soll ich nur tun? Ich will Michi nicht vor den Kopf stoßen, aber ich bin mir auch nicht sicher, ob ich es schaffe, Frank unvoreingenommen gegenüberzutreten …
Mist, mein Handy klingelt, ich muss Schluss machen. Bis später!

Hastig speicherte Kim die Datei und schloss das Dokument, damit es vor den neugierigen Zwillingen sicher war. Ihr geheimes Tagebuch war Kim absolut heilig, nicht einmal Marie und Franzi durften es lesen. Dann griff sie nach ihrem Handy.

»Hallo, Franzi, was gibt's?«

»Kim! Du musst herkommen! Sofort!« Franzis Stimme klang abgehackt und außer Atem.

Kim setzte sich auf. »Was ist los?«, fragte sie alarmiert. »Steckst du in Schwierigkeiten?«

»Nein, ich …« Franzi holte tief Luft. »Ich habe etwas Unglaubliches entdeckt.«

»Was denn?«

»Nicht am Telefon! Komm so schnell wie möglich her, okay?«

»Das geht nicht. Mama ist einkaufen und ich bin allein mit den Zwillingen.«

»Na gut, dann komme ich eben zu dir. Sag Marie Bescheid, ja? Bis gleich!«

»Aber …«, begann Kim, doch Franzi hatte schon aufgelegt. Irritiert betrachtete Kim ihr Handy. »Typisch!«, murmelte sie. »Dass es bei uns in einer halben Stunde Abendessen gibt, ist Fräulein Winkler natürlich komplett egal.«

Kims Mutter nahm es mit den Essenszeiten leider ziemlich genau. Und sie legte großen Wert darauf, dass die ganze Familie gemeinsam am Tisch saß. Aber Kim würde Franzi trotzdem nicht hängen lassen, das war Ehrensache. Außerdem war sie auch ein klitzekleines bisschen neugierig. Was hatte Franzi entdeckt?

Sensationelle zehn Minuten später klingelte es. Kim spurtete zur Haustür.

»Wahnsinn!« Kim sah beeindruckt von Marie zu Franzi. »Bist du geflogen, Franzi? Oder wie hast du es sonst so schnell hierher geschafft?«

Franzi grinste. »James Bond hat mich in seinem Superflitzer mitgenommen. Wir haben auf der Fahrt alle Gangster mit Überschallgeschwindigkeit abgehängt.« Sie winkte ihrem Bruder Stefan zu, dessen alter, klappriger Opel vor dem jülichschen Gartentor stand. Stefan hupte kurz, dann knatterte der Opel davon.

»Was ist denn das für eine alte Gurke?« Kims kleiner Bruder Ben war neben ihr auf der Türschwelle aufgetaucht. Er sah dem Opel mit gerümpfter Nase nach.

»Der Schrotthaufen fällt ja fast auseinander«, fügte sein Zwillingsbruder Lukas hinzu und drängelte Kim zur Seite, um auch einen Blick auf die Straße werfen zu können.

Kim seufzte. Das war mal wieder typisch. Die Zwillinge waren wie Pech und Schwefel und tauchten leider immer im Doppelpack auf. Entgegen jeder mathematischen Logik entwickelten sie dabei allerdings das zehnfache Nervpotenzial.

Marie beugte sich zu den Jungs hinunter. »Ihr habt echt keine Ahnung!« Sie senkte die Stimme. »Das war James Bond in seinem Superflitzer mit Düsenantrieb und Spezialausstattung.«

»Ach ja?« Ben grinste herausfordernd. »Und warum sah die Karre dann aus wie ein rostiger Opel?«

Marie verdrehte die Augen. »Weil Geheimagenten natürlich immer inkognito unterwegs sind. Sonst würde sie ja jeder Ganove sofort erkennen.«

»Ehrlich?« Lukas sah leicht verunsichert aus.
»Und ob!« Marie zwinkerte ihm zu. »Aber das ist streng geheim, klar? Wenn ihr die Mission von 007 auffliegen lasst, kriegt ihr es mit dem britischen Geheimdienst zu tun. Und die Jungs sind nicht gerade zimperlich. Also kein Wort zu niemandem, okay?«
»Okay«, hauchte Ben. Auch Lukas nickte mit offenem Mund. Kim musste sich das Lachen verbeißen. So durchtrieben die Zwillinge waren, wenn sie Kim ärgern wollten – manchmal waren sie noch erstaunlich naiv. Allerdings konnte Marie auch sehr überzeugend sein. Wenn sie es darauf anlegte, würde sie den Weihnachtsmann glatt dazu bringen, seine Geschenke an Ostern zu verteilen.
»Kommt, wir gehen nach oben«, sagte Kim. Die Detektivinnen liefen die Treppe hinauf, während die Zwillinge ihnen beeindruckt nachsahen, ohne einen Mucks von sich zu geben.
Erst als Kim die Zimmertür hinter sich und ihren Freundinnen geschlossen hatte, prustete sie los. »Marie, du bist einfach unmöglich! Jetzt spielen die Zwillinge bestimmt wochenlang James Bond.«
Marie zuckte mit den Schultern. »Ist doch prima! Dann sind sie beschäftigt und gehen dir nicht auf die Nerven.« Sie schlüpfte aus ihrem taubenblauen Herbstmantel, der farblich perfekt mit ihren neuen Stiefeln harmonierte. Marie Grevenbroich verließ das Haus nur makellos gekleidet und gestylt, ganz egal, ob sie zu einer feierlichen Theaterpremiere, einem Date mit Holger oder einem außerplanmäßigen Detektivclub-Treffen unterwegs war.

Kim seufzte. »Schön wär's!«
Franzi hielt sich gar nicht erst damit auf, ihre Jacke abzulegen, sondern zog sofort einen USB-Stick aus der Tasche und drückte ihn Kim in die Hand. »Hier, das müsst ihr euch ansehen! Ich sag's euch, da fallen euch glatt die Augen aus dem Kopf.«
»Jetzt bin ich aber wirklich gespannt …« Kim schloss den Stick an ihren Computer an. Mehrere Ordner tauchten auf dem Bildschirm auf.
»Geh auf ›Fotos‹«, sagte Franzi, die Kim über die Schulter sah.
Kim klickte auf den Ordner. Ein Bild von Oma Lottis Haus öffnete sich. Es wirkte in den goldenen Strahlen der Septembersonne richtig einladend und gemütlich. Der verwilderte Garten war nicht zu sehen, nur die Rosen rankten üppig blühend ins Bild. Michi hatte es tatsächlich geschafft, die Atmosphäre des Hauses einzufangen, wie sie vor Oma Lottis Schlaganfall gewesen war.
»Tolles Bild«, stellte Marie fest. »Michi hat eindeutig Talent als Fotograf.«
Kim drehte sich zu Franzi um. »Und was ist daran jetzt so sensationell?«
»Klick weiter«, befahl Franzi ungeduldig. »Es ist eins der hinteren Bilder.«
Kim scrollte sich gehorsam durch die Fotos.
»Stopp!«, rief Franzi. »Das ist es!«
Kim starrte auf den Bildschirm. Auf den ersten Blick sah das Foto wie die anderen aus. Es war eine Frontalaufnahme des Hauses. Neben der Eingangstür blühten die Rosen, im

Küchenfenster stand das ZU-VERKAUFEN-Schild und ein Sonnenstrahl ließ den Wetterhahn auf dem Dach aufblitzen.
»Was ist das denn?« Marie zeigte mit gerunzelter Stirn auf das Fenster neben der Haustür.
Kim beugte sich vor. »Das gibt's doch nicht!«, flüsterte sie.
»Kannst du den Bildausschnitt vergrößern?«, fragte Franzi.
Kim nickte. Ihre Hand zitterte, als sie das Fenster heranzoomte. Jetzt gab es keinen Zweifel mehr. Hinter der schmutzigen Scheibe zeichnete sich ganz deutlich etwas ab. Ein Schatten. Der Schatten einer Gestalt. »Das ist doch …«, begann Kim.
»Ein Geist!«, vollendete Marie tonlos den Satz.
Fast hätte Kim laut losgelacht. »Unsinn! Geister gibt es nicht. Es könnte ein kleiner Junge sein.«
»Aber wie sollte der in Oma Lottis Haus gelangt sein?«, fragte Franzi. »Es ist immer alles gründlich abgeschlossen.«
»Das stimmt«, gab Kim zu. »Aber es muss trotzdem eine logische Erklärung geben.«
»Muss es nicht«, widersprach Marie. »Das ist ein Geist, ganz klar. Er hat sich irgendwie aufs Bild gemogelt. So etwas gibt es häufiger. Im Internet tauchen immer wieder Fotos von Geistererscheinungen auf.«
Kim seufzte. Marie interessierte sich brennend für Hexen, Geister, Tarotkarten und andere übersinnliche Dinge – obwohl jedes Kind wusste, dass das nichts als Humbug war.
»Diese Fotos sind doch alle manipuliert«, stellte Kim fest.
»Nicht alle!«, widersprach Marie.
»Auf jeden Fall müssen wir der Sache nachgehen.« Franzi klang fest entschlossen. »Ich will wissen, wer oder was sich in Oma Lottis Haus herumtreibt.«

»Ich auch«, sagte Kim. »Am besten rede ich zuerst mit Michi, er hat das Foto schließlich gemacht. Wir treffen uns sowieso morgen im *Lomo*.« Kim verzog das Gesicht, als sie an das bevorstehende Wiedersehen mit Frank dachte. Schnell drängte sie die unangenehme Vorstellung zurück. Jetzt musste sie sich voll und ganz auf die Detektivarbeit konzentrieren, alles andere lenkte sie nur ab.

»Vielleicht hat Michi das Foto ja manipuliert«, überlegte Franzi.

»Spinnst du?« Kim warf ihrer Freundin einen wütenden Blick zu.

Franzi hob abwehrend die Hände. »Du brauchst nicht gleich durchzudrehen, okay? War nur so ein Gedanke. Könnte doch sein, dass er sich einen Scherz mit uns erlauben wollte.«

»Da kennst du Michis Humor aber schlecht«, murmelte Kim immer noch leicht verärgert. »Ich tippe eher darauf, dass beim Hochladen etwas schiefgelaufen ist.«

»Frag ihn auf jeden Fall, ob ihm beim Fotografieren etwas Ungewöhnliches aufgefallen ist«, bat Marie.

»Was denn?« Kim zog spöttisch eine Augenbraue hoch. »Geisterhafte Schwingungen?«

»Zum Beispiel«, gab Marie etwas beleidigt zurück. »Hat es alles schon gegeben.«

Plötzlich musste Kim an den Zwischenfall in Oma Lottis Garten denken. Hatte sie sich die Bewegung am Fenster wirklich nur eingebildet? Oder gab es einen Zusammenhang mit der geheimnisvollen Gestalt auf dem Foto? Kim spürte, wie ihr eine Gänsehaut über die Arme kroch. Sie zuckte zusammen, als es laut an der Tür klopfte.

»Kim?«, rief eine energische Stimme.
Kim stöhnte. »Meine Mutter!«
Die Tür öffnete sich, ehe Kim »Herein« sagen konnte, und Frau Jülich erschien auf der Schwelle. Sie machte ein überraschtes Gesicht. »Oh! Hallo, Franzi, hallo, Marie. Ich wusste gar nicht, dass ihr hier seid.«
Kims Freundinnen begrüßten Frau Jülich.
»Was ist denn, Mama?«, fragte Kim leicht genervt. Immer platzte ihre Mutter einfach herein, wenn es gerade überhaupt nicht passte.
»In fünf Minuten gibt es Abendbrot«, verkündete Frau Jülich. »Und danach höre ich dich die Englisch-Vokabeln ab. Ihr schreibt doch morgen einen Test, oder?« Kim verdrehte die Augen, was ihre Mutter zum Glück nicht mitbekam, weil sie sich gerade an Marie und Franzi wandte. »Möchtet ihr mitessen?«
Beide schüttelten synchron die Köpfe.
»Nein, danke.« Marie griff nach ihrem Mantel. »Ich muss jetzt nach Hause, wir essen auch bald.«
»Und ich werde gleich von meinem Bruder abgeholt«, sagte Franzi. »Er wollte nur kurz in seine neue WG, um dort etwas auszumessen.«
»Dann macht's gut, ihr zwei!« Frau Jülich nickte den Mädchen zu und verschwand wieder.
Kim seufzte. »Damit wäre das Clubtreffen beendet.« Sie speicherte das verdächtige Foto, fuhr den Computer herunter und gab Franzi ihren Stick zurück.
Franzi steckte ihn ein und grinste. »Reg dich nicht auf, meine Mutter ist manchmal genauso nervig.«

Marie knöpfte ihren Mantel zu. »Fällt euch was auf, Leute? Wir haben endlich einen neuen Fall!«
Kims Miene hellte sich auf. »Stimmt! Und dafür brauchen wir jede Menge Power.« Sie streckte den Arm aus.
Franzi und Marie legten ihre Hände auf Kims Hand. Feierlich sprachen sie die Worte, die ihnen immer wieder neue Energie gaben.
»Die drei !!!«, sagten alle drei im Chor.
Kim sagte: »Eins!«, Marie »Zwei!« und Franzi »Drei!«.
Zum Schluss hoben sie gleichzeitig die Hände und riefen: »Power!!!«

Schlechter Start im Café Lomo

Kim zögerte, bevor sie die Tür zum *Lomo* öffnete. Normalerweise betrat sie ihr Lieblingscafé immer voller Schwung und Vorfreude auf entspannte Stunden mit ihren Freundinnen, aber heute wäre sie am liebsten umgekehrt und zurück nach Hause gegangen.

»Stell dich nicht so an, Kim«, murmelte sie. »Es sind doch nur Michi und sein Bruder, die dadrinnen auf dich warten.«

Ein Pärchen, das gerade das Café betreten wollte, warf Kim einen seltsamen Blick zu und Kim biss sich auf die Lippe. Na toll, jetzt fing sie schon an, Selbstgespräche zu führen! Das ging eindeutig zu weit. Sie hatte bereits ganz andere Situationen gemeistert, sie würde es auch schaffen, Frank gegenüberzutreten.

Kim atmete einmal tief durch und folgte dem Pärchen ins Café. Im Eingangsbereich blieb sie stehen und sah sich nach Michis braunem Haarschopf um. Die Inneneinrichtung des *Lomo* war vor einiger Zeit erneuert worden. Mit den Wandtattoos, den schicken Hockern und den bequemen Sitzsäcken sah es jetzt viel moderner aus. Aber zum Glück war das Café immer noch genauso gemütlich wie vorher. In der Sitzecke, dem Stammplatz der drei !!!, ließ sich gerade das Pärchen nieder. Der Biergarten im Innenhof war geschlossen, das weiße Sonnensegel, unter dem Kim und ihre Freundinnen im Sommer oft gesessen hatten, eingerollt. Michi war nirgendwo zu sehen.

Da ertönte eine Stimme hinter Kim. »Hallo, hier bin ich!«

Kim fuhr herum. »Michi! Musst du mich so erschrecken?«
»Sorry, war keine Absicht.« Michi drückte Kim einen Begrüßungskuss auf die Lippen.
Kim sah sich nervös um. »Wo ist Frank?«
»Er kommt etwas später, weil er noch einen Termin beim Arbeitsamt hat.« Michi nahm Kims Hand und führte sie zu einem Tisch am Fenster, auf dem bereits zwei dampfende Becher *Kakao Spezial* standen. »Ich hab dir schon mal einen Kakao bestellt.«
Seufzend ließ sich Kim auf einen orangefarbenen Lederhocker fallen. Sie merkte, wie ihre Anspannung vorübergehend nachließ. »Danke!« Sie griff nach dem Becher, nahm einen großen Schluck und genoss den süßen Kakaogeschmack mit der leichten Vanillenote, der sich auf ihrer Zunge ausbreitete. »Das ist genau das, was ich jetzt brauche!« Nicht umsonst war *Kakao Spezial*, den es im Sommer auch als eisgekühlte Variante gab, das Lieblingsgetränk der Detektivinnen.
Michi grinste. Dann wurde er ernst. »Danke, dass du gekommen bist.« Er sah Kim direkt an. »Ich weiß, es fällt dir nicht leicht, dich mit Frank zu treffen. Du hast immer noch Vorbehalte gegen ihn.« Kim wollte protestieren, aber Michi schüttelte den Kopf. »Ich kann das gut verstehen. Mir ging es anfangs auch so. Aber Frank ist nun mal mein Bruder, darum will ich ihm helfen. Und ich finde es toll, dass du mich dabei unterstützt.«
Michis Blick ging Kim durch und durch. In seinen blaugrünen Augen lag so viel Liebe, dass sie förmlich dahinschmolz. »Das ist doch selbstverständlich«, murmelte sie etwas kleinlaut bei dem Gedanken, dass sie das Treffen beinahe abgesagt

hätte. Michi war so ein großherziger, hilfsbereiter Mensch und sie benahm sich wie eine kleinliche Zicke. Kim nahm sich vor, Frank so offen wie möglich zu begegnen. Sie würde ihm eine zweite Chance geben. Wenn Michi das konnte, konnte sie es auch.

»Nein, das ist nicht selbstverständlich.« Michi griff über den Tisch nach Kims Hand und drückte sie. »Aber du bist eben etwas ganz Besonderes. Das wusste ich schon immer!«

»Darf's bei euch noch etwas sein?«

Kim hatte Mühe, sich von Michis liebevollem Blick zu lösen. Widerstrebend sah sie auf. Sabrina, die Bedienung des *Lomo*, stand neben dem Tisch und grinste fröhlich.

»Hallo, Sabrina«, sagte Kim schwach. »Danke, wir sind noch versorgt.«

»Prima! Meldet euch einfach, wenn ihr was braucht.« Sabrina drehte sich um. Beim Weggehen stieß sie so heftig gegen den Nachbartisch, dass die zierliche Vase mit der hübschen Rose gefährlich schwankte. »Ups, sorry!« Kichernd verschwand Sabrina in Richtung Theke.

Kim schüttelte den Kopf. Sabrina passierten häufiger kleine Missgeschicke, aber Kim mochte sie trotzdem. Leider hatte sie das Talent, genau im falschen Moment aufzutauchen. Die romantische Stimmung, die gerade noch zwischen Kim und Michi geherrscht hatte, war verpufft. Michi zog seine Hand zurück, um einen Schluck Kakao zu trinken. Beim Anblick der blühenden Rose auf dem Tisch musste Kim an Oma Lottis Haus denken – und an ihren neuen Fall. Sie beschloss, die Zeit zu nutzen, bis Frank auftauchte, um Michi auf das Foto anzusprechen.

»Übrigens sind die Bilder, die du von Oma Lottis Haus gemacht hast, richtig toll geworden«, begann Kim.
»Findest du?« Michi lächelte geschmeichelt. »Ja, die Kamera ist nicht schlecht. Es macht richtig Spaß, damit zu fotografieren.«
»Auf einem der Fotos ist uns allerdings etwas Seltsames aufgefallen.« Kim zog einen vergrößerten Ausdruck des Geisterfotos aus ihrer Tasche und legte ihn auf den Tisch. »Kannst du dir das hier erklären?« Sie deutete auf den Schatten am Fenster.
Michi nahm das Foto in die Hand und betrachtete es eingehend. Er runzelte die Stirn. »Da steht jemand!«
Kim nickte. »Sieht so aus. Obwohl das eigentlich nicht sein kann. Hast du die Gestalt bemerkt, als du das Bild gemacht hast?«
Michi schüttelte den Kopf. »Nein, da war niemand. Sonst hätte ich euch sofort Bescheid gesagt. Könnte das ein Einbrecher sein?«
»Das glaube ich nicht, dafür ist der Schatten zu klein.«
»Stimmt, sieht mehr nach einem Kind aus.«
»Marie meint, es sei ein Geist.« Kim grinste schief.
Michi lachte. »Typisch Marie! Ich glaube eher, es ist eine Spiegelung in der Glasscheibe.«
Daran hatte Kim noch gar nicht gedacht. »Keine schlechte Idee! Der Spur werden wir auf jeden Fall nachgehen. Könnte eventuell auch beim Hochladen etwas schiefgelaufen sein?«
Michi schüttelte den Kopf. »Das glaube ich nicht. Allerdings hab ich mir die Bilder nur im Schnelldurchgang auf meinem PC angesehen, bevor ich sie Franzi gemailt habe.«

Nachdenklich betrachtete Kim das Foto. Der schwarze Schatten schien sie höhnisch anzugrinsen. Aber früher oder später würden sie sein Geheimnis lüften. Bisher hatten die drei !!! noch jeden Fall gelöst – und so sollte es auch bleiben!
»Seid ihr etwa schon auf der Suche nach einem kuscheligen Eigenheim?«
Frank stand plötzlich neben dem Tisch und betrachtete grinsend das Foto. Kim hatte ihn nicht kommen hören und verschüttete vor Schreck fast ihren Kakao.
Frank lachte. »Wie sagt man doch so schön? Trautes Heim, Glück allein.« Er zog einen cappuccinofarbenen Hocker heran und ließ sich zwischen Michi und Kim nieder.
Kim steckte das Foto schnell zurück in ihre Tasche. Sie hatte nicht die geringste Lust, mit Frank über ihre Ermittlungen zu sprechen. Dann erinnerte sie sich wieder an ihre guten Vorsätze und versuchte, ein freundliches Gesicht zu machen.
»Hallo, Frank.« Kim merkte selbst, dass ihr Lächeln etwas gequält ausfiel.
»Hallo, Kim. Lange nicht gesehen.« Frank musterte Kim aufmerksam. Er hatte dieselben blaugrünen Augen wie Michi. Aber Franks Blick hatte etwas Kühles und Hartes, das Kim frösteln ließ. Ansonsten hatte er sich äußerlich kaum verändert. Seine dunklen Haare trug er jetzt etwas länger und er war noch muskulöser als früher. Offenbar hatte er im Gefängnis regelmäßig Krafttraining gemacht.
»Wie … wie geht's dir denn so?«, erkundigte sich Kim in dem Versuch, höfliche Konversation zu machen. Mehr fiel ihr nicht ein. Was fragte man einen verurteilten Kriminellen, der gerade aus der Haft entlassen worden war?

»Bestens!« Frank machte eine ausladende Handbewegung, als wollte er die ganze Welt umarmen. »Freiheit ist etwas Herrliches. Das merkt man erst, wenn man sie nicht mehr hat.« Er lächelte bitter und Kim bemerkte die feinen Linien neben seinem Mund. Die waren früher nicht da gewesen. Bestimmt hatte er es im Gefängnis nicht leicht gehabt. »Und was macht der Detektivclub?«, erkundigte er sich, ohne Kim aus den Augen zu lassen. »Habt ihr mal wieder ein paar Verbrecher gefangen?«

»Wir tun, was wir können«, antwortete Kim ausweichend.

»Das ist die Untertreibung des Jahrhunderts!« Michi lehnte sich eifrig vor. »*Die drei !!!* haben schon jede Menge Fälle gelöst. Ihre Erfolgsquote liegt bei einhundert Prozent.«

Kim musste lächeln. Wie süß, dass Michi so stolz auf sie war. Frank schien allerdings nicht sonderlich beeindruckt. Seine Lippen kräuselten sich spöttisch.

»Ja, ihr wart schon damals drei ziemlich fixe Mädchen«, stellte er fest.

Meinte er das ernst oder ironisch? Eigentlich hatte Kim eine sehr gute Menschenkenntnis, aber Frank konnte sie einfach nicht einschätzen. Mal wirkte er verschlagen, mal verletzlich und dann wieder einfach nur plump. Jetzt war sein Blick in die Ferne gerichtet. Ob er auch an ihr letztes Zusammentreffen dachte? Damals war er nach einer wilden Verfolgungsjagd im Jakobipark in den Ententeich gefallen und dort von der Polizei festgenommen worden.

»Wie war's auf dem Arbeitsamt? Haben sie einen Job für dich?«, erkundigte sich Michi und Kim war froh über den Themenwechsel.

Frank winkte ab. »Vergiss es, so schnell geht das nicht. Erst musste ich ewig warten, dann haufenweise Formulare ausfüllen. Keine Ahnung, ob das jemals was wird.«

»Du bist auf Jobsuche?«, fragte Kim. »Willst du nicht mehr bei eurem Vater im Laden arbeiten? Ich dachte, du sollst das Geschäft übernehmen.«

»Das ist Schnee von gestern«, erklärte Frank. »Ich will auf eigenen Füßen stehen und nicht ständig an Vaters Rockzipfel hängen. Außerdem wirft der Laden nicht genug ab. Wenn ihr mich fragt, ist es nur noch eine Frage der Zeit, bis Papa aufgeben muss.«

»Was für einen Job suchst du denn?«, wollte Kim wissen.

Frank zuckte mit den Schultern. »Am liebsten würde ich als Elektriker arbeiten, das hab ich schließlich gelernt. Aber ich würde auch andere Sachen machen, Hauptsache, ich verdiene mein eigenes Geld und bin von niemandem abhängig.« Er seufzte. »Es wird sicher nicht leicht, etwas zu finden. Wer stellt schon einen Ex-Knacki ein?« Plötzlich sah er so bekümmert aus, dass er Kim beinahe leidtat.

Franks Entschluss, unabhängig zu sein und seinem Vater nicht auf der Tasche zu liegen, nötigte Kim Respekt ab. Vielleicht meinte er es ja doch ernst mit seinem neuen Leben.

»Ach was, das klappt schon«, tröstete Michi seinen Bruder. »Und wenn nicht, machst du eben eine Zusatzausbildung oder studierst Elektrotechnik. Das war doch früher immer dein Traum.«

Frank fuhr sich durch seine dunklen Haare und lächelte wehmütig. »Stimmt. Aber ich fürchte, der Traum ist ausgeträumt. Jetzt muss ich erst mal Geld verdienen.« Er sah mit

gerunzelter Stirn zur Theke. »Was ist eigentlich mit der Kellnerin los? Werden die Gäste hier nicht bedient?« Er winkte Sabrina zu, die eifrig lächelnd an ihren Tisch kam. »Na endlich, das wurde aber auch Zeit«, schnauzte Frank sie an. »Ich warte schon eine Ewigkeit.«
Sabrinas Lächeln gefror auf ihrem Gesicht. »Äh … t… tut mir leid«, stammelte sie. »Ich hab dich gar nicht gesehen. Was darf's sein?«
»Einen Kaffee«, antwortete Frank knapp. »Und ein bisschen zackig, wenn's geht.«
Sabrina wurde rot. »Klar. Kommt sofort.« Eilig verschwand sie hinter der Theke und machte sich am Kaffeeautomaten zu schaffen.
»Du könntest ruhig ein bisschen netter sein«, sagte Michi vorwurfsvoll. »Sabrina ist zwar manchmal etwas tollpatschig, aber sonst ist sie echt nett.«
»Was du nicht sagst.« Frank hatte wieder eine unnahbare Miene aufgesetzt. Er sah auf einmal unglaublich arrogant aus. Das bisschen Sympathie, das Kim zwischenzeitlich für ihn empfunden hatte, löste sich in Luft auf. Frank schien sich für etwas Besseres zu halten. Wenn er rief, hatten alle zu springen.
Kim sah verstohlen auf die Uhr. Am liebsten wäre sie gegangen, aber das konnte sie Michi nicht antun. Schließlich saßen sie noch nicht mal eine halbe Stunde hier.
Sabrina erschien in Rekordtempo mit dem Kaffee. Sie hatte sich offenbar extra beeilt. »So, hier ist der Kaffee. Heiß und schwarz.« Obwohl Frank sie gerade so angefahren hatte, blieb sie auch weiterhin freundlich, wofür Kim sie ehrlich bewun-

derte. Leider stellte sie die Tasse etwas zu schwungvoll auf den Tisch, sodass der Kaffee überschwappte. Ein paar Tropfen landeten auf Franks Jeans.
Er sprang so heftig auf, dass sein Hocker hintenüberkippte. »Verdammt noch mal!«, brüllte er. »Wie blöd bist du eigentlich?«
Sabrina starrte ihn mit offenem Mund an. »Entschuldigung«, flüsterte sie. »Das wollte ich nicht.«
»Diesen Saftladen hab ich heute zum ersten und letzten Mal betreten«, schimpfte Frank.
»Reg dich nicht auf«, versuchte Michi, seinen Bruder zu beschwichtigen. »Es ist doch nichts Schlimmes passiert.«
Gregor, der Besitzer des *Lomo*, eilte aus der Küche herbei. »Gibt es ein Problem?«, fragte er auf seine ruhige Art.
Frank polterte sofort wieder los. Inzwischen waren sämtliche Gespräche verstummt. Alle Gäste beobachteten Franks Ausraster und Kim hätte sich am liebsten in Luft aufgelöst. Wie konnte Michis Bruder sich nur dermaßen peinlich benehmen?
Schließlich schaffte es Gregor, Frank zu besänftigen, indem er versprach, die Kosten für die Reinigung der Hose zu übernehmen. Außerdem brachte er Michis Bruder höchstpersönlich einen frischen Kaffee und drei Schokomuffins für Frank, Michi und Kim. »Das geht natürlich aufs Haus.« Er lächelte in die Runde und Kim war kurz davor, im Erdboden zu versinken. Alle waren so nett, nur Frank benahm sich wie der letzte Idiot.
»Na also, war doch halb so wild«, sagte Michi, nachdem Frank sich wieder hingesetzt und einen Schluck Kaffee ge-

trunken hatte. Sein Ton war locker, aber Kim wusste, dass Michi das Verhalten seines Bruders mindestens genauso unangenehm war wie ihr.

Während Michi krampfhaft versuchte, das Gespräch in Gang zu halten, biss Kim lustlos in ihren Schokomuffin. Eigentlich liebte sie Muffins über alles, doch heute schmeckte es ihr überhaupt nicht. Franks Wutanfall hatte ihr den Appetit verdorben. Die Unterhaltung wollte nicht mehr so recht in Schwung kommen und Kim rutschte unruhig auf ihrem Hocker hin und her. Zehn Minuten hielt sie es noch aus, dann konnte sie nicht mehr.

»Sorry, ich muss jetzt los.« Sie erhob sich und griff nach ihrer Jacke.

»Jetzt schon?«, fragte Michi.

Die Enttäuschung auf seinem Gesicht versetzte Kim einen Stich. »Ja, ich muss noch Hausaufgaben machen.« Das war nicht mal gelogen, klang aber trotzdem ziemlich lahm. Sie drückte Michi einen schnellen Kuss auf die Lippen und nickte Frank zu, der sie mit einem lässigen »Ciao!« verabschiedete.

Draußen vor dem *Lomo* nahm Kim drei tiefe Atemzüge. Die klare Herbstluft floss prickelnd in ihre Lungen. Erst jetzt merkte sie, dass sie völlig verschwitzt war. Und so erschöpft, als hätte sie einen Zehn-Kilometer-Lauf hinter sich. Das Treffen mit Frank hatte sie unglaublich viel Kraft gekostet. Jetzt wollte sie nur noch nach Hause und ihre Ruhe haben. Müde und ziemlich frustriert machte sich Kim auf den Heimweg.

Detektivtagebuch von Kim Jülich

Dienstag, 20:56 Uhr

Es ist so weit: Wir haben einen neuen Fall! Und zwar einen sehr mysteriösen. Auf einem Foto von Oma Lottis Haus ist ein geheimnisvoller Schatten aufgetaucht, der vorher nicht da war. Was hat es mit der Gestalt am Fenster auf sich? Wir verfolgen verschiedene Spuren:

1. *Es handelt sich um einen Geist. (Dieser Vorschlag kommt von Marie. Ich persönlich kann damit gar nichts anfangen.) Marie will im Internet zum Thema Geistererscheinungen recherchieren und uns anschließend Bericht erstatten.*
2. *Der Schatten ist eine Spiegelung im Fenster (Michis Idee). Ist das möglich? Wir müssen diese Theorie vor Ort überprüfen.*
3. *Das Foto wurde absichtlich manipuliert. Aber von wem? Eigentlich kommt nur Michi infrage, doch er würde so etwas natürlich niemals tun. Wer könnte es dann gewesen sein?*

Morgen fahren wir noch mal nach Billershausen, um vor Ort nach Spuren zu suchen. Hoffentlich haben wir Glück und finden etwas, das uns weiterbringt!

Geheimes Tagebuch von Kim Jülich

Dienstag, 21:11 Uhr

Letzte Warnung: Finger weg von meinem Tagebuch! Wer sich nicht daran hält, wird mit Schokoladenentzug nicht unter zwei Jahren bestraft. Und mal ehrlich – was gibt es Schlimmeres?!

Bin völlig ausgelaugt. Das Treffen im Lomo *mit Michi und Frank hat mich meine letzten Kräfte (und Nerven) gekostet. Zu Hause musste ich mich erst mal hinlegen und bin glatt einge-*

schlafen. Fast hätte ich das Abendessen verpennt, doch meine liebreizenden Brüder haben mich freundlicherweise geweckt. Nicht gerade sanft, aber das nur nebenbei.
Unser Date zu dritt war ein totaler Reinfall. Dabei hab ich mir wirklich Mühe gegeben! Zwischendurch wirkte Frank auch fast sympathisch, doch jedes Mal, wenn ich gerade anfing, ihn nett zu finden, hat er den positiven Eindruck mit einem blöden Spruch wieder zunichtegemacht. Am schlimmsten war, wie er Sabrina behandelt hat. Frank ist total ausgerastet, nur weil sie ein bisschen Kaffee verschüttet hatte. Der Typ ist total jähzornig! Da kann man fast Angst bekommen. Aber nur fast. Von einem wie Frank lasse ich mich garantiert nicht ins Bockshorn jagen.
Was soll ich nur machen, wenn Michi demnächst häufiger etwas zu dritt unternehmen will? Darauf hab ich überhaupt keine Lust. Ich finde seinen Bruder einfach unsympathisch. Aber kann ich das Michi so direkt sagen? Eigentlich hatten wir uns ja versprochen, in Zukunft über alles zu reden, auch über unangenehme Dinge. Trotzdem habe ich Skrupel …
Bin zu müde, um diese Frage heute abschließend zu klären. Ich muss erst mal darüber schlafen. Gute Nacht!

Ortstermin mit Überraschungen

Über Nacht war das Wetter umgeschlagen. Die milde Sonne war kühlem Herbstwetter gewichen. Kim schlotterte, als sie neben Franzi und Marie von der Bushaltestelle zu Oma Lottis Haus marschierte.

»Igitt, ist das ungemütlich.« Franzi zog die Schultern hoch. »Gut, dass wir heute mit dem Bus gefahren sind.«

»Allerdings.« Marie sah besorgt nach oben. Graue Wolken jagten über den Himmel. »Hoffentlich fängt es nicht wieder an zu regnen.«

Hinter der nächsten Kurve tauchte das Haus auf. Es schien sich ängstlich vor dem schwarzen Wald zu ducken und wirkte bei dem trüben Wetter noch düsterer als beim letzten Mal.

»Ich mache die Fotos«, beschloss Kim, als sie vor dem Zaun standen. »Dann werden wir ja sehen, ob sich in den Scheiben etwas spiegelt.« Sie hatte Franzi und Marie von Michis Verdacht erzählt, nun wollten sie seine Theorie überprüfen.

»Ich finde Michis Erklärung total schlüssig«, sagte Franzi. »Vielleicht ist zufällig jemand auf dem Weg vorbeigekommen, als Michi fotografiert hat. Oder er hat sich selbst im Fenster gespiegelt.«

»Das werden wir gleich wissen.« Kim zog Michis Kamera, die sie sich für dieses Experiment extra noch einmal ausgeliehen hatte, aus ihrem Rucksack und begann, das Haus aus verschiedenen Perspektiven zu knipsen. Zu Testzwecken liefen Franzi und Marie währenddessen mehrmals auf dem Weg vor dem Haus auf und ab.

»Und?«, fragte Franzi schließlich.

Kim senkte die Kamera und hielt ihren Freundinnen das Display hin, damit sie sich die Fotos gemeinsam ansehen konnten. Sie gingen ein Bild nach dem anderen durch. Kim schüttelte enttäuscht den Kopf. »Nichts! Kein Schatten am Fenster, keine Spiegelung. Ich glaube, die Spur können wir vergessen.«

»Vielleicht liegt es an den Lichtverhältnissen«, meinte Franzi. »Sonntag hat die Sonne geschienen, heute ist es bewölkt.«

»Schon möglich.« Kim verstaute die Kamera wieder in ihrem Rucksack. »Aber das können wir erst herausfinden, wenn sich das Wetter bessert. Solange sollten wir die anderen Spuren verfolgen.«

»Und wenn das Foto doch manipuliert wurde?«, überlegte Franzi.

Kim biss sich auf die Unterlippe. Genau daran hatte sie auch gerade gedacht. Mit einem entsprechenden Programm war es überhaupt kein Problem, einen Geist auf ein Foto zu zaubern. Aber wer sollte das getan haben?

»Hast du Michi gefragt, ob er das Bild bearbeitet hat?«, erkundigte sich Marie vorsichtig.

Kim spürte, wie sie ärgerlich wurde. »Michi hat das Foto nicht manipuliert!«, sagte sie lauter als beabsichtigt. »Er hat sich die Bilder nur ganz kurz angesehen und sie dann sofort an Franzi gemailt. Da könntest du genauso gut Franzi fragen, ob sie es gewesen ist.«

»Na, hör mal!« Franzi stemmte empört die Hände in die Hüften. »Heißt das etwa, du verdächtigst *mich*?«

»Nein, natürlich nicht.« Kim scharrte verlegen mit der Fuß-

spitze im aufgeweichten Boden. »Sorry, war nicht so gemeint.«
»Das will ich aber auch hoffen!« Franzi sah immer noch ziemlich beleidigt aus.
Kim atmete einmal tief durch. Sie wusste selbst nicht genau, warum sie gerade so heftig reagiert hatte. Als Detektivin musste sie eigentlich immer objektiv bleiben und einen kühlen Kopf bewahren. Aber die Verdächtigungen gegen Michi trafen einen wunden Punkt bei ihr. Und allmählich dämmerte ihr auch, weshalb. War es möglich, dass sie Michi selbst nicht mehr hundertprozentig vertraute? Ein schrecklicher Gedanke! Doch seit Frank aufgetaucht war, erkannte Kim Michi manchmal kaum wieder. Er war so begeistert von seinem großen Bruder und hing förmlich an seinen Lippen, wenn er etwas erzählte … Kim schüttelte den Kopf. Das war doch Unsinn! Michi würde niemals ein Foto manipulieren, um den Detektivclub zu täuschen, und damit basta.
Franzi und Marie waren bereits zur nächsten Spur übergegangen.
»Ich habe im Internet zum Thema Geister recherchiert«, berichtete Marie. »Es gibt tatsächlich eine Menge Spukerscheinungen, die zum Teil sogar wissenschaftlich untersucht wurden.«
Kim schnaubte verächtlich. »Wissenschaftlich untersucht? Das glaubst du doch selbst nicht!«
»Du kannst es gerne nachlesen, wenn du willst«, gab Marie schnippisch zurück. »Außerdem habe ich ein parapsychologisches Informationsbüro ausfindig gemacht, das uns vielleicht weiterhelfen kann.«

Kim runzelte die Stirn. »Para-*was*?«
»Parapsychologie bedeutet so viel wie Seelenkunde«, dozierte Marie. »Es ist ein wissenschaftlicher Forschungszweig, der besondere Fähigkeiten bestimmter Menschen und ihre Ursachen sowie ein mögliches Leben nach dem Tod untersucht.« Sie war jetzt ganz in ihrem Element.
»Wow, klingt spannend.« Franzi verschränkte fröstelnd die Arme vor der Brust.
Auch Kim bekam allmählich kalte Füße. »Für mich klingt das eher nach einem riesengroßen Schwindel«, entgegnete sie. »Das ist doch bestimmt nicht seriös, oder?«
»Na ja, die meisten Wissenschaftler bezeichnen die Parapsychologie tatsächlich als Pseudowissenschaft«, gab Marie zu. »Aber in Amerika gibt es noch ein paar Universitäten, die systematisch parapsychologische Experimente durchführen.«
»Ehrlich? Cool!« Franzis Interesse war geweckt.
Kim verdrehte genervt die Augen.
»Was haltet ihr davon, wenn ich unser Foto an dieses parapsychologische Informationsbüro zur Begutachtung schicke? Vielleicht können die uns sagen, ob es sich um einen echten Geist handelt oder nicht.«
Franzi nickte. »Gute Idee!«
»Von mir aus.« Kim seufzte. »Auch wenn ich nicht glaube, dass etwas dabei herauskommt.«
»Das kann man nie wissen«, behauptete Marie, die mal wieder das letzte Wort haben musste.
Kim wollte das leidige Geisterthema endlich abschließen. »Lasst uns jetzt im Garten nach Spuren suchen. Wir fangen hier vorne an und arbeiten uns langsam nach hinten durch.«

Oma Lottis Garten sah noch vernachlässigter aus als beim letzten Mal. Der Wind hatte die Blütenblätter der Rosen abgepflückt und die Blumen ließen traurig die Köpfe hängen. Verwelktes Laub raschelte unter den Füßen der Detektivinnen, als sie über das feuchte Gras gingen. Kim ließ ihren Blick über den Boden gleiten und registrierte dabei jedes noch so kleine Detail: einen vertrockneten Zweig, rötlich braune Blätter, die von den umstehenden Bäumen herabgefallen waren, einen Maulwurfshügel mitten auf dem Rasen und ein paar Pilze, die ihre samtigen Köpfe zwischen den langen Grashalmen emporreckten. Nichts, was ihnen weiterhalf.

»Ich glaube, hier ist etwas!« Franzi hatte sich neben das Gemüsebeet gekniet. Bräunliche Strunke ragten aus dem Boden und Kim hätte nicht sagen können, ob es sich um Unkraut oder verfaultes Gemüse handelte. »Hier!« Franzi zeigte auf eine Stelle zwischen den Pflanzen.

»Ein Fußabdruck!«, stellte Marie überrascht fest.

Franzi nickte. »Leider ist er zu schlecht erhalten, um einen Gipsabdruck zu machen. Wie blöd, dass es letzte Nacht geregnet hat.«

»Fällt euch was auf?«, fragte Kim. »Schaut euch mal die Größe an.«

»Er ist ziemlich klein.« Marie strich sich eine Haarsträhne hinter das Ohr. »Könnte von einem Kind stammen.«

»Vielleicht ist ein Nachbarskind durch Oma Lottis Garten gelaufen«, überlegte Kim, doch Franzi schüttelte den Kopf.

»Oma Lotti hat keine direkten Nachbarn. Und im Dorf wohnen kaum noch Kinder, seit immer mehr junge Leute wegziehen.«

»Seltsam …« Kim zog Michis Kamera hervor und fotografierte den Abdruck. Ein kräftiger Windstoß wehte ihr die kurzen Haare ins Gesicht. »Lasst uns schnell den hinteren Garten kontrollieren. Wenn wir uns beeilen, kriegen wir noch den nächsten Bus.«

Franzi erhob sich fröstelnd. »Am besten fahren wir direkt ins *Lomo* und wärmen uns mit einem heißen Früchtepunsch auf. Ich bin total durchgefroren.«

»Und ich erst.« Kim marschierte um das Haus herum. Leichter Nieselregen setzte ein und legte sich wie ein kalter Film auf ihr Gesicht. »Auch das noch«, murmelte sie und hielt sich dicht an der Fassade, um dem Regen zu entkommen. Da sah sie es.

Kim blieb wie angewurzelt stehen und Franzi, die direkt hinter ihr lief, stieß beinahe mit ihr zusammen. »He, was ist denn?«, schimpfte sie.

Kim ging in die Hocke. »Seht mal!« Sie hatte sich nicht getäuscht. Eins der Kellerfenster war nicht richtig geschlossen. Als sie es antippte, schwang es auf.

»Na, so was«, wunderte sich Franzi. »Wieso ist das Fenster offen?«

Kim untersuchte den Holzrahmen. »Es gibt keine Spuren von Gewaltanwendung. Aufgebrochen wurde es offenbar nicht.«

»Wahrscheinlich hat Papa vergessen, es zu schließen, als er das letzte Mal hier war«, vermutete Franzi. »Er lüftet regelmäßig im Keller, damit sich kein Schimmel bildet.«

»Ob das Fenster schon geöffnet war, als wir das letzte Mal hier waren?«, überlegte Marie.

Franzi zuckte mit den Schultern. »Keine Ahnung. Mir ist nichts aufgefallen, aber ich hab auch nicht drauf geachtet.«
»Ich auch nicht.« Kim sah von Franzi zu Marie. »Wisst ihr, was das heißt? Es könnte jemand im Haus sein.«
Franzi sog scharf die Luft ein. »Ein Einbrecher?«
»Auszuschließen ist das nicht«, antwortete Kim. »Vielleicht ein Gelegenheitstäter, der das geöffnete Fenster genutzt hat, um bei Oma Lotti einzusteigen.«
»Wozu?«, fragte Franzi. »Hier gibt es doch nichts zu holen. Die Wertgegenstände und alle wichtigen Unterlagen haben Mama und Papa kurz nach Omas Schlaganfall aus dem Haus geholt.«
»Aber das kann der Einbrecher ja nicht wissen«, erinnerte sie Marie. »Falls es überhaupt einen Einbrecher gibt.«
»Wir sollten auf jeden Fall nachsehen«, beschloss Kim. »Hast du einen Schlüssel dabei?«
Franzi nickte. »Klar. Kommt mit.«
Sie gingen zurück zur Haustür und Franzi steckte den Schlüssel ins Schloss. Erst klemmte er, als wollte er den Mädchen den Zutritt verweigern, doch dann gab er nach und drehte sich mit einem metallischen Knirschen herum. Die Tür knarrte leise, als Franzi sie vorsichtig aufstieß. In Kims Ohren klang es wie eine Warnung. Sie zögerte. Sollten sie nicht lieber die Polizei rufen, statt allein ins Haus zu gehen? Was, wenn sie wirklich einen Einbrecher überraschten?
Doch Franzi und Marie waren schon durch den Türspalt geschlüpft. Kim seufzte. Sie durfte ihre Freundinnen nicht im Stich lassen. Mit klopfendem Herzen folgte sie ihnen in das dunkle Haus.

Auf Spurensuche im Geisterhaus

Die Luft im Flur war abgestanden und roch nach Staub und Einsamkeit. Es herrschte düsteres Zwielicht. Die Holzdielen knarrten, als Kim hinter Franzi und Marie in die Küche huschte. Draußen hatte der Wind aufgefrischt und rüttelte an den Fensterläden, als wäre er wütend, weil die Mädchen in das verlassene Haus eingedrungen waren. Kim bekam eine Gänsehaut.

»Lasst uns erst mal nachsehen, ob die Luft rein ist«, flüsterte Marie. Schnell überprüften sie das Erdgeschoss – Küche, Esszimmer, Wohnzimmer und Gäste-WC.

»Hier ist niemand«, stellte Kim erleichtert fest.

Die Detektivinnen gingen ins Wohnzimmer und Franzi drückte auf den Schalter neben der Tür. Licht flutete aus der altmodischen Deckenlampe. Kim atmete auf. Im Hellen wirkte die Situation gleich nicht mehr ganz so gruselig.

Franzi sah sich um und seufzte. »Kaum zu glauben, dass wir hier vor noch gar nicht so langer Zeit mit Oma Lotti gemütlich ferngesehen, geredet und gelacht haben.«

Kim nickte. Der Raum wirkte irgendwie trostlos, obwohl fast alle Möbel noch da waren. Nur Oma Lottis Lieblingssessel fehlte. Er stand jetzt in Franzis ehemaligem Zimmer, damit die alte Frau Winkler dort bequem sitzen konnte. Auch das Bild über dem Sofa war ins winklersche Bauernhaus gewandert. Die Wand wirkte kahl, und dort, wo das Bild gehangen hatte, war ein helles Rechteck zurückgeblieben, wie eine traurige Erinnerung an glücklichere Zeiten.

Über das Sofa mit dem Plüschbezug hatte jemand ein weißes Bettlaken geworfen. Auf allen anderen Möbeln lag eine dicke Staubschicht. Auch im Schein der Lampe tanzten Millionen winziger Staubkörner. Kim musste niesen.
»Sei nicht traurig.« Marie drückte tröstend Franzis Arm. »Die schönen Erinnerungen an dieses Haus und die Zeit mit Oma Lotti kann dir niemand nehmen.«
»Du hast recht.« Franzi versuchte zu lächeln. »Und jetzt lasst uns nachsehen, ob der mysteriöse Schatten hier drinnen irgendwelche Spuren hinterlassen hat.«
Sie begannen am Fenster, hinter dem die Gestalt auf dem Foto zu sehen gewesen war, und wurden tatsächlich fündig.
»Hier sind jede Menge Fingerabdrücke auf der Scheibe!«, rief Marie aufgeregt.
Kim zog ihre Lupe aus dem Rucksack mit den Detektivutensilien und begutachtete das Fenster. »Tatsächlich! Sie sind ziemlich klein, könnten von einer Kinderhand stammen.«
»Erst der Fußabdruck im Garten, jetzt die Fingerabdrücke – alles deutet auf ein Kind hin«, fasste Franzi zusammen.
»Genau! Und der Schatten auf dem Foto hatte auch die Größe eines Kindes.« Kim holte das Fingerabdruckset hervor. Geschickt verteilte sie mit einem kleinen Pinsel graues Grafitpulver auf der Fensterscheibe, nahm die Abdrücke mit einem Klebestreifen ab und klebte ihn in ein kleines Notizbuch, das dem Detektivclub als Fingerabdruckkartei diente.
Franzi starrte auf die Stelle am Fenster. »Hier hat also tatsächlich jemand gestanden und hinausgesehen.«
»Vielleicht sind das die Abdrücke einer Geisterhand.« Maries Augen blitzten. »Das wäre eine Sensation!«

Kim schüttelte den Kopf. »Quatsch! Das war ein Kind aus Fleisch und Blut, wahrscheinlich ein Junge.«
»Aber wie ist er hier hereingekommen?«, fragte Franzi.
Kim überlegte. »Er könnte durch das offene Kellerfenster geschlüpft sein. Als Mutprobe zum Beispiel. Oder die Abdrücke sind schon älter und stammen aus der Zeit vor Oma Lottis Schlaganfall.«
Die Detektivinnen untersuchten das restliche Wohnzimmer Zentimeter für Zentimeter. Marie überprüfte mit der Lupe, ob sich auf den anderen Fensterscheiben auch Fingerabdrücke befanden, während Kim auf Knien über den Boden rutschte und nach Fußspuren oder anderen Hinweisen Ausschau hielt. Unter dem Sofa gaben sich die Staubmäuse ein Stelldichein. Dazwischen leuchtete Kim etwas Weißes entgegen. Ein Zettel. Kim hob ihn auf und warf einen schnellen Blick darauf, aber er war leer.
»Merkwürdig …« Franzi war vor Oma Lottis Kommode stehen geblieben und betrachtete nachdenklich die Fotos, die darauf drapiert waren.
»Was ist denn?« Kim steckte den Zettel in ihre Jackentasche und stand auf. Sie wischte sich den Staub von der Jeans und stellte sich neben Franzi.
»Irgendetwas ist hier anders.« Franzi kniff die Augen zusammen, als könnte sie so ihrem Gedächtnis auf die Sprünge helfen.
Kim konnte nichts Verdächtiges entdecken. Die Familienfotos in den silbernen Rahmen hatten schon immer dort gestanden. Sie zeigten Franzi, Stefan und Chrissie in verschiedenen Lebenslagen und Altersstufen. Es war ein Baby-

foto von Chrissie dabei, auf dem Franzis nervige Schwester noch süß und unschuldig aussah, und ein Bild von Franzis Einschulung, auf dem Franzi stolz lächelnd ihre Schultüte im Arm hielt und dabei eine riesige Zahnlücke präsentierte. Kim grinste. »Schicke Zahnlücke«, stellte sie fest. »Du siehst aus wie ein Boxer nach verlorenem Kampf.«
Franzi ging nicht auf den spöttischen Kommentar ein. »Dieses Bild stand sonst weiter hinten.« Sie deutete auf ein Foto, das Franzi und ihre Geschwister vor Oma Lottis Haus zeigte. Es war Sommer, die Sonne schien, die Rosen blühten und alle drei lachten fröhlich in die Kamera.
Kim runzelte die Stirn. »Bist du sicher?«
Franzi zögerte. »Ziemlich. Ich war immer froh darüber, dass es hinter den anderen Fotos versteckt war, weil ich auf dem Bild so ein blödes Gesicht mache.«
Das fand Kim überhaupt nicht, aber darum ging es jetzt nicht. »Wieso steht das Bild jetzt ganz vorne?«, überlegte sie. »Hat es sich jemand angesehen? Aber wer?«
»Das war der Geist.« Marie war hinter Kim und Franzi aufgetaucht. »Er scheint neugierig zu sein.«
Kim verdrehte die Augen, konnte aber nicht verhindern, dass sich ihre Nackenhaare aufstellten. In diesem verlassenen Haus, wo es überall knackte und knarrte und der Wind gegen die Fensterscheiben klopfte, kam ihr Maries Theorie auf einmal nur noch halb so abwegig vor. Plötzlich stutzte sie. »Seht mal!« Sie zeigte auf die Oberfläche der Kommode. An einer Stelle war der Staub verwischt.
Marie zückte die Lupe und untersuchte die Stelle. »Könnte ein Handabdruck sein. Leider ist er ziemlich undeutlich.«

Die drei !!! sahen sich an. Kim wusste, dass ihren Freundinnen genauso mulmig zumute war wie ihr selbst. War tatsächlich jemand im Haus gewesen? Jemand, der sich für Franzis Familienfotos interessierte? Der am Fenster gestanden und sie am Sonntag beobachtet hatte? Bei dem Gedanken wurde Kim eiskalt. Wer war der unheimliche Schatten, das geheimnisvolle Phantom? Ein Kind, das auf Abenteuer aus war? Ein Einbrecher? Oder tatsächlich ein Geist?
»Wir sollten hier verschwinden«, sagte Franzi mit heiserer Stimme. »Die Spuren können wir auch zu Hause auswerten.«
Dagegen hatte Kim absolut nichts einzuwenden. Sie konnte es kaum erwarten, der unheimlichen Atmosphäre des alten Hauses zu entkommen. Doch als sich die Detektivinnen zum Gehen wandten, ertönte plötzlich lautes Poltern. Alle drei blieben wie angewurzelt stehen. Die nachfolgende Stille dröhnte Unheil verkündend in Kims Ohren.
»Was war das?«, flüsterte Marie.
Franzi zuckte mit den Schultern. Sie war kalkweiß im Gesicht. »Es kam von oben, glaube ich.«
Kim schluckte. Am liebsten wäre sie auf der Stelle hinausgerannt und mit dem nächsten Bus nach Hause gefahren. Zurück in eine Welt ohne Geister und unheimliches Gepolter. Aber das ging nicht. Eine Detektivin rannte nicht davon, sondern stellte sich der Gefahr. Kim straffte die Schultern. »Wir müssen nachsehen, was da los ist.« Sie war selbst überrascht, wie ruhig und entschlossen sie klang.
Franzi und Marie nickten. Hintereinander schlichen sie die Treppe hinauf. Die Holzstufen knarrten leise und Kim fluchte innerlich. Sie mussten so schnell und so leise wie möglich

handeln. Wer oder was auch immer sich dort oben versteckte, durfte auf keinen Fall gewarnt werden. Wenn sie das Überraschungsmoment auf ihrer Seite hatten, würde es leichter sein, den Eindringling zu überwältigen.

Am oberen Treppenabsatz angelangt verständigten sich die Detektivinnen ohne Worte über das weitere Vorgehen. Jetzt kam es ihnen zugute, dass sie ein eingespieltes Team waren. Kim ging auf Zehenspitzen zu Oma Lottis Schlafzimmer und riss mit einem Ruck die Tür auf. Nichts. Währenddessen kontrollierten Marie und Franzi Bad und Ankleidezimmer, aber dort war ebenfalls niemand. Blieb nur noch das Gästezimmer.

Kim nickte Franzi und Marie zu. Sie verstanden sofort. Auf leisen Sohlen näherten sie sich der geschlossenen Tür. Kims Herz hämmerte gegen ihre Brust. Was erwartete sie dort drinnen? Sie legte die Hand auf die Klinke, nahm einen tiefen Atemzug und stieß die Tür auf.

Marie schnappte nach Luft. »Das … das ist doch …«

Franzi prustete los. »Eine Katze!«

Kim atmete seufzend aus. Angst und Anspannung fielen von ihr ab. »Tatsächlich!« Sie betrachtete die schwarz-weiß getigerte Katze, die sich auf einem der beiden Gästebetten zusammengerollt hatte und die Mädchen aus großen Augen leicht vorwurfsvoll ansah.

»Hallo, du Schöne, was machst du denn hier?« Franzis Stimme wurde ganz sanft. Sie liebte Tiere über alles. Zu Hause hatte sie ein eigenes Pony namens Tinka und ein hinkendes Huhn, das Polly hieß. Mit langsamen Bewegungen näherte sie sich der Katze, um sie nicht zu erschrecken. »Wolltest du

gerade ein Nickerchen machen?« Franzi setzte sich auf die Bettkante und kraulte das Tier zwischen den Ohren. Die Katze begann wohlig zu schnurren. Franzi hatte ihr Herz im Handumdrehen gewonnen.
»Wahrscheinlich ist sie durch das geöffnete Kellerfenster ins Haus gelangt«, vermutete Kim.
Marie nickte. »Und dann hat sie sich aus Versehen im Gästezimmer eingeschlossen und ist nicht mehr herausgekommen.«
»Du Arme!« Franzi hörte nicht auf, die Katze zu kraulen. »Gut, dass wir gekommen sind, um dich zu retten.« Sie nahm die Katze auf den Arm. »Wir lassen sie draußen frei, dann kann sie nach Hause laufen. Bestimmt wohnt sie irgendwo im Dorf.«
Die drei !!! kehrten ins Erdgeschoss zurück. Marie lief schnell in den Keller, um das Fenster zu schließen, dann verließen sie das Haus.
Kim seufzte erleichtert, als sie wieder draußen standen und Franzi die Tür abschloss. Es dämmerte und der Mond war bereits aufgegangen. Kalt und weiß stand er über dem Märchenwald und tauchte die Bäume in milchiges Licht.
Franzi setzte die Katze auf dem Boden ab. Das Tier strich ihr noch einmal um die Beine, als wollte es sich bedanken, dann verschwand es mit geschmeidigen Bewegungen im Wald.
Kim warf einen Blick auf ihre Uhr. »Beeilung, Mädels, in fünf Minuten fährt der Bus!«
Zügig machten sich die Detektivinnen auf den Weg. Bevor sie in die Dorfstraße einbogen, warf Kim noch einen Blick über die Schulter zurück. Oma Lottis Haus lag still und düster in der Herbstdämmerung. Alle Fenster waren dunkel.

Trotzdem hatte Kim das ungute Gefühl, beobachtet zu werden. Schaudernd zog sie die Schultern hoch.
»Da kommt der Bus!«, rief Franzi.
Kim wandte sich ab und rannte los.

Babys und andere Katastrophen

Am nächsten Tag um kurz nach vier klingelten Kim und Franzi bei Marie. Familie Grevenbroich lebte in einer großen alten Villa im schicken Ostviertel. Im Gegensatz zu Oma Lottis Garten wirkte hier alles ausgesprochen gepflegt. Ein Gärtner sorgte dafür, dass der mit Kies bestreute Vorplatz immer ordentlich geharkt, die Beete frei von Unkraut und der Rasen gemäht war. In der Mitte des kreisrunden Vorplatzes stand ein alter Springbrunnen mit einer steinernen Statue in Form eines lächelnden, pausbackigen Engels, aus dessen Füllhorn sich plätschernd Wasser in die Brunnenschale ergoss. Bei einem ihrer letzten Fälle hatte dieser Engel eine Schlüsselrolle gespielt, seitdem hatte er eine ganz besondere Bedeutung für die Detektivinnen.
Im Inneren der Villa ertönten Schritte, dann wurde die Tür geöffnet.
»Hallo, ihr zwei!« Tessa, die Lebensgefährtin von Maries Vater, begrüßte die Mädchen mit einem müden Lächeln. Unter ihrem weiten Shirt wölbte sich ein großer, kugelrunder Bauch. Tessa war hochschwanger, bald würde Marie ein Geschwisterchen bekommen. »Ihr wollt bestimmt zu Marie, oder?«
Kim und Franzi nickten.
»Wie geht es dem Baby?«, erkundigte sich Franzi, als sie die große, repräsentative Eingangshalle betraten. »Ist denn inzwischen klar, was es wird?«
Tessa schüttelte den Kopf. »Das Baby macht es wirklich span-

nend. Was soll's, wir lassen uns einfach überraschen. Ich habe alle Sachen für die Erstausstattung vorsichtshalber in neutralen Farben gestrickt.« Sie verzog das Gesicht und rieb sich mit beiden Händen das Kreuz. »Ich hoffe nur, das Baby lässt nicht mehr allzu lange auf sich warten. Mein Rücken bringt mich noch um! Außerdem hopst der kleine Frechdachs ständig auf meiner Blase herum, sodass ich alle fünf Minuten aufs Klo muss.«

Franzi und Kim wechselten einen peinlich berührten Blick. So genau hatten sie es eigentlich gar nicht wissen wollen. Zum Glück kam in diesem Moment Marie die Treppe hinunter. Sie trug ein graues Wollkleid und hatte ihre langen blonden Haare zu einem Pferdeschwanz frisiert. In ihren Ohren funkelten Perlenohrringe. Kim sah von Marie zu Tessa. Der Kontrast hätte nicht größer sein können. Gegen die unförmige Tessa in ihrer schlabberigen Jogginghose, dem ausgeleierten Shirt und den alten Gesundheitslatschen wirkte Marie richtig seriös. Als wäre sie die Hausherrin und nicht Tessa.

»Da seid ihr ja!«, begrüßte Marie ihre Freundinnen. »Dann kann das Clubtreffen ja losgehen.«

Kim und Franzi folgten Marie die Treppe hinauf in ihr Zimmer. Sie ließen sich in der gemütlichen Sitzecke im Erker nieder, die Marie mit einem flauschigen Teppich und bequemen Kissen ausgestattet hatte. Auf der Fensterbank brannten Kerzen und erhellten mit ihren flackernden Flammen den trüben Herbstnachmittag.

Kims Blick fiel auf das Wandtattoo, das Marie vor einiger Zeit über ihrem Bett angebracht hatte. Dort stand zwischen pinkfarbenen Rosen und glitzernden Sternen in fließender, hellblauer Schrift: *Freunde sind wie Sterne. Du kannst sie nicht immer sehen, aber du weißt, sie sind immer für dich da!* Kim lächelte. Diesen Spruch konnte sie nur unterschreiben. Er passte hundertprozentig auf die drei !!!. Auch Kim, Marie und Franzi waren immer füreinander da.

»Tee?«, fragte Marie und schenkte dampfenden Erdbeer-Vanille-Tee in drei Becher.

»Danke!« Kim nahm ihren Becher in Empfang und nippte an dem heißen Getränk.

»Tessa sah ganz schön fertig aus.« Franzi zog ihre Turnschuhe aus und machte es sich im Schneidersitz auf einem großen Kissen bequem. »Wann kommt denn das Baby?«

»In ein paar Wochen.« Marie setzte sich zu ihren Freundinnen. Sie seufzte. »Ich bin wirklich froh, wenn es endlich so weit ist. Tessa watschelt nur noch wie eine lahme Ente durchs Haus und stöhnt über Rückenschmerzen, Harndrang und Schlafstörungen. Nicht auszuhalten!«

Kim grinste. »Ja, uns hat sie auch gerade davon erzählt.«

»Ehrlich?« Marie verzog das Gesicht. »Wie peinlich! Warum muss sie das eigentlich jedem auf die Nase binden? Außerdem lässt sie sich total gehen, was ihr Äußeres betrifft. Habt ihr gesehen, wie sie rumläuft?«

Franzi musste lachen. »Also, das finde ich jetzt nicht so schlimm.«

»Ich schon!« Marie sah ehrlich empört aus. »Sie könnte sich wirklich etwas mehr zusammenreißen.«

»Sei nicht so streng mit Tessa«, riet Kim. »Nach der Geburt wird sich schon alles wieder einrenken.« Sie stellte den Tee-

becher zur Seite und wechselte das Thema. »Und nun zu unserem Fall: Was haltet ihr von der aktuellen Spurenlage?«
»Wir haben zwar eine Menge Spuren gefunden, aber keine einzige ist wirklich eindeutig«, fasste Marie zusammen.
Kim nickte. »Leider können wir nicht beweisen, dass tatsächlich jemand im Haus war, auch wenn alle Indizien darauf hindeuten.«
»Trotzdem – irgendetwas stimmt dort nicht.« Franzis grüne Augen blickten ungewohnt ängstlich. »Da bin ich mir hundertprozentig sicher.«
»Das sehe ich genauso.« Auch Kim beschlich sofort wieder ein mulmiges Gefühl, als sie an die unheimliche Stimmung gestern dachte. »Dummerweise sind wir in einer Sackgasse gelandet. Alle Spuren sind im Sande verlaufen. Wir brauchen dringend einen neuen Ermittlungsansatz.«
»Ich hab das Foto gestern noch an den Experten für Parapsychologie gemailt«, berichtete Marie. »Und stellt euch vor, er hat schon geantwortet!«
»Und?«, fragte Franzi neugierig.
»Leider konnte er nicht mit Sicherheit sagen, ob die Erscheinung auf dem Foto ein Geist ist oder nicht.« Marie zupfte verlegen an einer Haarsträhne herum, die sich aus ihrem Zopf gelöst hatte. »Er meinte allerdings, dass die meisten angeblichen Geisterfotos, die im Internet kursieren, nur billige Fälschungen seien.«
»Na also«, trumpfte Kim auf. »Hab ich doch gleich gesagt! Dann können wir die Geisterspur also abhaken.«
»Können wir nicht!«, widersprach Marie. »Ich glaube nach wie vor, dass der Junge auf dem Foto ein Geist sein könnte.«

Kim verdrehte die Augen. Was sollte man dazu noch sagen?
»Ein Vorschlag zur Güte«, mischte sich Franzi ein. »Wir schicken das Bild an ein Fotolabor und lassen überprüfen, ob es manipuliert wurde. Einverstanden?«
Marie nickte. »Einverstanden!«
»Von mir aus.« Kim versuchte, sich ihr Unbehagen nicht anmerken zu lassen. Was, wenn sich tatsächlich herausstellte, dass jemand das Foto bearbeitet hatte? Dann würde der Verdacht sofort wieder auf Michi fallen und Kim musste sich ernsthaft damit auseinandersetzen, ob sie ihm noch hundertprozentig vertraute. Keine angenehme Vorstellung …
Maries Handy piepste. Sie sprang auf und nahm das Smartphone vom Schreibtisch. Eine feine Röte überzog ihre Wangen. »Eine SMS von Holger!«
»Was schreibt er denn?«, erkundigte sich Franzi.
»Er kommt gerade vom Training.« Marie kicherte. »Heute stand ein Waldlauf auf dem Programm und jetzt ist Holger total platt. Die Trainer im Camp müssen ziemlich gnadenlos sein.« Sie seufzte. »Ich vermisse ihn so!«
»Er ist ja bald wieder da«, sagte Kim tröstend.
»Ich wünschte, das könnte ich von Felipe auch sagen.« Franzi spielte gedankenverloren mit dem kleinen, oval geschliffenen Rosenquarzstein herum, der an einem geflochtenen Lederarmband an ihrem Handgelenk hing. Felipe hatte ihr das Armband geschenkt. »Wenigstens sind wir durch unseren Liebeszauber immer miteinander verbunden.«
Marie legte ihr Handy zur Seite. »Was haltet ihr von einer kleinen Stärkung? Tessa hat vorhin gebacken. Ein Stück Kürbiskuchen wird uns bestimmt aufmuntern.«

Kim lief das Wasser im Mund zusammen. Kuchen liebte sie fast genauso sehr wie Süßigkeiten. »Gute Idee!«
»Finde ich auch.« Franzi schob das Lederarmband unter ihren Pullover und erhob sich.
Die Detektivinnen verließen Maries Zimmer und gingen nach unten. Als sie die große, offene Küche betraten, blieben sie wie angewurzelt stehen.
»Was soll das denn?«, fragte Marie pikiert.
Tessa saß im Schneidersitz mitten auf dem flauschigen Teppich, ihren Bauch wie einen prall gefüllten Ballon vor sich. Sie hatte die Augen geschlossen und hechelte.
Die drei !!! wechselten einen ratlosen Blick.
»Sie scheint keine Luft mehr zu bekommen«, sagte Kim beunruhigt. »Vielleicht sollten wir deinen Vater anrufen, Marie.«
»Oder gleich einen Krankenwagen«, fügte Franzi nervös hinzu. »Manchmal kommen Babys ja auch früher als geplant.«
Doch in diesem Moment öffnete Tessa die Augen. »Oh, hallo!« Sie lächelte. »Ich war so in meine Atemübung vertieft, dass ich gar nicht gehört habe, wie ihr reingekommen seid.«
»Das war eine Atemübung?« Marie runzelte die Stirn. »Wie heißt sie denn? ›Hechelnder Hund‹?«
Tessa lachte. »Keine Ahnung. Meine Hebamme hat sie mir empfohlen. Bei der Geburt ist die Atmung sehr wichtig. Und seit ich Lina bekommen habe, sind schon so viele Jahre vergangen, dass ich ziemlich aus der Übung bin.«
Wie aufs Stichwort erschien Maries Stiefschwester in der Tür. Tessas Tochter war etwas jünger als die drei !!! und konnte mindestens genauso nervig sein wie die Zwillinge. Marie hatte schon einige Kämpfe mit ihr ausgefochten.

»Was ist denn hier los?« Lina verzog das Gesicht, als sie ihre Mutter auf dem Teppich sitzen sah, und marschierte schnurstracks zum Fernseher. Sie schnappte sich die Fernbedienung und warf sich auf das große cremefarbene Sofa.
»Darf man fragen, was du vorhast?«, fragte Tessa.
Lina sah sie an, als wäre sie von einem anderen Stern. »Fernsehen natürlich. Was sonst? Gleich läuft meine Lieblingsserie.«
Tessa schüttelte den Kopf und erhob sich schwerfällig. »Daraus wird nichts, mein Schatz. In ein paar Minuten kommen die Frauen von meinem Geburtsvorbereitungskurs.«
Lina stöhnte. »Schon wieder?«
Tessa nickte. »Wir wollen die verschiedenen Geburtsstellungen noch einmal gemeinsam üben. Du kannst deine Serie ja aufnehmen und später anschauen.«
Leise vor sich hin schimpfend verließ Lina das Sofa und programmierte den Festplattenrekorder. »Warum müssen diese Schwangeren eigentlich ständig bei uns herumhängen? Seit du im Mutterschutz bist, ist andauernd das Wohnzimmer blockiert. Mir reicht's langsam!«
Marie nickte. »Lina hat recht. Ihr könntet euch doch auch mal woanders treffen.«
»Genau!« Lina stellte sich mit vor der Brust verschränkten Armen neben Marie.
Tessa grinste. »Schön, dass ihr euch ausnahmsweise einmal einig seid. Aber wir haben einfach am meisten Platz, darum treffen wir uns lieber hier.« Es klingelte an der Haustür. »Das werden die ersten Frauen sein.« Tessa watschelte in die Eingangshalle.

»Hilfe, die Schwangeren kommen, nichts wie weg!« Lina drehte sich auf dem Absatz um und verschwand blitzartig in ihr Zimmer.
Marie rümpfte die Nase. »Am besten, wir verziehen uns auch. Ich hab keine Lust, gleich von lauter hechelnden Hunden umzingelt zu werden.«
»Und was ist mit dem Kuchen?«, fragte Kim enttäuscht.
»Keine Sorge, den nehmen wir mit nach oben.« Marie schnitt schnell drei große Stücke von dem Kürbiskuchen ab, der auf der Anrichte in der Küche stand, verteilte sie auf drei Teller und drückte ihren Freundinnen jeweils einen Teller in die Hand. »Und jetzt nichts wie weg.«
In der Eingangshalle hatte sich schon eine kleine Gruppe Frauen mit unterschiedlich dicken Bäuchen versammelt. Während sie ihre Mäntel auszogen, unterhielten sie sich gut gelaunt mit Tessa. Kim, Marie und Franzi schlängelten sich zwischen den Besucherinnen hindurch und liefen mit ihren Kuchentellern die Treppe hinauf. Leider konnte Kim nicht verhindern, dass sie ein paar Stichworte aufschnappte: Kaiserschnitt, Rückenmarksspritze, geplatzte Fruchtblase … Kim war heilfroh, als sie außer Hörweite war. Davon konnte einem glatt der Appetit vergehen!
Franzi und Marie schien es ähnlich zu gehen.
»Das ist ja ekelhaft!«, murmelte Franzi, als sie sich wieder in Maries Sitzecke niederließ.
Marie nickte. »Allerdings! Und dieses Gerede muss ich mir jetzt ständig anhören.« Sie seufzte. »Wenn das Baby doch nur schon da wäre! Ich wette, es wird ein Mädchen.«
»Wie kommst du denn darauf?«, nuschelte Kim, die sich ge-

rade einen großen Bissen Kürbiskuchen in den Mund gesteckt hatte. Er schmeckte köstlich.
Marie zuckte mit den Schultern. »Nur so ein Gefühl. Außerdem sind kleine Mädchen tausendmal niedlicher als Jungs. Man kann ihnen hübsche Kleidchen anziehen und ihre seidigen Haare kämmen …«
»Die meisten Babys haben Glatzköpfe«, bemerkte Franzi trocken.
Marie warf ihr einen ärgerlichen Blick zu. »Ich meine doch später, wenn das Baby etwas älter ist. Es gibt total süße Kleinkind-Frisuren.«
Kim schluckte den Kuchen hinunter. »Wahrscheinlich wirst du das arme Kind auch noch schminken und seine Nägel rosa lackieren.« Sie grinste.
»Warum nicht?« Marie schien die Idee keineswegs abwegig zu finden. »Es ist nie zu früh, sich um ein gepflegtes Äußeres zu bemühen.«
Kim und Franzi sahen sich an und verdrehten synchron die Augen. Eins war sicher: Wenn Marie wirklich eine Schwester bekam, würde sie das am besten gestylte Baby der ganzen Stadt werden!

Schock beim Frühstück

Kim gähnte, als sie morgens zum Frühstück nach unten ging. Sie hatte gestern im Bett noch lange gelesen – zu lange. Aber der Krimi war so spannend gewesen, dass sie ihn einfach nicht hatte weglegen können. Jetzt bekam sie die Quittung: Vor lauter Müdigkeit schlief sie fast im Stehen ein. Zum Glück war Freitag und sie musste nur noch sechs Schulstunden bis zum Wochenende überstehen.

»Achtung, Planschkuh auf zwölf Uhr«, raunte Ben seinem Bruder zu, als Kim die Küche betrat. Kim ignorierte die Beleidigung. Seit Marie den Zwillingen den Floh mit James Bond ins Ohr gesetzt hatte, unterhielten sie sich nur noch in einer merkwürdig verschlüsselten Agentensprache.

Kim ließ sich auf ihren Platz fallen. Beim Anblick ihrer Brüder musste sie trotz ihres Schlafmangels grinsen. Obwohl es draußen noch nicht richtig hell war, saßen Ben und Lukas mit dunklen Sonnenbrillen am Frühstückstisch wie zwei zu klein geratene James-Bond-Doppelgänger und schlürften lautstark ihren Kakao.

»Geht das auch etwas leiser?«, fragte Frau Jülich vorwurfsvoll. Kims Vater war hinter der Zeitung verschwunden, wie jeden Morgen.

Kim griff nach einer Scheibe Brot, die sie dick mit Nutella bestrich. Sie brauchte jetzt unbedingt eine extra Portion Zucker, um ihren Kreislauf in Schwung zu bringen.

»Habt ihr den Vokabeltest schon zurückbekommen?«, erkundigte sich Frau Jülich.

Kim biss von ihrem Brot ab und schüttelte stumm den Kopf. Sie hasste es, ihrer Mutter schon beim Frühstück Rede und Antwort stehen zu müssen. Frau Jülich war eine sehr engagierte Grundschullehrerin und legte großen Wert darauf, dass ihre Kinder gute Noten schrieben. Für Kim war das kein Problem, sie gehörte sowieso immer zu den Klassenbesten. Bei Ben und Lukas sah das schon etwas anders aus. Sie interessierten sich mehr für Fußball und Geheimagenten als fürs Lernen.

Herr Jülich ließ die Zeitung sinken, um einen Schluck Kaffee zu trinken. Er lächelte Kim zu. »Guten Morgen, meine Große. Alles klar bei dir? Du siehst etwas müde aus.«

»Alles bestens«, murmelte Kim. Ihre Eltern brauchten nicht zu wissen, dass sie gestern viel zu spät das Licht ausgemacht hatte. Während sie noch einen Bissen von ihrem Nutellabrot nahm, fiel ihr Blick auf die Zeitung, die neben ihrem Vater auf dem Tisch lag. Vor Schreck fiel Kim fast das Brot aus der Hand. Mit einem Schlag war sie hellwach. »Darf ich mal?«, nuschelte sie mit vollem Mund und schnappte sich die Zeitung. Es war der Lokalteil und auf der ersten Seite prangte ein großes Foto. Kim starrte es entsetzt an.

»Was ist denn?«, fragte ihr Vater. »Du bist plötzlich ganz blass.«

Kim konnte den Blick nicht von der Zeitung abwenden. »Das … das ist Oma Lottis Haus«, murmelte sie fassungslos. Das Geisterfoto war der Aufmacher des Tages. Es handelte sich ohne jeden Zweifel um genau dasselbe Bild, das seit Tagen im Mittelpunkt der Detektivclub-Ermittlungen stand. Es war stark vergrößert und deshalb etwas grobkörnig, aber der Schatten am Fenster war deutlich zu erkennen. Darüber prangte in fetten Lettern eine reißerische Überschrift.

SPUKT ES IN BILLERSHAUSEN?

Kim schnappte nach Luft. Sie zog die Zeitung näher zu sich heran, um den ganzen Artikel lesen zu können.

Billershausen im Oktober. *Der Herbst hat die Region fest im Griff. Trübes Wetter, Dunkelheit und Nebel sind an der Tagesordnung. Die perfekten Bedingungen für Geister und übersinnliche Erscheinungen. Sie glauben nicht an Gespenster? Dann schauen Sie sich dieses Foto einmal ganz genau an. Es zeigt ein Haus in dem kleinen und idyllischen Dorf Billershausen, das ein aufmerksamer Leser unserer Zeitung zur Verfügung gestellt hat. Sieht die Gestalt am Fenster nicht wie ein echter Geist aus? In unserer Redaktion hat das Bild jedenfalls für ordentlich Gänsehaut-Feeling gesorgt. Vielleicht ist es ja auch für Sie eine willkommene Ablenkung vom ungemütlichen Oktoberwetter. Haben Sie auch übersinnliche Untermieter? Schicken Sie uns Ihre Geisterfotos! Das beste Bild wird prämiert und der Einsender erhält zwei Freikarten für den Freizeitpark* Sugarland *in Billershausen. Viel Erfolg und viel Spaß beim Gruseln! KL*

Kim sprang auf. »Ich muss los!«
»Jetzt schon?«, fragte ihre Mutter überrascht.
Kim dachte blitzschnell nach. »Ja, ich … äh … ich muss noch was besprechen. Wegen einer Gruppenarbeit, die wir gerade in Deutsch machen.«

Zum Glück hakte Frau Jülich nicht weiter nach. Kim spurtete in den Flur, schlüpfte in ihre Jacke, griff nach ihrem Schulrucksack und dem Sportbeutel und verließ im Eiltempo das Haus.

»Hast du das gesehen?«
Kaum hatte Kim ihr Fahrrad auf dem Schulhof abgestellt, stürmte Franzi auf sie zu und wedelte mit dem Zeitungsartikel vor ihrer Nase herum. Sie musste schon in aller Herrgottsfrühe von zu Hause aufgebrochen sein.
Kim nickte. »Ich konnte es kaum glauben.«
»So eine Unverschämtheit!«, schimpfte Franzi. »Wie kommt das Foto in die Zeitung? Und wer ist dieser ominöse ›aufmerksame Leser‹, der es der Redaktion angeblich ›zur Verfügung gestellt‹ hat?«
»Das kann ich mir auch nicht erklären.« Kim schüttelte verwirrt den Kopf. »Noch nicht. Aber wir werden es herausfinden.«
Sie schlang sich ihren Schal fester um den Hals. Es war ein kalter und windiger Morgen. Der Himmel hing grau und schwer über ihren Köpfen. Da die erste Stunde erst in zehn Minuten begann, war auf dem Schulhof noch nicht besonders viel los. Doch das war Kim ganz recht, so hatten sie wenigstens keine unerwünschten Zuhörer.
Franzi faltete den Artikel zusammen und steckte ihn in ihre Jackentasche. »Meine Eltern sind total ausgerastet, als sie das Foto gesehen haben«, berichtete sie etwas ruhiger.
»Kann ich mir vorstellen.« Kim zog fröstelnd die Schultern hoch. »Und wie hat deine Oma reagiert?«

»Sie hat noch geschlafen und zum Glück nichts davon mitbekommen. Wir werden es ihr auch nicht erzählen.«
Kim nickte. »Das ist bestimmt eine gute Idee. Sonst regt sie sich nur unnötig auf.«
»Mein Vater ist stinksauer«, erzählte Franzi. »Er befürchtet, dass sich das Haus jetzt nicht mehr so gut verkaufen lässt. Wer will schon in einem Spukhaus wohnen?«
»Ach was, das ist doch ganz schnell wieder vergessen«, behauptete Kim. »Außerdem ist der Artikel ja auch nicht richtig ernst gemeint.«
»Trotzdem!« Franzi machte ein düsteres Gesicht. »Meine Eltern glauben, jemand hat das Bild von der Immobilien-Seite im Internet heruntergeladen und manipuliert. Sie haben sogar überlegt, Anzeige zu erstatten, aber ich konnte sie zum Glück davon abbringen. Stattdessen will sich Papa jetzt bei der Zeitungsredaktion beschweren.«
»Gut!« Kim atmete auf. Erfahrungsgemäß verkomplizierte es die Ermittlungen beträchtlich, wenn sich die Polizei einmischte. Kommissar Peters, ein guter Freund von Maries Vater und inzwischen auch von den drei !!!, hatte ihnen zwar schon oft geholfen, aber er neigte leider dazu, den Detektivclub zu unterschätzen und ihnen mit seinen ständigen Ermahnungen, sich nur ja nicht in Gefahr zu begeben, auf die Nerven zu gehen. »Wir wissen jedenfalls, dass das Foto nicht von der Immobilienseite stammt«, stellte Kim fest. »Und wir müssen schnellstens klären, wie es an die Redaktion gelangt ist. Es scheint irgendwo eine undichte Stelle zu geben.«
Franzi seufzte. »Zu blöd, dass wir erst noch Unterricht haben. Am liebsten würde ich sofort mit den Ermittlungen loslegen.«

»Ich auch, aber das geht leider nicht.« Kim holte ihr Handy hervor. »Gleich nach der Schule fahren wir zur Redaktion. Ich schreibe Marie eine SMS.«

Marie, die eine andere Schule besuchte als Kim und Franzi, reagierte prompt. Wenige Sekunden später antwortete sie mit einem knappen *Okay*. Kim lächelte. Auf ihre Freundinnen war eben hundertprozentig Verlass.

Es klingelte zur ersten Stunde und Franzi seufzte. »Auf geht's! Ich hab jetzt eine Doppelstunde Mathe. Und du?«

»Sport.« Kim verzog das Gesicht. Sie hätte liebend gerne mit Franzi getauscht.

Die Detektivinnen verabschiedeten sich voneinander und Kim trottete lustlos in Richtung Turnhalle. In diesem Moment hätte sie einiges für einen echten Geist gegeben, der in die Turnhalle flog und mit einer kleinen Spukeinlage dafür sorgte, dass der Sportunterricht ausfiel.

»Typisch«, murmelte Kim. »Wenn man mal ein Gespenst braucht, ist natürlich keins da!«

Ein schrecklicher Verdacht

»Huhu, hier bin ich!« Marie stand schon vor dem Pressehaus, als Kim und Franzi von ihren Rädern stiegen.
»Hast du den Artikel gesehen?«, rief Franzi, ohne sich mit einer Begrüßung aufzuhalten.
Marie nickte. »Ich hab ihn mir heute Morgen gleich auf mein Smartphone geladen, nachdem ich Kims SMS bekommen hatte.« Sie schüttelte den Kopf. »Wirklich unglaublich! Habt ihr eine Idee, wer der Presse das Foto zugespielt haben könnte?«
»Nein, aber genau das sollten wir den zuständigen Redakteur fragen«, sagte Kim grimmig.
Marie straffte die Schultern. »Dann nichts wie rein in die Höhle des Löwen!«
Die Redaktion befand sich in einem schmucklosen, mehrstöckigen Gebäude an einer viel befahrenen Hauptverkehrsstraße. Marie trat als Erste durch die gläserne Schwingtür und durchquerte mit energischen Schritten die Eingangshalle. Kim und Franzi folgten ihr.
Hinter dem Empfangstresen saß eine junge Frau mit streng zurückgekämmten Haaren und dunkelbrauner Hornbrille. »Was kann ich für euch tun?«, fragte sie kühl.
»Wir möchten zum Chef der Lokalredaktion«, antwortete Marie. Doch ihr gewinnendes Lächeln prallte an der Empfangsdame ab.
»In welcher Angelegenheit?«, erkundigte sie sich mit Eiswürfel-Stimme.

»Das würden wir gerne persönlich mit dem zuständigen Redakteur besprechen«, gab Marie selbstbewusst zurück.
Die Frau zuckte mit keiner Wimper. »Frau Wechloy empfängt heute keine Besucher«, erklärte sie. »Am besten, ihr ruft das nächste Mal vorher an und vereinbart einen Termin.«
»Es ist wirklich dringend!«, mischte sich Franzi ein.
»Schon möglich, aber Frau Wechloy ist leider beschäftigt«, sagte die Empfangsdame bestimmt. »Kommt nächste Woche wieder.«
»Für wen halten Sie sich eigentlich?«, schimpfte Franzi. Ihre grünen Augen blitzten wütend. Kim wusste, dass sie kurz davor war zu explodieren.
»Komm, das bringt doch nichts«, sagte Kim leise. Sie griff nach Franzis Arm und zog sie vom Empfangstresen weg.
»Vielen Dank für Ihre ausgesprochen *freundliche* Hilfe«, verabschiedete sich Marie ironisch.
Die drei !!! traten den Rückzug an. Doch als sie das Gebäude gerade verlassen wollten, wurde die Empfangsdame von einer Kollegin gerufen. Sie erhob sich und verschwand im Hinterzimmer.
»Das ist unsere Chance!«, zischte Marie.
Kim und Franzi schalteten sofort. Die Detektivinnen rannten zurück, am Empfangstresen vorbei zum Aufzug. Kim drückte hektisch auf den Knopf.
»Komm schon!«, murmelte sie und warf einen nervösen Blick zu der Tür hinüber, hinter der die Empfangsdame verschwunden war. Sie konnte jede Sekunde zurückkommen. Und wenn sie entdeckte, dass die drei !!! immer noch da waren, würde sie sie garantiert auf die Straße setzen.

»Na endlich!« Marie seufzte erleichtert, als sich die Fahrstuhltüren öffneten.
Die Detektivinnen stürzten in den Lift und Marie drückte auf den Knopf mit der Ziffer fünf. Daneben stand in kleinen, verblichenen Buchstaben *Lokal- und Sportredaktion*. Es blieb keine Zeit, um eine Strategie zu besprechen. Im Nu waren sie in der 5. Etage und der Fahrstuhl spuckte sie wieder aus.
Kim sah sich um. Sie standen auf einem schmalen Flur, der mit grauem, abgewetztem Teppich ausgelegt war und von dem viele kleine Büros abgingen, die mit Glaswänden vom Flur abgetrennt waren.
»Mist, hier werden wir kaum ungesehen vorbeikommen«, fluchte Franzi leise.
Kim nickte. »Dann müssen wir eben schnell sein und die Redaktionsleiterin finden, bevor uns jemand entdeckt und rausschmeißt.«
So unauffällig wie möglich gingen die Detektivinnen an den Büros vorbei und kontrollierten die Türschilder. »Felix Bäumler, Miriam Lesch, Kurt Lindner …« Marie schüttelte den Kopf. »Verflixt, wo steckt denn diese Frau Wechloy?«
»Sucht ihr mich?«, fragte jemand hinter ihnen.
Die drei !!! fuhren herum. Sie standen einer Frau in den Fünfzigern gegenüber, die mit ihren streng zurückgekämmten grauen Haaren, dem strengen Blick und der schwarzen Brille auf der Nase wie eine ältere Version der Empfangsdame wirkte.
»Frau Wechloy?«, vergewisserte sich Marie.
Die Redaktionsleiterin nickte. »Das bin ich. Was kann ich für euch tun?«

»Wir haben eine Frage.« Franzi zog den Zeitungsartikel hervor. »Wer hat diesen Bericht geschrieben? Und wie sind Sie an das Foto gekommen?«
Frau Wechloys Gesichtsausdruck verdunkelte sich. »Warum wollt ihr das wissen?«
»Wir sind Detektivinnen und dieses Foto ist Gegenstand unserer Ermittlungen.« Kim kramte in ihrem Rucksack nach einer Visitenkarte und reichte sie der Journalistin, die einen skeptischen Blick darauf warf.

»Ihr seid die drei !!!?«, fragte sie überrascht. »Wir haben doch schon über euch berichtet, oder?«
Marie nickte stolz und ergänzte: »Sogar mehrfach. Schließlich haben wir bereits über vierzig Fälle erfolgreich gelöst. Übrigens stehen wir auch für Interviews zur Verfügung, falls Sie mal ein Detektiv-Special für Ihre Zeitung planen.«
»Nein, tun wir nicht!« Kim warf Marie einen ärgerlichen Blick zu. Sie hasste es, im Mittelpunkt zu stehen, und war außerdem der Meinung, dass es ihre Ermittlungsarbeit nur

behindern würde, wenn sie zu bekannt wurden. Marie war da leider ganz anderer Ansicht …

»Darum geht es jetzt doch gar nicht!« Franzi wedelte mit dem Artikel. »Woher haben Sie dieses Foto?«

Die Redaktionsleiterin schüttelte den Kopf. »Das kann ich euch nicht sagen. Pressegeheimnis.«

»Und wer hat den Artikel geschrieben?«, fragte Marie.

Erneutes Kopfschütteln.

Kim seufzte. So kamen sie nicht weiter. An dieser Frau würden sie sich die Zähne ausbeißen, das spürte sie. Am besten traten sie einen geordneten Rückzug an. Doch Frau Wechloy kam ihr zuvor.

»Ich muss euch jetzt bitten zu gehen«, sagte sie. »Ich habe noch zu tun. Ihr findet alleine hinaus?« Ohne eine Antwort abzuwarten, ließ sie die Detektivinnen stehen und verschwand in einem Büro am Ende des Flurs.

Franzi sah ihr wütend nach. »Ich fasse es nicht! Warum will hier niemand mit uns reden?«

»Diese Frau Wechloy versucht, etwas zu vertuschen«, vermutete Kim. »Sonst hätte sie uns doch sagen können, wer den Artikel geschrieben hat.« Plötzlich fiel ihr etwas ein. »Darf ich den Zeitungsausschnitt noch mal sehen?« Franzi reichte ihr die Seite und Kim studierte mit gerunzelter Stirn den Text. »Da! Ich hab's doch gewusst!« Sie deutete auf zwei Buchstaben ganz am Ende des Berichts.

»Was ist das?«, fragte Franzi.

»Ein Kürzel«, erklärte Kim. »Es steht für den Verfasser des Artikels.«

»KL«, las Marie vor. »Das kommt mir irgendwie bekannt

vor …« Plötzlich hellte sich ihr Gesicht auf. »Die Buchstaben könnten die Initialen von Kurt Lindner sein! Den Namen hab ich vorhin an einer Bürotür gelesen.«

»Gut kombiniert, Marie!« Kim nickte anerkennend. »Wir sollten diesem Kurt Lindner gleich mal auf den Zahn fühlen. Vielleicht ist er ja etwas gesprächiger als seine Chefin.«

Marie führte die Detektivinnen zu dem Büro direkt neben dem Fahrstuhl. Tatsächlich! Auf dem Türschild stand der Name *Kurt Lindner*. Kim warf einen schnellen Blick in das kleine Büro. Es war spärlich möbliert mit einem schäbigen Schreibtisch und einem vollgestopften Bücherregal. Auf der Fensterbank fristete ein staubiger Gummibaum ein trostloses Dasein. Ein junger Mann saß am Schreibtisch und tippte eifrig etwas in seinen Computer. Neben ihm stand ein Kaffeebecher mit der Aufschrift ICH BIN DER BOSS.

»Showtime!«, zischte Marie und öffnete schwungvoll die Tür. »Guten Tag, Herr Lindner!«, rief sie und betrat das Büro. Kim und Franzi folgten ihr. »Dürfen wir kurz stören? Wir hätten ein paar Fragen an Sie.« Die drei !!! bauten sich neben dem Schreibtisch auf.

Kurt Lindner zuckte zusammen und starrte die Detektivinnen verdutzt an. »Wer … wer seid ihr? Und was wollt ihr hier?«

»Wir sind Detektivinnen und würden gerne wissen, von wem Sie dieses Foto haben.« Franzi hielt den Artikel hoch.

Der junge Mann wurde blass und fuhr sich nervös durch seine braunen Locken. Kim schätzte ihn auf höchstens Anfang zwanzig. Bestimmt arbeitete er noch nicht lange als Journalist.

»Sie haben diesen Artikel doch geschrieben, oder?«, hakte Marie nach.
Kurt Lindner nickte. Seine Schultern sackten herab und er starrte betreten auf die Tastatur seines Computers. »Und ich habe es bereits bitter bereut.«
Kim kombinierte blitzschnell. »Sie haben Ärger bekommen, stimmt's? Weil Sie das Foto ohne Genehmigung veröffentlicht haben.«
Kurt Lindner seufzte. »Ich konnte doch nicht wissen, dass das Haus zum Verkauf steht! Davon hat mir mein Informant nichts gesagt. Ich wollte nur einen guten Aufmacher für die heutige Ausgabe. Erst waren auch alle aus der Redaktion ganz begeistert – bis vorhin dieser Typ angerufen und sich furchtbar aufgeregt hat.«
Kim unterdrückte ein Grinsen. ›Dieser Typ‹ musste Herr Winkler gewesen sein. Offenbar hatte er sein Vorhaben, sich bei der Zeitung zu beschweren, bereits in die Tat umgesetzt.
»Und deshalb haben Sie Stress mit Ihrer Chefin gekriegt«, folgerte Kim.
Kurt Lindner nickte. »Frau Wechloy war ganz schön sauer. Dabei kann doch jeder mal einen Fehler machen, oder? Schließlich bin ich erst seit drei Monaten Volontär bei der Zeitung.«
Kims Mitleid hielt sich in Grenzen. Sie sah den jungen Mann eindringlich an. »Wer ist Ihr Informant?«
Kurt Lindner schüttelte den Kopf. »Das … das kann ich nicht sagen. Er will anonym bleiben. Ich weiß selbst nicht, wie er heißt.« Er mied Kims Blick und spielte nervös mit einem Kugelschreiber herum, der auf dem Tisch lag.

Kim war sich ziemlich sicher, dass er log. »Ich glaube Ihnen nicht«, sagte sie. »Sie kennen Ihren Informanten persönlich, aber Sie wollen seine Identität nicht preisgeben.«
Kurt Lindner sah sie trotzig an. »Das ist meine Sache. Und jetzt sage ich kein Wort mehr.«
»Also, *ich* glaube Ihnen, Kurt. Ich darf Sie doch so nennen, oder?« Marie schenkte dem jungen Mann ein strahlendes Lächeln. »Und ich bin mir sicher, dass Sie später einmal ein hervorragender Journalist werden. Dieser Artikel über das Spukhaus ist einfach *großartig* geschrieben! Ich habe eine richtige Gänsehaut beim Lesen bekommen.« Marie erschauderte.
Kim musste sich das Lachen verbeißen. Marie zog mal wieder alle Register ihrer Schauspielkunst. Aber ihre Strategie schien aufzugehen, denn die Miene des Volontärs hellte sich augenblicklich auf.
»Danke!« Er erwiderte Maries Lächeln. »Ich habe auch ziemlich lange daran gefeilt.«
»Das kann ich mir vorstellen.« Marie nickte verständnisvoll. »Und ich bin mir sicher, dass Sie nicht nur Schreibtalent, sondern auch eine hervorragende Beobachtungsgabe besitzen. Könnten Sie uns vielleicht eine Personenbeschreibung Ihres Informanten liefern? Das würde uns wirklich sehr weiterhelfen!« Sie klimperte kokett mit ihren langen Wimpern.
Kurt Lindner schmolz dahin. »Natürlich! Kein Problem. Der Typ war noch ziemlich jung …«
»Wie jung?«, wollte Franzi wissen.
»Keine Ahnung.« Der Volontär überlegte. »Vielleicht sechzehn oder siebzehn.«

Kim zückte das abgegriffene Heft, das sie als Detektivtagebuch für unterwegs benutzte, und machte sich Notizen. »Haarfarbe?«
»Äh – braun.« Kurt Lindner runzelte die Stirn. »An die Augenfarbe kann ich mich nicht erinnern. Er war mittelgroß und trug Jeans und ein Kapuzensweatshirt.«
»Vielen Dank!« Marie warf ihre Haare über die Schulter zurück. »Das war wirklich großartig. Jetzt müssen wir leider gehen. Falls Ihnen noch etwas einfällt, melden Sie sich gerne jederzeit bei uns.« Sie zog eine Visitenkarte aus ihrem silbernen Etui und reichte sie Kurt Lindner.
»Klar, mach ich.« Er strahlte über das ganze Gesicht. »War nett, dich kennenzulernen.«
Kim klappte langsam das Detektivtagebuch zu. Sie bekam kaum mit, wie sich Franzi und Marie von dem Volontär verabschiedeten. In ihren Ohren rauschte es und das Büro verschwamm vor ihren Augen.
Denn soeben war ihr ein schrecklicher Verdacht gekommen.

Herzensqualen

Detektivtagebuch von Kim Jülich
Freitag, 15:47 Uhr
Der Fall hat eine ungeahnte Wendung genommen. Unser Geisterfoto war heute in der Zeitung der Aufmacher des Lokalteils! Das hat die Ermittlungen ordentlich durcheinandergewirbelt. Ich komme gerade aus der Zeitungsredaktion, wo wir den Volontär befragt haben, der für den Artikel verantwortlich ist. Angeblich hat ihm ein großer Unbekannter das Foto zugespielt. Das ist natürlich Unsinn, aber Marie hat dem Volontär mit ihrem unnachahmlichen Charme zumindest eine halbwegs brauchbare Personenbeschreibung entlockt. Der anonyme Informant soll sechzehn bis siebzehn Jahre alt sein, braune Haare haben und Jeans und einen Kapuzenpullover getragen haben.
Bei mir haben sofort sämtliche Alarmglocken geläutet. Denn ich kenne eine Person, auf die diese Beschreibung hundertprozentig zutrifft. Ich kenne sie sogar sehr gut.
MICHI MILLBRANDT!!!

Geheimes Tagebuch von Kim Jülich
Freitag, 16:06 Uhr
Wer diese Zeilen liest, den soll meine Verzweiflung treffen wie ein Blitz aus heiterem Himmel, sodass er seines Lebens nie mehr froh wird – genau wie ich.
Hilfe, was soll ich nur tun? Meine schlimmsten Befürchtungen sind Wirklichkeit geworden: Michi ist zu unserem Hauptverdächtigen geworden! Eigentlich müsste ich die Ermittlungen ab

sofort Franzi und Marie überlassen, weil ich eindeutig befangen bin. Aber es würde mich umbringen, nur untätig herumzusitzen und nichts tun zu können. Ich muss wissen, was passiert ist! Hat Michi das Foto von Oma Lottis Haus manipuliert? Und hat er sein selbst gebasteltes Geisterfoto dann der Zeitung zugespielt? Aber warum sollte er so etwas tun?
Ich bin hin- und hergerissen. Ich würde Michi so gerne vertrauen, aber ich schaffe es nicht. Seit Frank aus dem Gefängnis entlassen wurde, hat Michi sich verändert. Und Frank hat ihn schließlich schon einmal negativ beeinflusst und in seine kriminellen Machenschaften hineingezogen. Was, wenn er wieder einen schlechten Einfluss auf Michi hat? Ich habe das Gefühl, dass Michi mir mehr und mehr entgleitet.
Es gibt nur einen Weg, dieser schrecklichen Ungewissheit zu entkommen: Ich muss Michi zur Rede stellen. Ich muss wissen, ob er der anonyme Informant ist.
Und wenn sich meine Befürchtungen bestätigen? Dann wird mein Herz in tausend winzige Stücke zerbrechen und vom Winde verweht werden.
Ach, Michi, warum sind wir uns plötzlich so fern?

Kims Mund war trocken, als sie Michis Nummer wählte, und ein Teil von ihr hoffte inständig, nur die Mailbox zu erreichen. Leider vergeblich.
»Hallo, Kim, schön dass du anrufst!« Michi klang so gut gelaunt und unbeschwert, dass es Kim einen Moment glatt die Sprache verschlug.
Sie räusperte sich und musste zweimal ansetzen, bevor sie ein »Hallo« hervorbrachte.

»Ich bin auf dem Sprung«, erzählte Michi. »Frank und ich wollen nach Billershausen fahren und die Indoor-Minigolfanlage ausprobieren. Willst du mitkommen?«

»Nein.« Kims Stimme klang rau. »Wir stecken gerade mitten in den Ermittlungen.«

»Schade.« Michis Enttäuschung war nicht zu überhören. »Wie läuft es denn mit eurem neuen Fall?«

»Geht so.« Kim holte tief Luft. »Hast du heute schon Zeitung gelesen?«

Michi zögerte. »Nein. Wieso? Was ist denn los? Du klingst irgendwie komisch.«

»Das Geisterfoto ist der Aufmacher des Tages.«

»Was?«, rief Michi. »*Mein* Foto? Wie kommt das denn in die Zeitung?«

Seine Überraschung schien echt zu sein. Kim hätte ihm jetzt gerne in die Augen gesehen und ärgerte sich, dass sie zu feige gewesen war, ihm persönlich gegenüberzutreten.

»Das wüssten wir auch gern.« Kim biss sich auf die Lippe. Es war nicht leicht, den eigenen Freund, den man über alles liebte, als Verdächtigen zu verhören. Wie sollte sie weiter vorgehen? Aber Michi nahm ihr die Entscheidung ab.

»Ihr glaubt doch nicht etwa, dass ich es war, oder?«

Kim zögerte. »Na ja … also … wir …«

Michi unterbrach sie. »Ich fass es nicht! Bin ich jetzt etwa ein Verdächtiger?«

Kim schluckte. »Wir haben eine Personenbeschreibung, die ziemlich gut auf dich passt.«

Michi lachte auf. Aber es klang alles andere als fröhlich. »Das ist doch völlig absurd! Warum sollte ich so etwas tun?«

»Ich weiß es nicht«, flüsterte Kim.
»Traust du mir das wirklich zu?«, fragte Michi jetzt etwas ruhiger. »Komm schon, Kim, du kennst mich doch!«
»Das ist es ja gerade …« Kim seufzte. »Manchmal bin ich mir nicht mehr sicher, ob ich dich wirklich kenne.«
»Was soll das denn jetzt heißen?«
»Du steckst nur noch mit Frank zusammen«, erklärte Kim. »Ihr unternehmt jeden Tag etwas, für mich hast du kaum noch Zeit. So kann es doch nicht weitergehen!« Sie hasste sich dafür, dass ihre Stimme zitterte. Sie wollte stark und überlegen klingen, nicht wie eine weinerliche Sechsjährige.
»Ich dachte, das Thema hätten wir ausführlich diskutiert«, erwiderte Michi ziemlich ungehalten. »Du warst doch damit einverstanden, dass ich Frank nach seiner Haftentlassung unterstütze. Komm doch einfach öfter mit, dann würden wir uns auch häufiger sehen.«
Kim seufzte. »Es ist nicht dasselbe, wenn Frank dabei ist, das weißt du genau. Außerdem …« Sie zögerte.
»Was?«
»Außerdem ist mir Frank nicht besonders sympathisch«, gab Kim zu.
»Du kennst ihn ja gar nicht richtig.« Michi klang plötzlich so bitter, dass Kim ganz kalt wurde. »Und ich dachte, du würdest dich ehrlich bemühen, ein gutes Verhältnis zu Frank aufzubauen. Schließlich ist er mein Bruder!«
»Das hab ich doch versucht!«, rief Kim. »Wirklich!«
»Ja, klar.« Michis Stimme triefte vor Ironie. »In der halben Stunde, die du uns im *Lomo* von deiner kostbaren Zeit geschenkt hast.« Im Hintergrund war eine Stimme zu hören.

»Ich muss los, Kim. Tu mir einen Gefallen und denk noch mal gründlich über alles nach. Denn wenn du mir nicht mehr vertraust, frage ich mich ernsthaft, ob unsere Beziehung noch einen Sinn hat.«
Kim hatte plötzlich einen dicken Kloß im Hals. Sie schaffte es nicht, etwas zu erwidern, aber das war auch nicht nötig. Michi hatte bereits aufgelegt.

»Hiermit erkläre ich die Clubsitzung für eröffnet!«, verkündete Franzi, während sie den selbst gebackenen Kirschkuchen ihrer Mutter auf drei Teller verteilte.
Der Kuchen war noch ganz frisch und duftete köstlich, aber Kim hatte keinen Appetit. Das Telefonat mit Michi lag ihr immer noch schwer im Magen. Direkt danach war sie aufgebrochen, um es noch pünktlich zum Clubtreffen ins Hauptquartier zu schaffen. Nun saß sie mit Franzi und Marie in dem ehemaligen Pferdeschuppen neben Franzis Haus, der dem Detektivclub als Treffpunkt diente, und musste immer wieder an das Gespräch mit Michi denken. Seine Worte hallten in ihrem Kopf wider.
Wenn du mir nicht mehr vertraust, frage ich mich ernsthaft, ob unsere Beziehung noch einen Sinn hat.
Er hatte so bitter geklungen, so hart. Aber eigentlich hatte er ja recht: Vertrauen war die Grundlage jeder Beziehung. War sie gerade dabei, sich Michis Liebe zu verscherzen? Was sollte sie nur tun?
»Erde an Kim, Erde an Kim!«, rief Marie.
Kim schreckte auf. »Was ist los?«, fragte sie verwirrt. »Sorry, ich war gerade mit meinen Gedanken woanders.«

»Das haben wir gemerkt.« Franzi grinste. »Marie wollte wissen, ob du schon Nachricht vom Fotolabor hast.«
Kim nickte. »Ja, sie waren sehr schnell.«
»Und?«, fragte Marie gespannt.
»Das Foto wurde nicht manipuliert«, berichtete Kim.
»Ich wusste es!«, jubelte Marie. »Also ist der Schatten auf dem Bild doch ein echter Geist.«
»Es gibt bestimmt noch andere Möglichkeiten«, erwiderte Kim automatisch.
»Ach ja?« Marie zog eine Augenbraue hoch. »Und welche?«
»Was weiß denn ich!«, antwortete Kim ziemlich unwirsch. »Ihr könnt euch ja auch mal selbst Gedanken machen.« Sie stocherte lustlos in ihrem Kuchen herum.
Franzi runzelte die Stirn. »Welche Laus ist dir denn über die Leber gelaufen?«
»Gar keine, ich hatte gerade nur etwas Stress mit Michi«, murmelte Kim.
»Was war denn los?«, erkundigte sich Marie.
Kim gab sich einen Ruck und erzählte ihren Freundinnen von dem unangenehmen Telefonat.
»Du hast ihn tatsächlich mit deinem Verdacht konfrontiert?«, fragte Franzi. »Alle Achtung, ganz schön mutig.«
»Nein, ganz schön bescheuert.« Kim zerquetschte eine Kirsche mit der Gabel, bis nur noch roter Matsch übrig war. »Jetzt ist Michi sauer auf mich und stellt sogar unsere Beziehung infrage. Das wollte ich doch gar nicht!«
»Michi beruhigt sich bestimmt wieder«, sagte Franzi tröstend.
»Traust du ihm wirklich zu, hinter deinem Rücken das Foto an die Zeitung gegeben zu haben?«, fragte Marie.

Kim zuckte mit den Schultern. »Ich weiß es nicht. Die Beschreibung von diesem Volontär passt doch genau auf Michi, findet ihr nicht?«
»Die Personenbeschreibung war so allgemein, dass sie auf jeden zweiten Jungen aus meiner Klasse passt«, stellte Franzi fest. »Das bedeutet gar nichts.«
»Wenn sie überhaupt stimmt«, gab Marie zu bedenken. »Vielleicht hat dieser Kurt Lindner sie sich auch nur ausgedacht.«
»Stimmt, sehr glaubwürdig wirkte er nicht«, gab Kim zu.
»Auf jeden Fall hat Michi das Foto nicht manipuliert«, sagte Franzi. »Dieser Verdacht wäre also ausgeräumt. Und ich glaube auch nicht, dass er es der Zeitung zugespielt hat.«
»Wirklich?« Kim wurde plötzlich etwas leichter ums Herz. Vielleicht hatte sie sich da in etwas hineingesteigert, weil sie wegen der Sache mit Frank sowieso gerade ziemlich durcheinander war.
»Ganz sicher.« Marie nickte. »Aber wer der geheimnisvolle Informant ist, werden wir so schnell leider nicht herausfinden.«
Kim seufzte. »Ich fürchte, wir sind mit unseren Ermittlungen mal wieder in einer Sackgasse gelandet.«
»Keineswegs!« Maries Augen glänzten. »Jetzt können wir uns endlich auf die Geister-Spur konzentrieren.«
»Muss das sein?« Kim verzog das Gesicht.
»Ja, das muss sein«, sagte Marie bestimmt. »Wir haben doch sowieso gerade keine andere Fährte.«
»Stimmt«, gab Kim zu. »Also gut. Hast du schon eine Idee, wie wir vorgehen sollen?«

Marie dachte nach. »Es könnte sich um den ruhelosen Geist eines toten Jungen handeln. Wir müssen herausfinden, ob in dem Haus mal jemand gestorben ist. Geister gehen nämlich meistens dort um, wo sie früher gelebt haben.«
Kim bekam eine Gänsehaut. »Igitt, das klingt ja gruselig!«
Marie ging nicht darauf ein. »Weißt du irgendetwas über frühere Todesfälle in Oma Lottis Haus?«, fragte sie Franzi.
Franzi zuckte mit den Schultern. »Keine Ahnung. Das Haus ist sehr alt. Gut möglich, dass dort schon mal jemand gestorben ist. Aber Genaueres weiß ich leider nicht.«
»Es gibt nur eine Person, die uns weiterhelfen kann.« Marie sah von Franzi zu Kim. »Oma Lotti!«
Franzi nickte. »Wenn jemand etwas über die Vergangenheit des Hauses weiß, dann sie.«
»Aber regen wir sie mit solchen Fragen nicht zu sehr auf?« Kim machte ein besorgtes Gesicht. »Sie soll sich doch schonen.«
»Ach was, Oma Lotti freut sich bestimmt über die Abwechslung.« Franzi erhob sich. »Und wenn es ihr zu viel wird, machen wir einfach eine Pause.«
Marie klatschte unternehmungslustig in die Hände. »Dann nichts wie los!«

Viktors Geschichte und ein geheimnisvoller Duft

Als die Detektivinnen das Wohnzimmer betraten, hielt Oma Lotti gerade ein Nickerchen in einem Sessel am Fenster. Ein Sonnenstrahl, der sich zwischen den Wolken hindurchgekämpft hatte, ließ ihr silberweißes Haar aufleuchten. Sie wirkte sehr friedlich. Trotzdem bekam Kim einen Schreck, als sie sah, wie schmal Franzis Oma geworden war. In dem großen Sessel wirkte sie so klein und schwach wie ein Kind. Kein Vergleich zu der dynamischen und selbstständigen alten Dame, die sie vor dem Schlaganfall gewesen war. Kim schluckte. Es musste schwer für Franzi sein, ihre Oma so verändert zu sehen.

Franzi ging auf Zehenspitzen zum Fenster hinüber und berührte Oma Lotti sanft an der Schulter. Sie schlug sofort die Augen auf. Als sie ihre Enkelin erkannte, lächelte sie. »Hallo, Franzi! Ich muss wohl einen Moment eingenickt sein.«

»Dürfen wir dich kurz stören?«, fragte Franzi. »Marie, Kim und ich würden gerne mit dir sprechen.«

Oma Lottis Lächeln vertiefte sich. »Aber natürlich! Wie schön, den ganzen Detektivclub mal wieder versammelt zu sehen. Wie geht es euch?«

»Danke, gut«, sagte Marie höflich. »Und Ihnen?«

Oma Lotti seufzte. »Es ist nicht leicht, nach einem Schlaganfall wieder auf die Beine zu kommen. Aber ich will nicht klagen. Mit dem Laufen klappt es schon wieder ganz gut, oder, Franzi?«

Franzi nickte. »Du musst nur immer schön üben, dann bist du bald so schnell wie Tinka.«
Oma Lotti lachte. »Das glaube ich kaum. Zurzeit humple ich eher wie deine Polly durch die Gegend.« Sie setzte sich auf und ordnete ihr weißes Haar. »Was kann ich für euch tun?«
»Wir würden Ihnen gerne ein paar Fragen stellen«, begann Marie.
»Gerne.« Oma Lottis blaue Augen funkelten interessiert. Sie schien sich tatsächlich über die Abwechslung zu freuen. »Worum geht es?«
»Um dein Haus.« Franzi zog das Geisterfoto hervor. »Wir haben etwas Merkwürdiges auf einem der Fotos entdeckt, die Michi letzte Woche gemacht hat.«
Oma Lottis Blick wurde wehmütig, als sie das Bild betrachtete. »Ach ja, mein schönes Haus! Es bricht mir fast das Herz, dass ich es verkaufen muss. Ich habe mich dort immer so wohl gefühlt …« Sie stutzte, als ihr Blick auf den Schatten am Fenster fiel. »Was ist denn das?«
»Das versuchen wir gerade herauszufinden«, antwortete Kim.
»Es könnte ein Geist sein«, sagte Marie eifrig.
Oma Lotti runzelte die Stirn. »Ein Geist?«
Marie nickte. »Ja, der Geist eines toten Jungen. Wissen Sie, ob in Ihrem Haus schon mal jemand gestorben ist?«
Oma Lotti wurde blass. »Wie kommst du denn darauf?«
»Geister zeigen sich gerne an Orten, die ihnen vertraut sind«, erklärte Marie. »Zum Beispiel dort, wo sie vor ihrem Tod gelebt haben.«
Franzis Oma ließ das Foto sinken. »Es ist merkwürdig, dass

du danach fragst«, sagte sie langsam. »Denn es hat tatsächlich einen Todesfall in meinem Haus gegeben.«
»Was?« Franzi riss die Augen auf. »Warum hast du mir nie davon erzählt?«
»Ich wollte dir keine Angst machen.« Oma Lotti sah ihre Enkelin liebevoll an. »Als kleines Mädchen hast du sowieso schon in jeder Ecke Hexen, Geister und Monster gesehen.«
Franzi grinste. »Stimmt. Und ich wäre für mein Leben gern selbst eine Hexe gewesen.«
»Außerdem ist diese Geschichte schon so lange her.« Oma Lottis Augen wurden trüb, ihr Blick schien in die Vergangenheit zu wandern. »Es passierte, einige Jahre bevor meine Eltern das Haus gekauft haben. Ich war noch ein Kind.«
»Was ist damals genau geschehen?«, erkundigte sich Kim.
Oma Lotti fuhr sich mit der Hand über das Gesicht, dann begann sie zu erzählen. »Das Haus gehörte einem jungen Paar. Sie hatten einen kleinen Sohn. Er hieß Viktor, wenn ich mich richtig erinnere. Als das Unglück geschah, war er fünf Jahre alt.«
Kim fröstelte. »Was für ein Unglück?«, flüsterte sie.
Oma Lotti seufzte. »Viktor hatte einen Unfall. Es war alles sehr tragisch. Er ist die Treppe hinuntergefallen. Soviel ich weiß, wurde das Haus gerade renoviert und die Treppe war kurzzeitig nicht richtig gesichert. Der kleine Junge ist so unglücklich gestürzt, dass er kurze Zeit später starb.«
»Oh nein!«, hauchte Franzi. »Wie schrecklich!«
Auch Marie machte ein betroffenes Gesicht.
Kim schluckte. Sie sah plötzlich Ben und Lukas vor sich, die auch gerne in halsbrecherischem Tempo die Treppe hinun-

terrannten. Nicht auszudenken, wenn ihnen dabei etwas passieren würde.

»Und wie ging es weiter?«, fragte Franzi.

»Der Tod ihres Sohnes hat Viktors Eltern das Herz gebrochen«, fuhr Oma Lotti fort. »Kurze Zeit später haben sie das Haus verkauft. Wahrscheinlich haben sie es einfach nicht ertragen, mit den traurigen Erinnerungen zu leben.«

»Wissen Sie, was aus ihnen geworden ist?«, erkundigte sich Kim.

Oma Lotti schüttelte den Kopf. »Sie sind weggezogen und wir haben nie wieder etwas von ihnen gehört.«

»Was für eine traurige Geschichte«, sagte Franzi.

»Ja, das stimmt. Ich habe lange nicht mehr daran gedacht.« Oma Lotti sah plötzlich müde aus.

»Vielen Dank, dass Sie uns von Viktor erzählt haben.« Kim war nicht entgangen, dass Oma Lottis Kräfte nachließen. »Jetzt wollen wir Sie nicht länger stören.«

»Nur eine Frage noch«, sagte Marie. »Sind Ihnen jemals Geistererscheinungen oder merkwürdige Geräusche in Ihrem Haus aufgefallen?«

Oma Lotti lächelte. »Natürlich gab es merkwürdige Geräusche, aber das ist bei einem so alten Haus ganz normal. Die Treppe knarrt, im Gebälk knackt es und bei Wind klappern die Fensterläden. Eine ganze Symphonie, wenn man so will. Was das andere betrifft, da muss ich dich leider enttäuschen. Ich glaube nicht an Geister und ich habe auch nie etwas in der Richtung bemerkt.«

»Schade.« Marie zuckte mit den Schultern. »Trotzdem danke.«

»Ich danke euch für den Besuch.« Oma Lotti gab Franzi das Foto zurück. »Es hat mir Spaß gemacht, euch Rede und Antwort zu stehen.«
»Ruh dich noch ein bisschen aus.« Franzi drückte die Hand ihrer Oma. »Wir sehen uns später.«
Kim und Marie verabschiedeten sich. Bevor sie das Wohnzimmer verließen, warf Kim noch einen Blick zurück. Oma Lotti hatte sich wieder in ihrem Sessel zurückgelehnt. Sie sah zum Fenster hinaus und ein leichtes Lächeln umspielte ihre Lippen. Sie wirkte immer noch sehr zerbrechlich, aber Kim wusste jetzt, dass dieser Eindruck ein rein äußerlicher war. Innerlich war Oma Lotti genau dieselbe wie vor dem Schlaganfall. Und das war ein großes Glück.
»Wir sollten morgen noch mal nach Billershausen fahren«, schlug Marie vor, als sie wieder im Hauptquartier waren.
»Von mir aus gerne.« Kim schlüpfte in ihre Jacke. Es war kurz nach halb sechs, das Clubtreffen war beendet. »Um zehn an der Bushaltestelle?«
»Prima!« Franzi stapelte die schmutzigen Teller und stellte sie zusammen mit den Bechern und der Teekanne auf ein Tablett.
Kim suchte in ihren Jackentaschen nach dem Fahrradschlüssel. In der rechten Tasche raschelte etwas und Kim zog es heraus. Einen Moment betrachtete sie überrascht den leeren Zettel. Dann fiel ihr wieder ein, wo er herkam. Sie hatte ihn bei Oma Lotti unter dem Sofa gefunden, automatisch eingesteckt und anschließend komplett vergessen.
»Was ist das?«, fragte Marie, die gerade ihren Mantel zuknöpfte.

»Ein Zettel, der bei Oma Lotti unter dem Sofa lag.« Nachdenklich drehte Kim ihn hin und her. »Sieht aus, als wäre er aus dem Schulheft eines Grundschülers gerissen worden.«
»Wie kommst du denn darauf?«, wollte Franzi wissen.
»Diese Linierung wird nur in Heften für Schreibanfänger benutzt«, erklärte Kim. »Ich würde auf einen Schüler der 1. Klasse tippen, höchstens 2. Klasse.«
Marie grinste. »Darauf wäre ich nie gekommen. Deine Kombinationsgabe ist wirklich beachtlich.«
Kim winkte ab. »Halb so wild. Meine Mutter ist Grundschullehrerin, schon vergessen? Diese Hefte liegen stapelweise in ihrem Arbeitszimmer herum.«
»Aber wie kommt der Zettel unter Oma Lottis Sofa?« Franzi runzelte nachdenklich die Stirn.
Kim zuckte mit den Schultern. »Keine Ahnung. Wer weiß, wie lange er dort schon liegt.«
»Und es steht wirklich gar nichts drauf?«, fragte Marie.
»Nein, er ist absolut leer.« Kim hielt ihren Freundinnen den Zettel hin, damit sie sich selbst davon überzeugen konnten. »Wahrscheinlich hat er überhaupt nichts zu bedeuten. Am besten, ich schmeiße ihn gleich in den Papierkorb.«
»Nein, warte!« Franzi griff nach dem Zettel und betrachtete ihn von beiden Seiten. Plötzlich zog sie die Nase kraus. »Riecht ihr das auch?«
Kim und Marie wechselten einen ratlosen Blick.
»Was denn?«, fragte Kim.
»Ich weiß nicht genau …« Franzi schnupperte an dem Blatt Papier. »Ich hab's!«, rief sie triumphierend. »Dieser Zettel riecht nach Zitrone!«

»Zitrone?!« Kim machte ein skeptisches Gesicht. »Bist du sicher?«
Franzi reichte ihr den Zettel. »Riech doch selbst!«
Kim gehorchte. »Tatsächlich! Da ist ein ganz leichter Zitronenduft.«
»Wie seltsam.« Marie schüttelte ratlos den Kopf. »Meint ihr, jemand hat den Zettel mit Parfüm eingesprüht?«
»Komisches Parfüm!« Franzi kicherte. »Wer will schon wie ein Zitronenbonbon riechen?«
»Vielleicht ist das Papier mit Zitronensäure in Kontakt gekommen«, überlegte Kim. »Sie befindet sich zum Beispiel in Haushaltsreinigern.«
»Irgendwie ergibt das alles keinen Sinn.« Franzi betrachtete den mysteriösen Zettel. »Vielleicht hat der Zitronenduft überhaupt nichts zu bedeuten und wir zerbrechen uns völlig umsonst den Kopf.«
»Moment mal …« Kim war gerade etwas eingefallen. Ihre Miene hellte sich auf. »Ich hab eine Idee! Franzi, ich brauche ein Bügeleisen.«
Franzi starrte sie verdutzt an. »Ein *Bügeleisen*?« Wenn Kim nach einer Handvoll frischer Pferdeäpfel gefragt hätte, hätte Franzi nicht überraschter aussehen können.
Kim nickte. »Genau! Und zwar schnell.«
»Hast du gleich noch ein Date oder warum willst du plötzlich deine Klamotten bügeln?« Marie zwinkerte Kim vielsagend zu.
»Ich habe kein Date«, stellte Kim leicht genervt klar. »Und ich will auch nicht meine Klamotten bügeln, sondern diesen Zettel.«

»Warum das denn?« Nach dem Blick zu urteilen, den Franzi Kim zuwarf, hielt sie sie jetzt für komplett übergeschnappt.
»Fragt doch nicht so viel!« Kim platzte fast vor Ungeduld. »Gebt mir einfach ein Bügeleisen, dann werdet ihr schon sehen.«
»Na gut.« Franzi zuckte mit den Schultern. »Kommt mit.«
Franzi führte ihre Freundinnen in den Hauswirtschaftsraum hinter der Küche, in dem sich neben einer Waschmaschine und einer riesigen Kühltruhe auch ein Bügelbrett samt Bügeleisen befanden. Franzi stellte das Bügeleisen an. Kim trat nervös von einem Fuß auf den anderen, während sie darauf warteten, dass das Gerät seine Betriebstemperatur erreichte. Sie konnte es kaum erwarten, endlich auszuprobieren, ob sich ihr Verdacht bewahrheiten würde.
»Los geht's!« Kim legte den leeren Zettel auf das Bügelbrett und griff nach dem Bügeleisen. »Seht genau hin!«
Das ließen sich Franzi und Marie nicht zweimal sagen. Sie standen rechts und links von Kim und reckten die Hälse. Vorsichtig ließ Kim das Bügeleisen über das Papier gleiten, immer darauf bedacht, den Zettel nicht zu verbrennen. Zunächst geschah nichts.
»Ich verstehe immer noch nicht, wieso …«, begann Franzi. Plötzlich verstummte sie.
»Was zum Teufel ist das?«, flüsterte Marie.
Auf dem Papier waren wie von Zauberhand bräunliche Buchstaben erschienen. Kim lächelte zufrieden. Genau das hatte sie erwartet. Während sie weiterbügelte, wurden die Buchstaben immer dunkler und deutlicher. Schließlich stellte Kim das Bügeleisen zur Seite und schaltete es aus. Sie wartete, bis

der Zettel abgekühlt war, dann hielt sie ihn triumphierend hoch. »Was sagt ihr jetzt?«

»Ich bin platt!« Franzi sah ungläubig auf die Buchstaben. »Bist du neuerdings unter die Zauberer gegangen?«

Kim lachte. »Keineswegs. Aber der Zitronengeruch hat mich an etwas erinnert. Früher, als ich noch keinen Computer hatte, hab ich immer eine besondere Geheimschrift benutzt, wenn ich etwas schreiben wollte, das die Zwillinge nicht lesen sollten.«

»Und wie funktioniert diese Geheimschrift?«, fragte Marie.

»Es ist ganz leicht! Man braucht dazu nur ein Blatt Papier, eine Zitrone und einen Pinsel oder ein Wattestäbchen«, erklärte Kim. »Du presst die Zitrone aus, tunkst Pinsel oder Wattestäbchen in den Saft und schreibst damit deine Nachricht auf das Papier. Wenn der Zitronensaft getrocknet ist, musst du das Blatt erwärmen, am besten mit einem Bügeleisen. Dann wird die Schrift sichtbar.«

»Toll!« Franzi war schwer beeindruckt. »Das ist genial.«

Marie nickte. »Und so einfach.« Sie betrachtete den Zettel. »Aber was steht dort jetzt eigentlich? Könnt ihr das lesen?«

Die Detektivinnen beugten sich über die geheime Nachricht. Es war gar nicht so leicht, den Text zu entziffern. Er wimmelte nur so von Rechtschreibfehlern und die Druckbuchstaben waren krumm und schief.

»Sieht aus, als hätte das ein Kind geschrieben«, murmelte Kim. »Das würde auch zu der Seite aus dem Schreibanfänger-Schulheft passen.«

Nach einer Weile hatten sie alle Buchstaben identifiziert. Der Text lautete:

HIELFE! LEHBENTSGEFA!
RÄTTÄT UNZ SONZSINT WIER TOHTT!!!

Franzi runzelte die Stirn. »Was soll das heißen? Ist das eine verschlüsselte Botschaft?«
»Nein, da hat nur jemand keinen blassen Schimmer von Rechtschreibung.« Kim grinste. »Die Hausaufgaben der Zwillinge sehen so ähnlich aus. Ich kann das gerne für euch übersetzen: *Hilfe! Lebensgefahr! Rettet uns, sonst sind wir tot.*«
Franzi riss die Augen auf. »Das klingt ja schrecklich!«
»Meint ihr, das ist ernst gemeint?«, fragte Marie.
Kim nickte. »Davon müssen wir ausgehen. Vielleicht wird jemand in Oma Lottis Haus gefangen gehalten.«
»Eine Entführung? In Oma Lottis Haus?« Franzi schluckte.
»Oder der Geist des toten Jungen ruft um Hilfe«, sagte Marie.
Kim steckte den Zettel ein. »Wer auch immer die Nachricht geschrieben hat, eins ist klar: Wir müssen sofort handeln. Es ist Gefahr im Verzug.«
Franzi nickte. »Worauf warten wir noch? Auf nach Billershausen!«

Wenn Geister weinen

»Puh, das war knapp!« Außer Atem ließ sich Kim auf einen freien Platz ganz hinten im Bus fallen. Die Detektivinnen hatten sich im Eiltempo auf den Weg gemacht und gerade noch den letzten Bus nach Billershausen erwischt.
Marie und Franzi setzten sich ebenfalls. Der Bus war ziemlich leer, um diese Uhrzeit fuhr kaum jemand in das kleine Dorf hinaus.
»Wie kommen wir nachher eigentlich wieder nach Hause?«, fragte Kim.
»Es gibt noch einen Spätbus um kurz nach acht.« Franzi kannte sich durch ihre häufigen Besuche bei Felipe gut mit dem Busfahrplan aus. »Wenn alle Stricke reißen, könnte ich auch Stefan anrufen und ihn bitten, uns mit dem Auto abzuholen.«
»Prima.« Die Aussicht, nicht bei Nacht und Nebel in Billershausen festzusitzen, beruhigte Kim außerordentlich. »Jetzt muss ich nur noch meine Mutter anrufen und ihr schonend beibringen, dass es heute später wird.« Sie holte ihr Handy heraus.
»Sag ihr einfach, du bleibst zum Abendessen bei uns«, schlug Franzi vor.
»Gute Idee!« Kim gab die Nummer ein und hielt das Handy ans Ohr. Es klingelte, aber niemand meldete sich. Schließlich sprang die Mailbox an und Kim hinterließ hastig eine Nachricht. Sie hasste es, ihre Eltern anzuschwindeln, aber manchmal ging es leider nicht anders. Kim beruhigte ihr Ge-

wissen damit, dass ihre Mutter bestimmt wesentlich ruhiger schlief, wenn sie nicht alles über die Aktivitäten des Detektivclubs wusste.
Marie hatte währenddessen eine SMS an ihren Vater geschrieben und sich fürs Abendessen entschuldigt. »So, das wäre erledigt!« Zufrieden schickte sie die Nachricht ab.
Kim seufzte. »Du hast es gut! Du brauchst dich nie zu rechtfertigen, wenn du mal später nach Hause kommst.«
»Ja, Papa lässt mir wirklich viele Freiheiten.« Marie lächelte. »Und dafür bin ich ihm sehr dankbar.«
»Meine Eltern kommen heute sowieso erst später nach Hause.« Franzi lehnte sich zurück. »Sie erledigen noch den großen Wocheneinkauf in der Stadt.«
»Heißt das, Oma Lotti ist jetzt ganz alleine?«, erkundigte sich Kim.
Franzi schüttelte den Kopf. »Nein, Chrissie und Stefan sind bei ihr. Aber die kommen auch ohne mich klar.«
Kim sah aus dem Fenster. Draußen zog die herbstliche Landschaft vorbei. Abgeerntete Felder wechselten sich mit Waldstücken ab. Die Bäume wirkten vor dem dunkelgrauen Abendhimmel wie schwarze Scherenschnitte. Plötzlich wurde die Dunkelheit von blau flackernden Lichtern erhellt.
»Nanu, was ist denn da los?«, fragte Franzi alarmiert, als mehrere Polizeiautos mit Blaulicht auf der Gegenfahrbahn vorbeirasten.
Kim drehte sich um und beobachtete, wie die Kolonne weiter hinten rechts abbog. »Im Nachbarort scheint irgendetwas passiert zu sein.«
»Hoffentlich kein Unglück«, sagte Marie.

Kim zog fröstelnd die Schultern hoch. Sie musste an Oma Lottis Geschichte denken und an das tragische Unglück, das dem kleinen Viktor zugestoßen war. Wie traurig, wenn ein Kind viel zu jung sterben musste. Und wie schrecklich für die Eltern, ihren Sohn auf so furchtbare Weise zu verlieren.
»Gleich sind wir da«, stellte Franzi fest.
Der Bus bog in die Billershausener Dorfstraße ein und drosselte das Tempo. Kim versuchte, die düsteren Gedanken zu vertreiben. Sie musste sich jetzt auf den Fall konzentrieren. Was würde sie gleich in Oma Lottis Haus erwarten? Eine Entführerbande? Einbrecher? Oder tatsächlich der Geist eines toten Jungen?
Kim bekam eine Gänsehaut. Sie war sich nicht sicher, welche Variante sie schlimmer fand …

Die Dorfstraße lag verlassen da, als die drei !!! aus dem Bus stiegen. Eine einzelne Laterne kämpfte mutig gegen die Dunkelheit an, obwohl sie eigentlich keine Chance hatte. Ihr Schein reichte kaum einen Meter weit und jenseits des Lichtkegels formierte sich die Dunkelheit wie eine Armee aus Schattenwesen. Die tagsüber so freundlich wirkenden Fachwerkhäuser lauerten düster rechts und links von der Straße, ihre dunklen Fenster schienen den Detektivinnen höhnische Blicke zuzuwerfen.
»Hier sind die Bürgersteige tatsächlich schon hochgeklappt«, stellte Marie mit einem Blick auf die leere Straße fest.
»Ja, in Billershausen ist abends absolut nichts mehr los«, sagte Franzi. »Das Dorf wird immer mehr zu einem Geisterdorf.«

»Das hat Holger auch gesagt.« Marie zupfte ihren Kaschmirschal zurecht. »Es ziehen immer mehr Leute in die Stadt, darum ist letztendlich ja auch der Laden seiner Mutter pleitegegangen.«
Kim schlug den Kragen ihrer Jacke hoch. Die feuchte Kälte kroch durch ihre Kleider und schien sich in ihre Knochen zu fressen. »Lasst uns gehen.«
Stumm marschierten die Detektivinnen los. Als sie von der Dorfstraße abbogen, wurde es noch dunkler. Der schmale Weg, der zu Oma Lottis Haus führte, war nicht beleuchtet. Nur der Mond, der ab und zu hinter den Wolken auftauchte, warf seinen milchigen Schein auf die Wipfel des Märchenwaldes, die neben dem Weg aufragten. Zwischen den Bäumen knackte und raschelte es. Kims Herzschlag beschleunigte sich.
»Was war das?«, flüsterte sie.
»Vermutlich irgendein Tier«, sagte Franzi leise. »Keine Sorge, hier ist niemand.«
Aber Kim war sich da nicht so sicher. Was, wenn tatsächlich Kriminelle Oma Lottis Haus für ihre Machenschaften nutzten und jetzt hier im Wald auf der Lauer lagen? Zwischen den Fichten war die Dunkelheit so undurchdringlich, dass sie es nie im Leben merken würden, wenn sich dort jemand versteckte. Vielleicht wurden sie gerade in diesem Moment von einem unsichtbaren Augenpaar beobachtet. Hier gab es weit und breit keine Nachbarn, niemand würde sie hören, wenn sie schrien …
Oma Lottis Haus schälte sich aus der Nacht wie die Kulisse für einen Gruselfilm. Das Mondlicht schien alle Farben zu

schlucken, Haus und Garten lagen grau in grau vor dem schwarzen Wald. Nebelschwaden schwebten über dem Vorgarten und verdeckten gnädig den viel zu hohen Rasen und die verwahrlosten Beete. Kim versuchte krampfhaft, nicht mit den Zähnen zu klappern. Ob die innere Kälte, die sie erfüllte, vom kühlen Herbstwetter oder von ihrer Angst kam, konnte sie nicht mit Sicherheit sagen. Sie wusste nur, dass sie der Panik nicht nachgeben durfte, sonst würde sie sie mit Haut und Haaren verschlingen. Sie versuchte stark zu sein und dagegen anzukämpfen.

Die drei !!! hatten Oma Lottis Haus erreicht und blieben dicht nebeneinander vor dem Gartentor stehen. Gerade brach der Mond wieder durch die Wolken und setzte das alte Haus mit seinen weißen Strahlen eindrucksvoll in Szene.

»Nachts sieht es hier irgendwie ganz anders aus«, murmelte Franzi verunsichert.

Stumm standen die Detektivinnen am Zaun. Keine von ihnen konnte sich dazu durchringen, den ersten Schritt zu machen. Es war, als würde ein unsichtbarer Bann über dem Grundstück liegen und ihnen den Zutritt verwehren.

»Habt ihr Angst?«, fragte Marie leise. Sie sah im Schein des Mondes unnatürlich blass aus.

Kim nickte.

»Ja«, hauchte Franzi.

»Ich auch«, flüsterte Marie. »Aber wir gehen da jetzt trotzdem rein, okay?«

»Okay«, antworteten Kim und Franzi gleichzeitig.

Kim fühlte, wie Marie ihre linke Hand fasste und Franzi die rechte. Fest drückte sie die Hände ihrer Freundinnen und spürte, wie neue Energie durch ihren Körper floss. Es war, als hätte sich ein Kreislauf geschlossen und ungeahnte Kräfte freigesetzt. Indem sie sich ihre Angst eingestanden hatten, hatten sie sie überwunden. Kim atmete tief durch. Jetzt war sie bereit, sich dem zu stellen, was sie in Oma Lottis Haus erwartete. Ganz egal, worum es sich handelte. Gemeinsam waren sie stark!

Plötzlich drückte Franzi Kims Hand so heftig, dass es beinahe wehtat.

»Aua!«, zischte Kim. »Was soll das? Du zerquetschst mir ja die Finger!«

»D…d…da!«, stotterte Franzi. Sie streckte den rechten Arm aus und zeigte mit zitterndem Finger auf ein Fenster im ersten Stock.

Kim schluckte. Jetzt sah sie es auch. Ein Lichtschein geisterte durch den Raum. Er näherte sich dem Fenster und Kim duckte sich unwillkürlich. Wer trieb sich dort herum?

»Es ist jemand im Haus«, flüsterte Marie.

Franzi nickte. Sie hatte den ersten Schreck schnell überwunden und stellte die alles entscheidende Frage: »Was machen wir jetzt?«

»Wir sollten Kommissar Peters anrufen«, sagte Kim entschieden. »Vielleicht handelt es sich wirklich um Einbrecher, und für den Fall brauchen wir unbedingt Unterstützung.«

»Du hast recht«, sagte Marie. »Es bringt nichts, wenn wir uns unnötig in Gefahr begeben.«

Franzi kicherte nervös. »Der Kommissar wäre stolz auf uns, wenn er uns jetzt hören könnte. Schließlich predigt er uns ständig, vorsichtig zu sein.«

Kim hatte ihr Handy gezückt und war gerade dabei, die Nummer des Kommissars herauszusuchen, als sie mitten in der Bewegung erstarrte. Auch Marie und Franzi hielten die Luft an. Aus dem Haus drang ein lang gezogenes Wimmern. In der nächtlichen Stille klang es absolut unheimlich. Kim stellten sich alle Nackenhaare auf.

»Was war das?«, flüsterte Marie.

»Hörte sich an wie ein Kind, das furchtbare Schmerzen hat«, sagte Kim tonlos. Das schreckliche Wimmern war zwar inzwischen verklungen, hallte aber immer noch in ihrem Kopf nach.

»Da braucht jemand dringend Hilfe!« Franzis Augen waren weit aufgerissen. »Kommt schon, wir müssen nachsehen, was los ist.«

Die drei !!! zögerten keine Sekunde. Kim steckte eilig das Handy ein, dann rannten sie zur Haustür.

Im Flur wurden sie von pechschwarzer Dunkelheit empfangen. Franzi drückte auf den Lichtschalter, aber nichts geschah. Sie fluchte leise. »Der Strom muss ausgefallen sein«, flüsterte sie. »So ein Mist!«

»Moment!« Kim zog ihre Taschenlampe aus dem Rucksack und knipste sie an. Der Lichtstrahl wanderte unruhig über die Garderobe und die alte Tapete. Es war kein Laut zu hören. Die Stille war fast noch unerträglicher als das merkwürdige Wimmern. Was war geschehen? Hatte es wieder ein Unglück gegeben?

Die Detektivinnen tasteten sich vorsichtig durch den Flur in Richtung Treppe. Der Schein der Taschenlampe hüpfte auf und ab. Plötzlich blieb Kim wie angewurzelt stehen. Auf dem Holzboden direkt vor der Treppe leuchtete etwas im Licht der Taschenlampe auf. Etwas Rotes, Glänzendes.

»Blut!«, hauchte Marie.

Kim wurde übel. Sie konnte kaum noch atmen und zitterte so heftig, dass der Taschenlampen-Schein wie ein verrücktes Irrlicht durch den Flur tanzte.

Franzi nahm Kim die Lampe ab und beleuchtete mit ruhiger Hand die kleine, rote Lache. Sie war diesen Anblick durch den Beruf ihres Vaters gewöhnt. Manchmal assistierte sie Herrn Winkler in seiner Tierarztpraxis und legte Verbände an oder beruhigte verängstigte Tiere. Einmal war sie sogar bei einer Fohlen-Geburt dabei gewesen. »Das Blut scheint noch ganz frisch zu sein«, stellte sie fest. »Und es ist ziemlich viel. Sieht nach einer heftigen Verletzung aus.«

»Leuchte mal nach oben«, bat Marie.

Franzi ließ den Lichtstrahl die Treppe hinaufwandern. Auf den Stufen erschienen noch mehr Blutstropfen. Sie glänzten so geheimnisvoll und bösartig wie wertvolle Rubine.

Kim räusperte sich. »Wir müssen in den ersten Stock.« Es kostete sie unendliche Überwindung, diese Worte auszusprechen, denn in ihr wehrte sich alles dagegen, auch nur einen Fuß auf diese blutverschmierte Treppe zu setzen.

Franzi ging vor. Auf leisen Sohlen schlich sie die Treppe hinauf, immer darauf bedacht, nicht in die funkelnden Tropfen zu treten. Kim folgte ihr. Sie sah starr zur Seite, denn jedes Mal, wenn ihr Blick auf das Blut fiel, drehte sich ihr fast der Magen um. Marie bildete die Nachhut. Es beruhigte Kim, sie hinter sich zu wissen.

Als sie beinahe oben waren, setzte das Wimmern wieder ein. Erst war es leise, dann wurde es immer lauter. Es war so durchdringend, dass Kim sich am liebsten die Ohren zugehalten hätte. Jetzt war sogar sie bereit, an Geister zu glauben. War das der tote Junge? Beklagte Viktor sein tragisches Schicksal?
Kim war kurz davor, die Treppe Hals über Kopf wieder hinunterzurennen. Aber sie riss sich zusammen und setzte einen Fuß vor den anderen. Die drei !!! folgten der Blutspur bis in die erste Etage. Dort endete sie direkt vor der Tür des Gästezimmers.
Franzi nickte ihren Freundinnen zu. Sie formierten sich vor der Tür und verständigten sich mit einem letzten Blick. Dann legte Franzi die Hand auf die Klinke und stieß mit einem Ruck die Tür auf. Das Wimmern verstummte.
Im Gästezimmer war es dunkel. Langsam hob Franzi die Taschenlampe und ließ ihren Strahl durch den Raum wandern. Plötzlich zuckte sie zurück. Der Schein der Lampe hatte etwas erfasst. Dieses Mal thronte keine Katze auf dem Bett. Eine menschliche Gestalt lag zusammengekrümmt darauf.
Kim schluckte. Sie blinzelte, aber die Erscheinung verschwand nicht. Es war ein kleiner Junge. Er war totenbleich und hatte dunkle Ringe unter den Augen. Tränen strömten über seine Wangen und er sah so traurig aus, dass es Kim beinahe das Herz zerriss. Sie ging einen Schritt näher heran und flüsterte: »Viktor?«

Erste Hilfe

Der Junge antwortete nicht. Er starrte Kim nur aus großen, ängstlichen Augen an, ohne ein einziges Mal zu blinzeln. Kim machte noch einen Schritt auf ihn zu. Sie streckte die Hand aus. Der Junge blickte wie hypnotisiert auf ihre zitternden Finger. Millimeter für Millimeter näherten sie sich dem Arm des Jungen. Kim wagte kaum zu atmen. Was, wenn sich die Gestalt gleich in Luft auflösen würde? Wenn der Junge bei der geringsten Berührung einfach verschwand? Sie war auf alles gefasst – und schrie überrascht auf, als ihre Finger auf den groben Wollstoff einer Strickjacke trafen. Die Jacke war echt. Genauso wie der Junge.

»Du … du bist gar kein Geist?«, fragte Marie enttäuscht.

Der Junge blieb stumm. Konnte er nicht sprechen? Da ertönte eine Stimme aus dem Schatten hinter der Tür und ließ die Detektivinnen zusammenzucken.

»Bitte! Ihr müsst uns helfen!«

Die drei !!! fuhren herum. Ein Mädchen trat hinter der Tür hervor. Kim schätzte, dass es etwas jünger war als sie selbst. Seine braunen Haare waren ungekämmt und es hatte denselben ängstlichen Blick wie der Junge.

»Wer bist du?«, fragte Marie verdutzt.

»Ich heiße Lili«, begann das Mädchen, dann versagte seine Stimme und es begann zu weinen.

»Was ist passiert, Lili?«, erkundigte sich Franzi in demselben sanften Tonfall, mit dem sie sonst verschreckte Tiere beruhigte.

»Mein Bruder … Torben … er hat sich verletzt.« Die Tränen rollten immer schneller über Lilis Gesicht. »Er hat im dunklen Wohnzimmer aus Versehen eine Vase umgestoßen und sich an den Scherben geschnitten. Er hat so schrecklich geweint … ich wusste nicht, was ich tun sollte … überall war Blut …« Sie wurde von heftigen Weinkrämpfen geschüttelt.
Kim ging zu Lili hinüber und nahm sie in die Arme. Sie zitterte am ganzen Körper. »Ganz ruhig, Lili. Du bist nicht mehr allein. Wir werden euch helfen.«
»Wirklich?« Lili hob ihr tränenüberströmtes Gesicht und sah Kim an.
Kim nickte. »Ich verspreche es dir.«
Franzi hatte sich neben das Bett gekniet, um den Jungen zu untersuchen. »Hallo, ich bin Franzi.« Sie lächelte Torben beruhigend zu. »Ich würde mir gerne mal deine Verletzung ansehen. Wo hast du dir denn wehgetan?«
Doch Torben sah Franzi nur stumm an, ohne zu reagieren.
»Vielleicht steht er unter Schock«, vermutete Marie.
Lili löste sich aus Kims Umarmung. »Die Mädchen wollen uns helfen, du kannst ihnen vertrauen. Zeig ihnen bitte deine Hand.«
Torbens Blick flackerte unsicher. Dann presste er die Lippen zusammen und schüttelte den Kopf.
Aber Franzi ließ sich nicht beirren. »Weißt du was, Torben? Ich wohne auf einem Bauernhof, zusammen mit meiner Familie und mehreren Tieren. Magst du Tiere?« Torben nickte und Franzi fuhr lächelnd fort: »Das dachte ich mir. Ich habe ein Pony und ein Huhn.«
»Ponys sind doof«, verkündete Torben. Es waren seine ersten

Worte, seit die Mädchen den Raum betreten hatten. Immerhin ein Anfang.
»Was sind denn deine Lieblingstiere?«, erkundigte sich Franzi.
»Würfelquallen«, antwortete Torben wie aus der Pistole geschossen.
»Aha.« Franzi kratzte sich am Kopf. »Nie gehört.«
»Würfelquallen leben in tropischen und subtropischen Meeren und gehören zu den giftigsten Tieren der Welt«, erklärte Torben ernst. »Ihre Opfer ertrinken meist, noch bevor sie das Ufer erreicht haben.«
Franzi grinste schief. »Klingt ja nicht besonders spaßig.«
»Torben interessiert sich sehr für giftige Tiere«, sagte Lili entschuldigend. »Zu seinem siebten Geburtstag hat er sich eine Kreuzotter gewünscht.«
»Und?«, fragte Franzi. »Hast du sie bekommen?«
Torben schüttelte den Kopf. »Mama und Papa waren dagegen.
Marie lachte. »Kann ich mir vorstellen.«
Das kurze Gespräch hatte genau den gewünschten Effekt gehabt. Torben sah nicht mehr ganz so ängstlich aus. Er schien allmählich Vertrauen zu den drei !!! zu fassen.
»Zeigst du mir jetzt deine Hand?«, fragte Franzi. »Ich bin auch ganz vorsichtig, versprochen!«
Torben zögerte kurz. Dann streckte er den Arm aus. Um seine rechte Hand war als provisorischer Verband eins von Oma Lottis Küchenhandtüchern gebunden. Es war voller Blut. Kim wandte schnell den Blick ab, bevor ihr wieder flau im Magen wurde. Sie bewunderte Franzi, die zumindest äußerlich völlig gelassen blieb.

»Ich entferne jetzt das Tuch, damit ich mir die Wunde ansehen kann, okay?«, sagte sie.

»Okay«, antwortete Torben.

»Du bist wirklich sehr tapfer«, lobte Franzi ihn, während sie vorsichtig das Handtuch abwickelte. Kim sah zwischendurch immer wieder kurz hinüber. Torben war sehr blass, zuckte aber mit keiner Wimper.

Lili ging zu ihrem Bruder und streichelte ihm über das zerzauste Haar. »Ist es sehr schlimm?«, fragte sie leise.

Franzi betrachtete die Verletzung. »Ein ganz schön tiefer Schnitt. Das sollte sich unbedingt ein Arzt ansehen. Wir machen jetzt erst mal einen richtigen Verband.« Franzi grinste Torben zu. »Dann kannst du allen erzählen, dich hätte eine Giftschlange gebissen.«

Torben grinste zurück. »Cool!«

Marie holte den Erste-Hilfe-Kasten aus dem Badezimmer und Torben setzte sich auf die Bettkante. Franzi verband fachmännisch die Wunde, während Kim die Taschenlampe hielt.

»Du machst das wirklich gut«, sagte Kim. »Du solltest Ärztin werden.«

»Tja, in einer Tierarztpraxis lernt man eben so einiges«, stellte Franzi fest. »So, fertig!«

Torben strahlte über das ganze Gesicht. »Sieht super aus! Als hätte mich eine Kobra angegriffen. Oder ein Skorpion.«

Kim verzog das Gesicht. Sie konnte Schlangen genauso wenig leiden wie Skorpione. »Könnten wir vielleicht über etwas anderes reden?«, fragte sie. »Mich würde zum Beispiel interessieren, was ihr beide hier macht.«

»Ja, das wüsste ich auch gern.« Franzi räumte das restliche Verbandszeug zurück in den Erste-Hilfe-Kasten. »Aber das sollten wir unten in der Küche besprechen, da ist es gemütlicher. Und vorher gehe ich in den Keller und überprüfe die Sicherungen.«

»Kannst du laufen?«, fragte Marie den verletzten Jungen.

Torben nickte. »Klar! Es tut fast gar nicht mehr weh.«

In der Küche zündete Franzi ein paar Kerzen an, deren unruhig flackernde Flammen verzerrte Schatten an die Wände warfen. Dann stapfte sie mit der Taschenlampe in den Keller. Kurze Zeit später ging das Licht wieder an.

Kim atmete auf. »Na also! Ich koche uns jetzt erst mal einen Tee.« Sie setzte einen Topf mit Wasser auf, holte fünf Tassen aus dem Schrank und fand in der Speisekammer tatsächlich noch eine Packung Teebeutel.

Franzi erschien in der Küchentür. »Die Hauptsicherung war rausgesprungen«, berichtete sie. »Darum der Stromausfall.«

Alle setzten sich an den Küchentisch, auf dem immer noch die alte, geblümte Wachstuchdecke lag. Im gemütlichen Schein der Küchenlampe wirkte es fast so, als wäre alles wieder wie früher. Kim erwartete halb, dass Oma Lotti hereinspaziert kam, um ihnen ihre berühmten Bratkartoffeln zuzubereiten. Franzi machte ein wehmütiges Gesicht und Kim wusste, dass sie genau dasselbe dachte.

Marie räusperte sich. »Ich denke, wir sollten mit der Befragung beginnen.«

Lili und ihr Bruder saßen dicht nebeneinander und hielten einander an den Händen. Die Angst flackerte wieder in ihren Augen auf.

»Keine Sorge, wir wollen euch nichts tun«, beruhigte Franzi die Geschwister. »Dieses Haus gehört meiner Oma und wir möchten einfach wissen, was ihr hier macht und wie ihr hereingekommen seid.«
»Wir sind Detektivinnen, ihr könnt uns voll und ganz vertrauen.« Kim legte eine Visitenkarte auf den Tisch.
Torben ließ Lilis Hand los und griff blitzschnell nach der Karte. »Detektivinnen?«, fragte er. »Cool! Ich bin auch Detektiv.«
Kim musste sich ein Grinsen verkneifen. »Prima, dann sind wir ja sozusagen Kollegen und du weißt, wie eine Zeugenbefragung abläuft.«
Torben nickte eifrig. »Habt ihr gar kein Aufnahmegerät?« Er runzelte die Stirn. »Das ist aber ziemlich unprofessionell.«
Die drei !!! wechselten einen verdutzten Blick. Der kleine Kerl war ganz schön kess!
Kim zog schnell ihr Detektivtagebuch heraus und zückte einen Kugelschreiber. »Ich mache mir Notizen. Das ist vielleicht etwas altmodisch, aber genauso effektiv.«
»Also«, begann Franzi. »Eure Namen wissen wir ja schon. Was habt ihr im Haus meiner Oma zu suchen?«

Vermisst

Einen Moment war es still. Dann sagte Lili leise: »Wir … wir sind von zu Hause weggelaufen.«
Die drei !!! wechselten einen schnellen Blick. So etwas Ähnliches hatten sie sich schon gedacht.
»Warum?«, fragte Marie.
Lili schniefte. »Unsere Eltern streiten sich ständig. Sie wollen sich scheiden lassen.«
»Oje.« Kim sah die Kinder mitfühlend an. »Das ist bestimmt nicht leicht für euch, oder?«
Lili schüttelte den Kopf. »Ständig schreien sie sich an, vor allem abends, wenn Torben und ich im Bett sind. Ich werde dann immer wach von ihren lauten Stimmen. Letzten Samstag auch. Da war es besonders schlimm.« Das Mädchen verstummte.
Das Wasser kochte und Kim erhob sich, um den Tee aufzugießen. Sie verteilte die Becher auf dem Tisch und setzte sich wieder.
»Was war denn letzten Samstag los?«, fragte Franzi sanft.
Lili schluckte. »Mama und Papa hatten einen besonders heftigen Streit.« Ihre Stimme war jetzt noch leiser. Kim musste die Ohren spitzen, um sie zu verstehen. »Mama hat sogar mit einem Teller nach Papa geworfen. Der Teller ist gegen die Wand geknallt und zerbrochen. Von dem Lärm bin ich aufgewacht. Ich bin auf den Flur geschlichen und habe gelauscht.«
Kim rührte nachdenklich in ihrer Teetasse. »Worum ging es bei dem Streit?«

»Es ging darum, bei wem Torben und ich nach der Scheidung leben sollten.« Lili seufzte. »Unsere Eltern konnten sich einfach nicht einigen. Beide wollten uns haben. Schließlich haben sie beschlossen, uns aufzuteilen. Ich sollte bei Mama wohnen und Torben bei Papa. Als wären wir irgendwelche Möbelstücke, die man einfach hin- und herschieben kann.«
Marie presste empört die Lippen zusammen. »Das ist wirklich unglaublich! Haben sie euch denn gar nicht nach eurer Meinung gefragt? Schließlich könnt ihr selbst entscheiden, bei wem ihr leben wollt.«
»Das hab ich ihnen auch gesagt.« Lili strich sich eine zerzauste Haarsträhne hinter das Ohr. »Ich war so verzweifelt, dass ich einfach in die Küche gerannt bin. Mama sah verweint aus und Papa wütend. Auf dem Boden lagen Scherben. Ich hab versucht, ihnen klarzumachen, dass sie Torben und mich auf keinen Fall trennen dürfen. Wir wollen zusammenbleiben.«
Torben schob seine kleine Hand wieder in die seiner Schwester und nickte zustimmend. »Genau! Ich will nicht ohne Lili bei Papa wohnen.«
»Und was haben eure Eltern dazu gesagt?«, erkundigte sich Franzi.
Lili seufzte. »Sie haben mir gar nicht richtig zugehört, sondern mich zurück ins Bett geschickt.«
»Und da hast du beschlossen, mit deinem Bruder wegzulaufen«, folgerte Kim.
»Genau.« Lili drückte die Hand ihres Bruders. »Ich hab einfach keinen anderen Ausweg mehr gesehen.«
»Seid ihr nachts abgehauen?«, fragte Marie.
Lili schüttelte den Kopf. »Erst am nächsten Tag. Sonntag

sollten wir zu unserer Oma in die Stadt fahren. Wir wohnen im Nachbardorf, von dort aus geht jede Stunde ein Bus. Den nehmen wir auch morgens zur Schule. Mama hat uns zur Bushaltestelle gebracht und mir die Reisetasche mit unseren Sachen in die Hand gedrückt. Außerdem hatten wir unsere Schulranzen dabei. Wir sollten ein paar Tage bei Oma bleiben, damit Mama und Papa den Umzug vorbereiten können. Sie haben unser Haus verkauft und sich jeder eine Wohnung gesucht.«

Kim konnte sich schon denken, wie es weiterging. »Aber ihr seid nicht zu eurer Oma gefahren, stimmt's?«

»Nein«, gab Lili zu. »Wir sind an der nächsten Haltestelle wieder ausgestiegen und durch den Märchenwald nach Billershausen gewandert. Ich hatte keinen Plan, ich wollte nur weg. Torben war sehr tapfer, er hat kein bisschen gejammert, obwohl wir ziemlich lange unterwegs waren.«

Torben nickte stolz. »Ich bin die ganze Zeit gelaufen. Und ich hab aufgepasst, dass wir auf keine Giftschlangen treten.«

Franzi lächelte ihm zu. »Du bist ja ein echter Held!«

»Irgendwann sind wir hier bei dem alten Haus herausgekommen«, erzählte Lili weiter. »Ich wollte klingeln und fragen, ob wir etwas zu trinken bekommen können. Wir hatten höllischen Durst nach der Wanderung. Aber es hat niemand aufgemacht. Da hab ich das Schild im Küchenfenster gesehen und wusste, dass hier niemand mehr wohnt.«

»Und ich hab das offene Kellerfenster entdeckt!«, rief Torben.

»Nicht schlecht«, stellte Marie anerkennend fest. »Du scheinst ja wirklich ein ganz hervorragender Detektiv zu sein.«

Vor Freude über das Lob schien Torben mindestens zehn Zentimeter zu wachsen. »Ich hab mit meiner Detektiv-Lupe im Garten nach Spuren gesucht. Hätte ja sein können, dass es hier Verbrecher gibt. Dabei ist mir das offene Fenster aufgefallen.«

Lili sah ihren Bruder liebevoll an. »Torben hat seine Detektiv-Ausrüstung immer dabei. Er wittert überall Ganoven und kriminelle Machenschaften.«

»So gehört sich das auch für einen guten Detektiv.« Kim zwinkerte ihrem Nachwuchs-Kollegen zu.

»Das offene Kellerfenster war ja fast wie ein Wink des Schicksals«, kam Franzi auf das eigentliche Thema zurück.

Lili nickte. »Ich konnte es auch kaum glauben. Das Haus war das perfekte Versteck! Wir sind durch das Fenster geklettert und haben uns oben im Gästezimmer eingerichtet.«

»Vorher hab ich jedes Zimmer mit meinem Periskop überprüft«, ergänzte Torben. »So hätten wir schnell abhauen können, wenn doch jemand hier gewesen wäre.«

»Du hast ein Periskop?« Kim wurde dieser Junge allmählich unheimlich. »Ich sehe schon, in ein paar Jahren wirst du uns ernsthaft Konkurrenz machen.«

Torben grinste stolz. »Ich hab das Periskop mit Papa gebaut. Das war, bevor er angefangen hat, sich ständig mit Mama zu streiten.« Seine Miene verdunkelte sich. »Jetzt hat er keine Zeit mehr zum Basteln.«

Kim schluckte. Torben tat ihr schrecklich leid.

»Wir wollten ein paar Tage hierbleiben, bis unsere Eltern sich wieder beruhigt haben«, sagte Lili. »Aber dann seid ihr am Sonntagnachmittag im Garten aufgetaucht.«

Plötzlich fiel bei Kim der Groschen. »Dann war der Schatten, den ich im ersten Stock am Fenster des Gästezimmers gesehen habe, also Torben! Genauso wie die Gestalt auf dem Foto.«
Franzi zog das Foto hervor und zeigte es den Geschwistern.
Lili nickte. »Torben ist zum Wohnzimmerfenster gerannt, als er draußen Stimmen gehört hat. Ich hab ihn natürlich sofort weggezogen und mich mit ihm im Gästezimmer verschanzt, aber vorher muss er auf das Bild geraten sein.«
Torben betrachtete interessiert das Foto. »Cool, ich sehe ja aus wie ein Geist!«
Marie seufzte. »Leider ein Geist aus Fleisch und Blut. Und ich hätte so gerne mit dem ersten echten Geisterfoto für eine Sensation unter den Parapsychologen gesorgt.«
Kim grinste. »Tja, so klärt sich schließlich alles auf.«
»Dann stammen der Fußabdruck im Gemüsebeet und die Fingerabdrücke an der Fensterscheibe also auch von dir.« Franzi sah Torben scharf an. »Nicht zu vergessen die Fotos auf der Kommode, die du durcheinandergebracht hast.«
Torben schien kein allzu schlechtes Gewissen zu haben. »Bist du das Mädchen mit der großen Zahnlücke?«, fragte er Franzi interessiert.
Kim lachte. »Gut kombiniert, Herr Detektiv!«
Franzi verzog bei der Erwähnung ihrer Zahnlücke peinlich berührt das Gesicht. »Themawechsel! Wo habt ihr Mittwoch gesteckt, als wir im Haus nach Spuren gesucht haben?«
Lili spielte nervös mit ihrem Teebeutel herum. »Da hättet ihr uns fast erwischt. Ich bin mit Torben ins Gästezimmer gerannt, als ihr hereingekommen seid. Zusammen mit der

Katze, die Torben an dem Tag im Garten aufgelesen hatte, als wir kurz draußen waren, um frische Luft zu schnappen. Torben hat mit der Katze auf dem Bett herumgealbert und dabei ist der Nachttisch umgekippt.«

»Das war also das Poltern, das wir gehört haben«, sagte Marie. »Ich hätte fast einen Herzinfarkt bekommen!«

»Und ich erst!« Lili nahm den Teebeutel aus der Tasse und drückte ihn mit dem Löffel aus. »Ich hab den Nachttisch schnell wieder aufgestellt, unsere Sachen unter die Betten gestopft und mich mit Torben im Wandschrank versteckt.«

»Ihr habt im Wandschrank gesessen, als wir die Katze im Gästezimmer gefunden haben?«, fragte Franzi verblüfft. »Unglaublich!«

Torben gähnte verstohlen. Kim warf einen Blick auf die Uhr. So spät schon! Hoffentlich hatte ihre Mutter noch keine Vermisstenanzeige aufgegeben. Es wurde höchste Zeit, dass sie die Befragung beendeten und den Fall abschlossen. Eine letzte Frage schoss Kim durch den Kopf. Sie sah die Geschwister nachdenklich an. »Soviel ich weiß, gab es diese Woche keine Suchaktion der Polizei nach zwei verschwundenen Kindern. Wie kommt es eigentlich, dass eure Eltern euch nicht als vermisst gemeldet haben?«

Lili trank einen Schluck Tee, bevor sie antwortete. »Am Sonntag hab ich bei meiner Oma angerufen und so getan, als wäre ich Mama.« Sie lächelte scheu. »Ich kann ihre Stimme ziemlich gut nachmachen. Ich hab Oma erzählt, wir wären krank und könnten leider nicht kommen.«

»Und eure Oma hat nichts gemerkt?«, fragte Marie verblüfft.

Torben grinste. »Oma ist total schwerhörig, die würde nicht

mal merken, wenn der Weihnachtsmann persönlich anruft.«
»Aber in der Schule müssen sie euch doch vermisst haben«, wunderte sich Franzi.
»Da hab ich auch angerufen«, erzählte Lili. »Am Sonntag war natürlich nur der Anrufbeantworter dran. Ich hab mich wieder als meine Mutter ausgegeben und uns für die ganze Woche entschuldigt, weil wir angeblich die Windpocken bekommen haben.«
Kim konnte nur noch den Kopf schütteln. »Du hast wirklich nichts dem Zufall überlassen.«
»Ganz schön schlau«, stellte Marie fest. »Eure Eltern dachten, ihr seid bei eurer Oma. Eure Oma dachte, ihr seid bei euren Eltern. Und eure Lehrer dachten, ihr liegt krank im Bett.«
»Ja, so hat niemand mitbekommen, dass wir abgehauen sind.« Ein stolzer Ausdruck huschte über Lilis Gesicht.
Franzi runzelte die Stirn. »Moment mal! Erinnert ihr euch an die Polizeiautos vorhin? Die sind doch in den Nachbarort gefahren, oder?«
Kim nickte. »Es war eine ganze Kolonne. So viele Wagen schicken die nur raus, wenn ein schlimmes Unglück geschehen ist.«
»Oder wenn zwei Kinder verschwunden sind«, sagte Franzi langsam.
»Oh nein!« Lili riss entsetzt die Augen auf. »Meint ihr, Mama und Papa haben was gemerkt?«
»Das werden wir gleich wissen.« Franzi stand auf und ging zu Oma Lottis kleinem Küchenradio, das auf der Anrichte stand. Sie schaltete es ein und drehte den Ton lauter. »In einer Minute müssten Nachrichten kommen.«

Noch lief Werbung. Die drei !!!, Lili und Torben lauschten einem Werbespot für Winterreifen, dann begannen die Lokalnachrichten. Erst ging es um den Ausbau der Umgehungsstraße, dann um die Eröffnung einer neuen Schule und ein defektes Fahrgeschäft im Freizeitpark *Sugarland.* Kim trommelte nervös mit den Fingerspitzen auf der Tischplatte. Vielleicht war das Verschwinden der Geschwister ja doch unbemerkt geblieben und sie konnten ohne großes Aufsehen zu ihren Eltern zurückkehren.
»Puh, Glück gehabt!«, sagte Marie, als der Wetterbericht begann.
Doch plötzlich hielt der Sprecher mitten im Satz inne und räusperte sich. »Ich unterbreche die Wettervorhersage für eine dringende Meldung, die wir soeben hereinbekommen haben. Die Polizei bittet um Ihre Mithilfe. Seit Sonntag, 10.15 Uhr werden die Geschwister Lili und Torben Brauer vermisst. Lili ist zwölf Jahre alt, circa 1,54 Meter groß und schlank. Sie hat blaue Augen, halblange braune Haare und trägt eine Jeans, einen grünen Anorak und Turnschuhe. Torben ist sieben Jahre alt, circa 1,30 Meter groß, hat graublaue Augen und kurze braune Haare. Er trägt ebenfalls Jeans, eine blaue Jacke mit roter Kapuze und braune Winterstiefel. Hinweise nimmt jede Polizeidienststelle entgegen.«
Franzi stellte das Radio ab und drehte sich um. »Verflixt! Jetzt haben wir den Salat.«
Lili war blass geworden. »Was bedeutet das?«
»Ihr werdet gerade überall gesucht«, erklärte Kim ruhig, obwohl ihr Herz wie verrückt klopfte. »Wahrscheinlich durchkämmt die Polizei den gesamten Märchenwald.«

»Sie werden bestimmt Spürhunde und Hubschrauber einsetzen«, fügte Marie hinzu. Sie sah auch etwas nervös aus. »Wenn zwei Kinder verschwunden sind, lässt die Polizei nichts unversucht.«
»Hubschrauber? Cool!«, rief Torben begeistert. »Vielleicht darf ich ja mal mitfliegen.« Er war noch zu klein, um den Ernst der Lage zu verstehen. Ganz im Gegensatz zu Lili, die förmlich in sich zusammensackte.
»Das wollte ich doch alles gar nicht!«, jammerte sie. »Was sollen wir denn jetzt machen? Es gibt bestimmt mächtig Ärger, wenn die Polizei herausfindet, dass wir bloß abgehauen sind.«
Kim seufzte. Da lag Lili vermutlich gar nicht so falsch. Warum hatten sie die Geschwister nicht ein paar Stunden früher entdeckt? Dann wäre alles völlig unkompliziert und ohne großes Aufsehen verlaufen. Das war jetzt leider nicht mehr möglich. »Wir sollten sofort Kommissar Peters anrufen und ihm sagen, dass wir Lili und Torben gefunden haben.« Kim zog ihr Handy hervor.
»Muss das sein?« Lili sah aus, als würde sie sich am liebsten ins nächste Mauseloch verkriechen.
Franzi nickte. »Es gibt keine andere Möglichkeit. Alle suchen nach euch und eure Eltern machen sich bestimmt furchtbare Sorgen.«
»Kommissar Peters ist ein guter Freund von uns, er wird euch schon nicht den Kopf abreißen«, versuchte Marie, Lili zu beruhigen.
Kim wählte die Nummer des Kommissars. Er nahm sofort ab.

»Peters!«, bellte er in den Hörer.
»Kim Jülich«, meldete sich Kim. »Ich wollte …«
»Tut mir leid, Kim, aber ich hab gerade überhaupt keine Zeit«, unterbrach sie der Kommissar. »Wir telefonieren später, okay?«
»Aber es ist wirklich dringend! Wir haben …«
Doch der Kommissar hörte gar nicht richtig zu. Er sprach mit jemandem und Kim schnappte die Worte ›Hubschrauber‹ und ›Hundestaffel‹ auf. Sie hatten mit ihren Vermutungen also goldrichtig gelegen. »Hier ist gerade die Hölle los«, erklärte der Kommissar. »Ich muss jetzt Schluss machen.«
»Stopp!«, rief Kim, ehe er einfach auflegen konnte. »Brechen Sie die Suchaktion ab! Lili und Torben sind in Sicherheit!«
Einen Moment herrschte verblüfftes Schweigen am anderen Ende. »Wie bitte?«, fragte der Kommissar. »Was soll das heißen?«
Jetzt hatte Kim endlich seine volle Aufmerksamkeit. »Wir haben die beiden gefunden«, erklärte sie. »Es geht ihnen gut. Sie sind im Haus von Franzis Oma in Billershausen.«
»Was zum Teufel …«, begann der Kommissar, dann atmete er einmal tief durch. »Wir kommen sofort. Ihr rührt euch nicht vom Fleck, ist das klar?«
»Klar.« Kim verdrehte die Augen, was Kommissar Peters zum Glück nicht sehen konnte. Sie gab die Adresse durch und ließ das Handy sinken. »Kommissar Peters wird gleich hier sein«, informierte sie die anderen.
Franzi nickte. »Jetzt können wir nur noch warten.«

Glücklich vereint

Knapp sieben Minuten später hielten mehrere Autos mit quietschenden Reifen vor Oma Lottis Haus. Der Schein von Blaulichtern drang geisterhaft flackernd in die Küche und Lili wurde auf ihrem Stuhl noch etwas kleiner.

Torben sprang auf und rannte zum Fenster. »Wow, drei Polizeiautos!«, rief er. »Mit Blaulicht! Und jetzt steigen lauter Polizisten in Uniform aus. Und da sind … Mama und Papa!« Er strahlte und winkte heftig.

Plötzlich ging alles ganz schnell. Franzi war schon auf dem Weg zur Haustür, als es Sturm klingelte. Stimmen und Schritte erklangen im Flur, dann marschierte Kommissar Peters mit wehendem Mantel in die Küche. »Wo sind die Kinder?«, donnerte er.

Torben starrte ihn mit großen Augen an. Vor Schreck hatte es ihm glatt die Sprache verschlagen. Auch Lili sagte keinen Ton.

»Darf ich vorstellen?«, sprang Marie ein. »Kommissar Peters, das sind Lili und Torben.« Sie deutete auf die Geschwister. »Lili und Torben, das ist unser guter Freund Kommissar Peters.«

»Bist du ein echter Kommissar?«, erkundigte sich Torben ehrfürchtig. Der Kommissar nickte und Torben strahlte ihn an. »Ich will später auch Kommissar werden«, verkündete er. »Oder Schlangenforscher.«

»Ist ja auch fast dasselbe«, murmelte Franzi. Kim unterdrückte ein Kichern.

Da tauchten ein Mann und eine Frau in der Küchentür auf. »Lili! Torben!«, rief die Frau und drängte sich an Kommissar Peters vorbei.
»Mama!« Torben rannte auf seine Mutter zu und warf sich in ihre Arme. Er drückte sie ganz fest. Frau Brauer hatte Tränen in den Augen und schien ihren Sohn gar nicht mehr loslassen zu wollen.
Jetzt erwachte auch Lili aus ihrer Erstarrung. Als ihre Mutter die Hand nach ihr ausstreckte, rutschte sie vom Stuhl und ließ sich ebenfalls umarmen. Frau Brauer konnte gar nicht mehr aufhören, ihre Kinder zu küssen. »Was macht ihr denn für Sachen?«, murmelte sie.
Auch Herr Brauer war sichtlich gerührt. Er wischte sich verstohlen über die Augen. Kim fiel auf, wie müde er aussah. Die Angst, die er in den letzten Stunden um seine Kinder ausgestanden hatte, hatte deutliche Spuren hinterlassen. Sein Gesicht war grau und unter seinen Augen lagen dunkle Ringe.
Lili und Torben lösten sich von ihrer Mutter, um ihren Vater zu begrüßen. Als er sie in die Arme schloss, konnte er die Tränen nicht mehr zurückhalten. »Gott sei Dank, euch ist nichts passiert!«, presste er hervor.
Die drei !!! beobachteten lächelnd die glückliche Szene. Kim wurde plötzlich ganz warm ums Herz. Es war toll, wenn ein Fall so ein positives Ende nahm, und es entschädigte sie für alle Strapazen, die die Ermittlungen mit sich gebracht hatten. Genau aus diesem Grund liebte Kim die Detektivarbeit so sehr.
Der Kommissar ließ den Brauers Zeit, einander in Ruhe zu begrüßen. Er ging zum Küchentisch und nickte den Detek-

tivinnen zu. »Ihr schafft es wirklich immer wieder, mich zu überraschen.« Er fuhr sich durch seine dunklen Haare, die an den Schläfen bereits ergrauten. »Und jetzt wüsste ich gerne, was ihr mit den verschwundenen Kindern zu tun habt. Könnte mich bitte jemand aufklären?«

Kim schenkte dem Kommissar ein freundliches Lächeln. »Natürlich, sehr gerne! Also, eigentlich fing alles letzten Sonntag an …« Sie fasste die Ereignisse der vergangenen Woche kurz zusammen.

»Lili und Torben sind von zu Hause weggelaufen und haben sich die ganze Woche hier versteckt?« Der Kommissar ließ sich auf einen Küchenstuhl fallen. »Das ist ja ein Ding! Und wir dachten, sie wären Opfer einer Entführung geworden. Wir waren gerade dabei, im Märchenwald jeden Stein einzeln umzudrehen.«

»Tja, da hätten Sie lange suchen können«, stellte Marie fest. »Ich schätze, wir haben Ihnen eine Menge Arbeit erspart.«

Der Kommissar nickte. »Allerdings. Aber ein paar Dinge sind mir trotzdem noch unklar.« Er wandte sich an die Brauers, die immer noch glücklich ihre Kinder umarmten. »Wenn Sie so weit sind, würde ich gerne einige offenen Fragen klären«, sagte er freundlich.

»Natürlich.« Herr Brauer setzte sich an den Tisch und nahm Torben auf den Schoß. Der Junge schmiegte sich an seinen Vater.

Frau Brauer nahm neben Kim Platz. Lili setzte sich neben sie und sah den Kommissar ängstlich an.

»Ich habe soeben erfahren, dass Lili und Torben keineswegs entführt wurden, sondern aus freien Stücken von zu Hause weggelaufen sind«, begann der Kommissar. Er machte eine Pause und wartete auf die Reaktion der Eltern.

Frau Brauer riss die Augen auf. »Was? Nein, das glaube ich nicht! Warum sollten unsere Kinder so etwas tun?«

»Das kann Ihre Tochter Ihnen sicher selbst am besten erklären.« Der Kommissar nickte Lili aufmunternd zu.

Lili wurde rot und schluckte. Jetzt war die Stunde der Wahrheit gekommen. »Ich … äh … also …«

»Ihr dürft uns nicht trennen!«, rief Torben. »Lili und ich wollen zusammenbleiben.«

Lili warf ihrem Bruder einen dankbaren Blick zu. »Genau! Ihr bestimmt einfach über unser Leben und das finden wir nicht fair.«

»Warum hast du denn nicht mit uns geredet, Lili?«, fragte Herr Brauer. »Statt einfach abzuhauen.«

»Das hab ich ja versucht!«, verteidigte sich das Mädchen. »Am Samstagabend, als ihr euch in der Küche so heftig gestritten habt. Aber ihr habt mir nicht zugehört.«

»Es gab einen Streit?«, fragte der Kommissar interessiert. »Davon haben Sie mir ja gar nichts erzählt. Das hätte den Fall natürlich in ein ganz anderes Licht gerückt.«

Die Brauers wechselten einen schuldbewussten Blick. »Wir wussten ja nicht, dass unsere Auseinandersetzung der Auslöser für das Verschwinden von Lili und Torben war«, verteidigte sich Herr Brauer.

»Wir waren viel zu sehr mit uns und unseren Problemen beschäftigt«, gab Frau Brauer zu. »Ich darf gar nicht daran denken, was den Kindern alles hätte passieren können! Ich mache mir schreckliche Vorwürfe.«

»Heißt das, wir dürfen zusammenbleiben?«, hakte Torben nach.
Sein Vater drückte ihn an sich. »Natürlich. Es war keine gute Idee, euch trennen zu wollen.«
»Wir werden eine Lösung finden, mit der wir alle gut leben können.« Frau Brauer griff nach Lilis Hand und drückte sie. »Das verspreche ich euch.«
»Wie haben Sie eigentlich gemerkt, dass Lili und Torben verschwunden sind?«, erkundigte sich Kim. Die Frage ging ihr schon die ganze Zeit im Kopf herum.
»Meine Mutter hat vorhin angerufen und sich nach den Kindern erkundigt«, erzählte Frau Brauer. »Sie wollte wissen, ob Lili und Torben wieder gesund sind und vielleicht dieses Wochenende zu Besuch kommen können, wo es ja letzten Sonntag schon nicht geklappt hat.« Sie drückte Lilis Hand noch etwas fester. »Ich bin natürlich aus allen Wolken gefallen. Es hat mir glatt den Boden unter den Füßen weggezogen, als mir klar wurde, dass die Kinder schon seit fünf Tagen verschwunden sind. Ich war mir ganz sicher, dass ihnen etwas Schreckliches zugestoßen ist. Das war der schlimmste Moment meines Lebens.« Frau Brauer kämpfte schon wieder mit den Tränen.
»Haben Sie denn im Lauf der Woche gar nicht versucht, Ihre Kinder zu erreichen?«, erkundigte sich Franzi.
»Doch, natürlich!« Frau Brauer rang sichtlich um Fassung. »Aber Lilis Handy war die ganze Zeit ausgeschaltet. Ich bin davon ausgegangen, dass der Akku leer ist und sie mal wieder vergessen hat, ihr Aufladekabel mitzunehmen.« Sie seufzte. »Und bei meiner Mutter ist immer nur der Anrufbeantwor-

ter rangegangen, was allerdings auch nichts Besonderes ist. Ohne ihr Hörgerät hört sie das Klingeln nur, wenn sie direkt neben dem Apparat steht.«

»Es ist ja zum Glück alles gut ausgegangen«, stellte Marie fest.

»Wie habt ihr euch eigentlich in den vergangenen Tagen ernährt?«, erkundigte sich Kommissar Peters. »Hattet ihr Lebensmittel dabei?«

Lili nickte mit gesenktem Kopf. »Ich hab heimlich ein paar Vorräte aus unserer Speisekammer eingesteckt, bevor wir uns auf den Weg gemacht haben. Wir haben hauptsächlich Zwieback und Tütensuppe gegessen. Außerdem Kekse und ab und zu einen Apfel.«

»Bäh!« Torben verzog das Gesicht. »Die Tütensuppe hat total eklig geschmeckt.«

Sein Vater streichelte ihm über den Kopf. »Mein armer Kleiner. Zu Hause bekommt ihr etwas Vernünftiges zum Sattessen.«

Der Kommissar sah Lili und Torben ernst an. »Ihr wisst hoffentlich, dass ihr eine riesengroße Dummheit gemacht habt. Weglaufen ist keine Lösung. Es hätte euch alles Mögliche passieren können. Mal ganz davon abgesehen, dass eure Eltern sich fürchterliche Sorgen gemacht haben und wir beinahe völlig umsonst eine groß angelegte Suchaktion gestartet hätten.«

Lili nickte mit hängenden Schultern. »Es tut mir leid«, flüsterte sie.

»Dann hätten wir das also auch geklärt«, stellte der Kommissar fest. »Ich schätze, damit ist der Fall abgeschlossen.«

Torben gähnte. »Können wir jetzt nach Hause fahren?«, fragte er. »Ich bin müde und hab Hunger.«
»Von mir aus spricht nichts dagegen.« Der Kommissar erhob sich und gab Herrn und Frau Brauer die Hand. »Ich wünsche Ihnen alles Gute für die Zukunft. Und ihr lauft nicht wieder weg, verstanden?« Er drohte Torben und Lili mit dem Zeigefinger.
Lili wurde rot, aber Torben hatte etwas anderes im Sinn. »Darf ich im Polizeiauto mitfahren?«, fragte er. »Bitte!«
Seine Augen blickten so sehnsüchtig, dass Kommissar Peters lächeln musste. »Ein Kollege wird euch nach Hause fahren.« Er nickte einem der uniformierten Polizisten zu, die im Flur auf weitere Anweisungen warteten.
»Juchhu!«, jubelte Torben.
Auch die drei !!! verabschiedeten sich von Familie Brauer. Frau Brauer umarmte die Detektivinnen. »Danke!«, flüsterte sie mit erstickter Stimme. Mehr bekam sie nicht heraus.
»Keine Ursache.« Kim fuhr sich verlegen durch ihre kurzen Haare. »Das haben wir doch gerne gemacht.«
Torben winkte den Mädchen zu. »Tschüss! Darf ich euch mal besuchen kommen?«
»Klar«, sagte Franzi großzügig. »Dann zeigen wir dir unser Hauptquartier. Schließlich sind wir ja Kollegen.«
»Super!« Torbens Augen leuchteten. Fröhlich hüpfte er an der Hand seines Vaters aus der Küche.
Durchs Fenster beobachtete Kim, wie die Brauers in einen Polizeiwagen stiegen und davonfuhren. Auch die anderen Polizisten rückten ab. Nur Kommissar Peters war geblieben. Er klimperte mit seinem Autoschlüssel. »Kommt, ich bring

euch nach Hause. Eure Eltern wundern sich bestimmt schon, wo ihr bleibt.«

Während Franzi die Lichter löschte, warf Kim einen schnellen Blick auf ihr Handy und sog scharf die Luft ein.

»Was ist los?«, fragte Marie besorgt.

»Meine Mutter hat mir schon drei Nachrichten geschickt«, murmelte Kim. »Das gibt bestimmt Ärger.«

Sie verließen Oma Lottis Haus und Franzi schloss sorgfältig die Tür ab. Sie seufzte. »Wer weiß, wann ich das nächste Mal herkomme. Vielleicht ist das Haus dann schon verkauft.«

Marie drückte tröstend ihren Arm. »Sei nicht traurig. Veränderungen gehören nun mal zum Leben.«

Franzi lächelte tapfer. »Du hast recht. Mit etwas Glück zieht eine nette Familie mit Kindern ein. Das fände ich richtig schön – und Oma Lotti bestimmt auch.«

Die drei !!! gingen zum Auto, neben dem Kommissar Peters bereits auf sie wartete. Nachdem sie eingestiegen waren, lächelte der Kommissar ihnen im Rückspiegel zu. »Ehe ich's vergesse: Vielen Dank für eure Hilfe! Ihr habt genau richtig reagiert, als ihr die Kinder entdeckt habt. Das habt ihr prima gemacht.«

Marie zog eine Augenbraue hoch. »Und?«, fragte sie. »Wo bleibt das übliche Aber?«

Der Kommissar schüttelte den Kopf. »Kein Aber! Dieses Mal gibt es ein uneingeschränktes Lob.«

Die drei !!! grinsten stolz.

»Ein Glück!«, flüsterte Franzi ihren Freundinnen zu. »Und ich dachte schon, jetzt kommt wieder die gewohnte Predigt über die Gefahren der Detektivarbeit.«

»Das habe ich gehört, Franziska Winkler!« Der Kommissar versuchte streng zu klingen, musste aber doch lachen und startete den Wagen.

»Könnten wir uns vielleicht etwas beeilen?«, bat Kim. »Ich fürchte, sonst haben Sie gleich die nächste Vermisstenmeldung auf dem Schreibtisch – und zwar von meiner Mutter.«

»Kein Problem.« Der Kommissar ließ das Fenster herunter und setzte mit einer geübten Bewegung sein mobiles Blaulicht auf das Autodach. »Schnallt euch an, es geht los!«

Er drückte aufs Gaspedal und sie schossen davon.

Das letzte Detail

»Hallo, hier sind wir!«

Franzi winkte Kim zu, als sie das *Café Lomo* betrat. Es war wie immer am Samstagnachmittag gut besucht. Stimmengewirr, Lachen und Musik erfüllten den Raum. Kim schlängelte sich zwischen den Tischen zum Lieblingsplatz der Detektivinnen durch, der sich ganz hinten im Café befand. Die Sofaecke war vor Kurzem durch mehrere bunte Sitzsäcke ergänzt worden. Franzi hatte es sich auf einem grasgrünen Sitzsack bequem gemacht, während Marie mit elegant übereinandergeschlagenen Beinen auf dem Sofa saß und an einem Bananen-Blaubeer-Muffin knabberte.

»Entschuldigt bitte die Verspätung.« Kim wickelte ihren langen Schal ab und schlüpfte aus ihrer Jacke. »Aber ich musste mir noch eine Strafpredigt von meiner Mutter anhören. Sie war gar nicht begeistert davon, dass es gestern Abend so spät geworden ist.«

»Du Arme!«, nuschelte Marie mit vollem Mund. »Immerhin hat sie dir keinen Hausarrest aufgebrummt – sonst wärst du schließlich nicht hier, oder?«

»Nein, so schlimm war es nicht.« Kim ließ sich auf einen orangefarbenen Sitzsack fallen. »Ich musste ihr nur hoch und heilig versprechen, in Zukunft wieder pünktlich zum Abendessen zu Hause zu sein.« Sie seufzte. »Manchmal wünschte ich wirklich, Mama wäre etwas lockerer. Eure Eltern machen schließlich auch nicht so ein Theater.«

»Dafür haben sie andere Macken.« Franzi zuckte mit den

Schultern. »Ich schätze, die perfekten Eltern gibt es einfach nicht.«
»Wahrscheinlich hast du recht.« Kim wechselte das Thema. »Ich habe übrigens vorhin mit Lili und Torben telefoniert.«
»Und?«, erkundigte sich Marie. »Wie geht es den beiden Ausreißern?«
»Prima!« Kim grinste. »Ich glaube, sie waren heilfroh, wieder in ihren eigenen Betten schlafen zu können. Torbens Hand geht es auch besser. Seine Eltern waren mit ihm beim Arzt und der war sehr zuversichtlich, dass die Verletzung schnell heilen wird.«
»Ein Glück!« Franzi nippte an ihrem Orangensaft. »Torben und Lili haben es wirklich nicht leicht. Es muss schrecklich sein, wenn sich die eigenen Eltern scheiden lassen.«
»Allerdings.« Kim nickte. »Aber Herr und Frau Brauer haben ihre Lektion bestimmt gelernt. Sie werden die Wünsche ihrer Kinder in Zukunft nicht mehr so schnell übergehen.«
»Hoffentlich finden sie eine gute Lösung«, sagte Marie.
Kim machte ein geheimnisvolles Gesicht. »Übrigens weiß ich jetzt auch, wer die mysteriöse Zitronensaft-Nachricht geschrieben hat.«
»Stimmt ja!« Franzi stellte ihr Glas zurück auf den Tisch. »Den Zettel hatte ich vor lauter Aufregung fast vergessen.«
»Eigentlich kommt dafür nur einer infrage«, sagte Marie langsam. »Wetten, es war unser Nachwuchsdetektiv?«
»Bingo!« Kim lachte. »Zu Torbens Detektivausrüstung gehören neben Taschenlampe, Lupe und Fingerabdruckset auch eine Zitrone und Wattestäbchen, falls er mal in die Klemme gerät und eine geheime Nachricht schreiben muss.«

Franzi pfiff beeindruckt durch die Zähne. »Ganz schön schlau! Der Junge ist wirklich nicht auf den Kopf gefallen.«
Kim lachte. »Ja, von Torben können wir glatt noch was lernen. Jedenfalls hat er bei Oma Lotti aus Langeweile ein paar Nachrichten mit Zitronensaft geschrieben. Die Seiten hatte er tatsächlich aus seinem Schulheft herausgerissen. Und eine der Nachrichten ist unter dem Sofa gelandet …«
»… wo du sie gefunden hast«, ergänzte Marie.
»Zum Glück«, stellte Franzi fest. »Sonst hätte die Geschichte auch ganz anders ausgehen können.«
»Allerdings.« Kim nickte. »Ich mag gar nicht daran denken, was passiert wäre, wenn Torben noch mehr Blut verloren hätte …«
»Ja, das war wirklich Rettung in letzter Sekunde«, bestätigte Marie. Sie winkte der Bedienung. »Bringst du uns bitte eine Runde *Kakao Spezial*, Sabrina?« Sie lächelte ihren Freundinnen zu. »Ich lade euch ein. Schließlich müssen wir doch auf den gelösten Fall anstoßen.«
»Super Idee!«, sagte Kim. »Danke!«
»Übrigens soll ich euch von Felipe grüßen«, erzählte Franzi. »Wir haben vorhin ganz lange geskypt und er hat mir ungefähr hundertmal gesagt, wie sehr er mich vermisst.«
»Na also!« Marie grinste. »Dann ist ja alles in Butter.«
»Von wegen.« Franzi seufzte. »Er fehlt mir schrecklich! Ich wäre am liebsten durch den Bildschirm gesprungen und hätte ihn in die Arme genommen. Na ja, wenigstens kann ich mit Tesoro kuscheln, dem kleinen, flauschigen Schaf, das er mir zum Abschied geschenkt hat.« Sie sah zu Marie. »Wann kommt Holger eigentlich aus dem Sportcamp zurück?«

»Heute!« Marie strahlte über das ganze Gesicht. »Ich kann's kaum erwarten, ihn endlich wiederzusehen. Er kommt nachher vorbei und ich werde ihn mit einem romantischen Candle-Light-Dinner überraschen.«
Kim zog die Augenbrauen hoch. »Du kochst?«, fragte sie überrascht. Normalerweise überließ Marie das Kochen Tessa oder ihrem Vater, der sich als Ausgleich zu den anstrengenden Dreharbeiten abends gerne in der Küche betätigte.
»Na ja, nicht wirklich«, gab Marie zu. »Ich hab ein paar Leckereien bei *Feinkost Kranichstein* besorgt. Oliven, getrocknete Tomaten, eingelegten Schafskäse und gefüllte Weinblätter«, zählte sie auf. »Außerdem frisches Baguette und zum Nachtisch Schokoladenkuchen aus der *Chocolaterie*.«
»Klingt toll!« Kim lief das Wasser im Mund zusammen.
»Hoffentlich funkt Lina dir nicht dazwischen«, gab Franzi zu bedenken. »Wenn sie im falschen Moment in dein Zimmer platzt, ist es vorbei mit der Romantik.«
»Keine Sorge, mit Lina verstehe ich mich im Moment ziemlich gut.« Marie grinste. »Seit wir uns gegen Tessa und ihre Schwangeren-Invasion verbündet haben, sind wir quasi ein Herz und eine Seele.«
Franzi lachte. »Fragt sich nur, für wie lange. Übrigens muss ich meine nervige Schwester bald nicht mehr Tag und Nacht ertragen. Morgen zieht Stefan in seine WG!«
»Wow, super!« Kim lächelte Franzi zu. »Dann hast du endlich wieder dein eigenes Reich.« Sie sah zufällig zur Tür und das Lächeln gefror auf ihrem Gesicht. Gerade betrat eine bekannte Gestalt das Café. Michi! Hinter ihm erschien Frank. Kim schluckte.

»Was ist denn los?« Franzi drehte sich um und entdeckte die beiden Jungs. »Da ist ja Michi!« Sie wollte ihm zuwinken, aber Kim schüttelte den Kopf.

»Lass das!«, zischte sie. »Ich will nicht, dass er mich sieht.«

»Das ist doch albern.« Marie verdrehte die Augen. »Du solltest zu ihm gehen und mit ihm reden.«

»Lieber nicht.« Kim ließ sich tiefer in ihren Sitzsack sinken. »Vielleicht will er ja gar nicht mit mir sprechen.«

»Unsinn«, sagte Franzi. »Er freut sich bestimmt, wenn du den ersten Schritt machst. Also los!«

»Meint ihr wirklich?« Kim zögerte.

»JA!«, riefen Franzi und Marie im Chor.

Kim erhob sich seufzend. Im Grunde ihres Herzens wusste sie, dass ihre Freundinnen recht hatten. Trotzdem fiel es ihr unendlich schwer, auf Michi zuzugehen. Noch hatte er sie nicht entdeckt. Mit klopfendem Herzen ging Kim zur Theke. Frank hatte einen Bekannten getroffen und unterhielt sich angeregt, Michi stand etwas gelangweilt daneben. Kim blieb hinter ihm stehen und räusperte sich.

Michi fuhr herum. »Kim!« Er klang überrascht, aber seine Augen strahlten.

Kims Herz klopfte wie verrückt. Ihr Mund war trocken und sie bekam keinen Ton heraus. Auch Michi schwieg. Die Sekunden dehnten sich wie Kaugummi. Kim begann zu schwitzen. Ihr Kopf war wie leer gefegt, sie konnte keinen klaren Gedanken fassen. *Sag endlich was!*, befahl sie sich selbst. Aber was?

Schließlich öffneten Kim und Michi gleichzeitig den Mund.

»Entschuldigung«, presste Kim hervor.

»Tut mir leid …«, begann Michi.
Sie verstummten und sahen einander verblüfft an. Dann mussten sie lachen. Kim atmete auf. Der Bann war gebrochen.
»Du zuerst«, sagte Michi.
»Entschuldige, dass ich dich verdächtigt habe.« Kim spürte, wie sie rot wurde. »Ich hätte dir vertrauen müssen. Das wird nicht wieder vorkommen, okay?«
Michi winkte ab. »Halb so schlimm. Ich hätte letztens am Telefon nicht so heftig reagieren dürfen. Mir tut es leid, dass ich so wenig Zeit für dich hatte. Ich wollte dich nicht vernachlässigen. Vielleicht hab ich mich etwas zu sehr in die Sache mit Frank hineingesteigert.«
Kim schüttelte den Kopf. »Überhaupt nicht! Du fühlst dich verantwortlich für deinen Bruder und willst ihm helfen. Das finde ich toll. Ich hätte dich mehr darin unterstützen müssen. Schließlich hat jeder eine zweite Chance verdient.«
Michi lächelte und nahm Kims Hand. »Ist das dein Ernst?«
Kim nickte. »Natürlich!«
»Du bist und bleibst die Beste!« Michi umarmte Kim und drückte ihr einen sanften Kuss auf die Lippen.
»Wen haben wir denn da?« Franks Stimme beendete den Versöhnungskuss. »Wenn das nicht die Superdetektivin ist!«
Kim lächelte Michis Bruder so freundlich wie möglich zu. »Hallo, Frank, alles klar?«
»Natürlich! Hab einen alten Kumpel getroffen.« Er schlug seinem Bekannten, der sich gerade an der Theke einen Kaffee bestellte, auf die Schulter. »Wir sind vor Ewigkeiten zusammen zur Schule gegangen.«

Der Mann drehte sich um und Kim schnappte nach Luft. »Kurt Lindner!«, rief sie erstaunt.
»Ihr kennt euch?«, fragte Michi. »So ein Zufall!«
»Das wird sich noch herausstellen.« Kim schaltete augenblicklich in Detektivmodus. In ihrem Kopf ratterte es, während sie blitzschnell die nötigen Zusammenhänge herstellte. »So schnell sieht man sich wieder«, sagte sie zu dem Volontär, der sich nicht im Geringsten über die Begegnung zu freuen schien. Im Gegenteil, er fühlte sich sichtlich unwohl in seiner Haut.
»Sorry, aber ich muss dringend los«, behauptete er hastig. »Hab einen wichtigen Termin vergessen.«
»Nicht so schnell!« Kim stellte sich ihm in den Weg. »Sie kennen also Frank Millbrandt. Kann es sein, dass er Ihr geheimer Informant ist?«
»Äh … wieso … nein … ich …«, stammelte Kurt Lindner.
»Frank hat Ihnen das Foto vom Geisterhaus zugespielt, geben Sie es endlich zu!« Kim stemmte die Hände in die Hüften und funkelte den Volontär ärgerlich an.
Der junge Mann knickte sofort ein. Er fuhr sich nervös durch seine dunklen Locken. »Ja, das stimmt«, murmelte er.
Frank lachte. Er schien kein besonders schlechtes Gewissen zu haben. »War doch ein netter Artikel, oder?«
»Was hast du dafür bekommen?«, fragte Kim kühl.
Frank zuckte mit den Schultern. »Ein kleines Taschengeld, mehr nicht. Schließlich muss ich von irgendetwas leben, bis ich einen Job gefunden habe.«
Kim wandte sich wieder an den Volontär. »Sie wollten sich mit einer spannenden Story in der Redaktion profilieren, stimmt's?«

Kurt Lindner zog abwehrend die Schultern hoch. »Es nervt, immer nur über Kaninchenzüchtervereine und Firmenjubiläen zu schreiben. Darum wollte ich meiner Karriere einen kleinen Schubs geben. Erst kam der Artikel über das Geisterhaus auch total gut an …«

»Bis herauskam, dass Sie das Foto aus dubiosen Quellen haben«, vollendete Kim den Satz.

Der Volontär nickte. »Jetzt lässt mich meine Chefin nur noch kopieren, Kaffee kochen und langweilige Hintergrundrecherche machen.« Er seufzte. »Die Aktion war ein echtes Eigentor.«

Kim konnte sich ein schadenfrohes Grinsen nicht verkneifen. Geschah diesem Möchtegern-Journalisten ganz recht. Zumal er sie mit seiner falschen Personenbeschreibung auf eine völlig falsche Fährte gelockt hatte. Dass sie darauf reingefallen war und Michi verdächtigt hatte, würde Kim sich nie verzeihen …

Michi sah verwirrt von einem zum anderen. »Worum geht es hier eigentlich? Ich verstehe kein Wort.«

»Dein Bruder hat unser Geisterhaus-Foto heimlich an seinen Freund von der Zeitung verkauft«, erklärte Kim. Sie versuchte, nicht zu anklagend zu klingen, dabei hätte sie Frank am liebsten den Hals umgedreht. Im Nachhinein verstand sie überhaupt nicht mehr, warum sie nicht gleich auf ihn gekommen war. Aber manchmal sah eben selbst die beste Detektivin den Wald vor lauter Bäumen nicht …

»Du hast hinter meinem Rücken eins von *meinen* Fotos an die Zeitung verhökert?« Michi starrte seinen Bruder ungläubig an.

Frank zuckte mit den Schultern und lachte unsicher. »Na ja, ich brauchte ein bisschen Geld. Ich hab die Bilder rein zufällig entdeckt, als ich an deinem Computer meine Mails gecheckt habe. Und dann ist mir Kurt in der Stadt über den Weg gelaufen und hat rumgejammert, dass er unbedingt eine gute Story braucht. Da hat es bei mir klick gemacht. Ich wollte ihm doch nur helfen!«

Michi schüttelte den Kopf. »Nein, du wolltest schnell an Geld kommen. Und ich hab dir vertraut! Ich dachte, du meinst es wirklich ernst mit deinem neuen Leben.« Er sah so enttäuscht aus, dass es Kim ins Herz schnitt.

Franks Lachen war plötzlich wie weggewischt. »Ich meine es ernst, ganz ehrlich!« Angst flackerte in seinen Augen auf. »Wenn du auch nicht mehr an mich glaubst, wer dann? Alle anderen warten doch nur darauf, dass ich wieder auf die schiefe Bahn gerate.« Er wirkte plötzlich ziemlich verloren. Kim merkte erstaunt, dass er ihr beinahe leidtat.

Michi seufzte. »Ich weiß nicht mehr, was ich glauben soll.«

»Ohne dich schaffe ich es nicht, Bruderherz«, sagte Frank leise.

Kim griff nach Michis Hand und flüsterte: »Denk dran, jeder hat eine zweite Chance verdient. Und manchmal auch eine dritte.«

Der Anflug eines Lächelns huschte über Michis Gesicht. »Na gut, vergessen wir die Angelegenheit«, sagte er schließlich. »Aber versprich mir, dass du nie wieder in meinen Dateien herumschnüffelst!«

»Klar, versprochen«, versicherte Frank ernsthaft. Kim war sich ziemlich sicher, dass er meinte, was er sagte.

Sie drückte Michis Hand. »Ich geh mal wieder zu den anderen.«
»Okay.« Michi sah Kim verliebt an. »Sehen wir uns morgen? Wir könnten mal wieder zum Chinesen gehen und hinterher ins Kino. Nur wir zwei. Was hältst du davon?«
Kim lächelte. »Klingt äußerst verlockend. Ich bin dabei.« Sie gab Michi einen schnellen Kuss, verabschiedete sich von Frank und ignorierte Kurt Lindner, der zerknirscht in seinem Kaffee rührte. Als sie in die Sofaecke zurückging, fühlte sie sich so leicht, als würde sie schweben.
»Das hat ja ewig gedauert«, stellte Franzi fest.
»Was war denn los?«, wollte Marie wissen. »Was hat Michi gesagt?«
Kim ließ sich mit einem glücklichen Seufzer auf ihren Sitzsack fallen. »Wir haben uns wieder vertragen.«
»Super!«, jubelte Franzi. »Das freut mich für euch.«
»Mich auch.« Marie lächelte. »Aber sag mal, war das nicht gerade dieser Zeitungsvolontär neben euch an der Theke?«
Kim nickte. »Allerdings. Und stellt euch vor – er kennt Michis Bruder! Die beiden sind zusammen zur Schule gegangen.« Sie erzählte schnell, was sie herausgefunden hatte.
»Frank hat das Foto der Zeitung zugespielt?«, fragte Marie ungläubig. »Das ist ja ein dickes Ding!«
»Allerdings!« Franzi konnte es auch kaum glauben. »Der arme Michi, das muss ein harter Schlag für ihn sein.«
»Er wird es bestimmt verkraften«, sagte Kim zuversichtlich. »Ich kenne niemanden, der so sehr an das Gute im Menschen glaubt wie er.« *Und genau dafür liebe ich ihn*, fügte sie im Stillen hinzu.

In diesem Moment brachte Sabrina Maries Bestellung. Diesmal schaffte sie es sogar, den *Kakao Spezial* zu servieren, ohne auch nur einen Tropfen zu verschütten. »Lasst es euch schmecken«, wünschte sie, bevor sie hinter die Theke zurückkehrte.

Marie hob ihren Becher und lächelte ihren Freundinnen zu. »Auf einen weiteren gelösten Fall!«

»Auf einen Geist, den es nicht gibt, und auf zwei Ausreißer, die wieder zu Hause sind«, sagte Kim.

»Auf die Liebe!« Franzi zwinkerte Kim zu.

Klirrend stießen drei Becher gegeneinander. Kim nahm einen großen Schluck Kakao. Sie hätte nicht sagen können, was süßer war: das leichte Vanillearoma oder die Vorfreude auf den Abend mit Michi. Aber eigentlich spielte das keine Rolle. Denn eins wusste sie mit absoluter Sicherheit: In diesem Moment war sie wunschlos glücklich.

Maja von Vogel

Die drei !!!

Geheimnis im Düstermoor

Die drei !!!

Geheimnis im Düstermoor

Eine harte Nuss

»Wie sollen wir das nur schaffen?« In Kims Stimme schwang Verzweiflung mit. »Ich fürchte, die Sache ist eine Nummer zu groß für uns. Dieses Mal haben wir uns zu viel vorgenommen.«

»Unsinn!« Marie schüttelte energisch den Kopf. »Die drei !!! haben bisher noch jeden Fall gelöst, wir werden auch diese Nuss knacken. Schließlich sind wir der erfolgreichste Detektivclub aller Zeiten.«

»Um die Nuss zu knacken, müssen wir sie erst mal finden«, bemerkte Franzi. »Wo sind nur diese verflixten Walnüsse?« Sie ließ ihren Blick an den langen Supermarkt-Regalen entlangwandern.

»Außerdem fehlen noch Vanilleschoten, Ziegenkäse und getrockneter Estragon.« Kim betrachtete mit gerunzelter Stirn den Einkaufszettel in ihrer Hand. »Und habt ihr eine Ahnung, was *Beaufort* sein soll? Ich weiß nicht mal, in welcher Abteilung wir danach suchen sollen.« Seufzend ließ sie den Zettel sinken. »Wir werden ewig für den Einkauf brauchen! Vielleicht hätten wir doch ein etwas weniger kompliziertes Menü zusammenstellen sollen.«

»Zum Glück haben wir ja fachkundige Unterstützung«, beruhigte Marie ihre Freundin. »Maxime wird schon dafür sorgen, dass nichts anbrennt.«

»Im wörtlichen Sinne!« Franzi kicherte. »Ich freue mich jedenfalls schon aufs Kochen.«

An diesem Samstag wartete eine besondere Herausforderung

auf die Detektivinnen: Sie mussten ihre Fähigkeiten als Spitzenköchinnen unter Beweis stellen. Marie, Kim und Franzi hatten Maries Vater Helmut und seiner Lebensgefährtin Tessa einen Gutschein für ein romantisches Candlelight-Dinner geschenkt, als die beiden im Mai vor den Traualtar getreten waren. Marie dachte immer noch gerne an die romantische Hochzeit zurück, auch wenn es bei den Vorbereitungen einige unangenehme Zwischenfälle gegeben hatte. Doch die drei !!! hatten die schuldige Person rechtzeitig entlarvt, sodass das Fest reibungslos verlaufen war.
Heute Abend wollten Helmut und Tessa ihren Gutschein einlösen. Das Candlelight-Dinner sollte im Hauptquartier des Detektivclubs, dem Pferdeschuppen neben Franzis Haus, stattfinden. Gekocht wurde in der Küche der Familie Winkler. Maxime, ein französischer Sternekoch, den die drei !!! von einem ihrer letzten Fälle her kannten, hatte sich sofort bereit erklärt, ihnen etwas unter die Arme zu greifen. Sie hatten ausgiebig Rezepte im Internet recherchiert, bevor die ultimative Speisefolge schließlich feststand. Nun liefen sie seit einer geschlagenen Stunde durch den größten Supermarkt der Stadt, um die ellenlange Einkaufsliste abzuarbeiten.
»Den Pferdeschuppen müssen wir auch noch schmücken.« Kim knabberte nervös an ihrer Unterlippe. »Und die Crème brûlée vorbereiten. Sie muss vor dem Servieren mindestens zwei Stunden auskühlen.«
Die drei !!! hatten jede Menge Blumen, Kerzen, Lampions und Windlichter besorgt, um den Pferdeschuppen in ein duftendes Lichtermeer zu verwandeln. Außerdem durften sie Winklers gutes Geschirr und die silbernen Kerzenleuchter

von Franzis verstorbener Oma Lotti ausleihen. Eine weiße Tischdecke und edle Stoffservietten lagen auch schon bereit. Marie konnte es kaum erwarten, die Gesichter von Helmut und Tessa beim Anblick der festlich gedeckten Tafel zu sehen. Die beiden würden Augen machen!
»Eins nach dem anderen.« Franzi nahm Kim die Liste aus der Hand. »Am besten, wir teilen uns auf. Kim holt die Vanilleschoten und den Estragon. Marie geht zur Käsetheke und besorgt den Ziegenkäse. Und ich suche die Walnüsse. In einer Viertelstunde treffen wir uns an der Kasse, okay?«
Kim und Marie nickten, dann schwärmten die Detektivinnen in alle Himmelsrichtungen aus.

Siebzehn Minuten später eilte Marie zum Kassenbereich. Franzi und Kim standen bereits am Ende einer langen Schlange.
Marie legte die Papiertüte mit dem Käse in den Einkaufswagen. »Ganz schön viel los heute. Na ja, eigentlich kein Wunder an einem Samstagvormittag. Ich weiß jetzt übrigens, was *Beaufort* ist.«
»Ein Käse?«, riet Kim mit Blick auf die Tüte.
»Genau!« Marie nickte. »Die Verkäuferin wusste sofort Bescheid. *Beaufort* ist ein Rohmilchkäse aus den französischen Alpen.« Plötzlich kam ihr ein Gedanke. »Vielleicht sollte ich für Holger und mich auch mal ein Candlelight-Dinner organisieren. Ob er sich darüber freuen würde?«
»Bestimmt.« Kim schob den Einkaufswagen ein Stück weiter. »Ihr könnt wirklich froh sein, dass ihr so ein glückliches Paar seid.« Sie sah plötzlich traurig aus.

Marie legte tröstend die Hand auf Kims Arm. »Du vermisst Michi, oder?«
Seit Kims Freund zum Studieren in eine andere Stadt gezogen war, sahen sich die beiden nur noch selten. Die Fernbeziehung machte Kim ziemlich zu schaffen.
Kim nickte. »Ich kann mich einfach nicht daran gewöhnen, ihn nur alle paar Wochen zu sehen. Aber das ist nicht einmal das Schlimmste.«
Kim zögerte, bevor sie weitersprach. »Ich … also … das klingt jetzt vielleicht blöd, aber manchmal kommt es mir so vor, als würde Michi nicht nur in einer fremden Stadt, sondern in einer komplett fremden Welt leben.«
»Wie meinst du das?«, wollte Marie wissen.
»Ihm sind plötzlich ganz andere Dinge wichtig als mir«, erklärte Kim. »Wenn wir telefonieren und er mir von irgendwelchen Studentenpartys, Seminaren, Profs und Kreditpunkten erzählt, verstehe ich nur die Hälfte, wenn überhaupt. Es ist, als würde er chinesisch sprechen.«
»Kein Wunder, das Studium ist ja auch ein ganz neuer Lebensabschnitt«, bemerkte Franzi. »Das sagt zumindest Stefan immer.« Franzis älterer Bruder studierte bereits seit einigen Semestern BWL in der Stadt.
»Natürlich.« Kim seufzte. »Vielleicht sollte ich einfach etwas geduldiger sein.«
»Genau«, sagte Marie. »Das spielt sich bestimmt ein. Wann seht ihr euch denn das nächste Mal?«
Kims Miene hellte sich auf. »Morgen! Michi kommt dieses Wochenende endlich mal wieder nach Hause. Wir treffen uns nachmittags im *Café Lomo*. Ich kann's kaum erwarten!«

»Das klingt doch schon viel besser.« Franzi warf einen Blick zur Kasse hinüber. Vor ihnen standen noch mindestens zehn Leute. »Das dauert ja ewig! Ich bin gleich kurz zum Skaten verabredet. Wenn wir noch lange hier herumstehen, komme ich zu spät.«

»Triffst du dich mit Benni und Leonhard?«, erkundigte sich Marie.

»Ja, genau.« Franzi trat ungeduldig von einem Bein aufs andere.

»Schon wieder?« Kim zog die Augenbrauen hoch. »Wart ihr nicht erst vorgestern zusammen im Skatepark?«

Franzi zuckte mit den Schultern. »Na und? Ist doch nichts dabei. Wir sind nur gute Freunde.«

»Ja, klar.« Kims Stimme triefte vor Ironie. »Die beiden scheinen es ja kaum einen Tag ohne dich auszuhalten.«

Franzi setzte gerade zu einer Antwort an, als ihr Handy klingelte. Sie zog es aus der Jackentasche. »Sorry, ich muss kurz drangehen … Hallo, Blake? Nein, du störst nicht. Ich bin gerade im Supermarkt. Kino um acht? Super Idee, aber ich kann leider nicht. Wir kochen doch heute für Maries Eltern.« Sie kicherte. »Danke, lieb von dir. Genau, aufgeschoben ist nicht aufgehoben. Klar, morgen Abend hätte ich Zeit. Super, ich freu mich. Bis dann!« Ein rosafarbener Hauch lag auf Franzis Wangen, als sie das Handy wieder wegsteckte.

Marie konnte sich ein Grinsen nicht verkneifen. »Du genießt dein Singleleben wirklich in vollen Zügen, was?«

»Wieso nicht?«, gab Franzi spitz zurück. »Ist doch nicht verboten, oder? Ich kann mich treffen, mit wem ich will.«

»Natürlich!« Marie lächelte entwaffnend. »Ich gönn dir ja deine Freiheit. Davon abgesehen ist Blake wirklich nett.«
»Und sicher auch nur ein guter Freund, oder?« Kim zwinkerte Marie vielsagend zu. Die beiden begannen zu kichern und Franzi wurde noch etwas röter.
»Allerdings.« Sie warf ihren Freundinnen einen wütenden Blick zu. »Glaubt doch, was ihr wollt!«
»Sei nicht gleich eingeschnappt, okay?«, gab Kim versöhnlich zurück. Sie seufzte. »Ich fürchte, das wird hier noch eine ganze Weile dauern. Warum gehst du nicht schon mal los? Den Rest schaffen Marie und ich auch alleine.«
»Ehrlich?« Franzi sah die beiden fragend an.
»Klar.« Marie nickte. »Wir können schließlich nicht zulassen, dass deine beiden Verehrer auf dich warten müssen. Benni und Leonhard verzehren sich bestimmt schon nach dir.«
Franzi verdrehte die Augen, musste aber trotzdem lachen. »Okay, dann hau ich jetzt ab. Danke, ihr zwei.«
»Keine Ursache.« Kim lächelte. »Wozu hat man schließlich Freundinnen?«
»Damit sie einen in den Wahnsinn treiben?« Franzi streckte Marie die Zunge heraus, bevor sie sich zwischen den wartenden Supermarktkunden hindurch zum Ausgang schlängelte. Kurze Zeit später waren ihre roten Zöpfe im Gewimmel verschwunden.

Detektivtagebuch von Kim Jülich
Sonntag, 13:09 Uhr
Bin vor einer Stunde von Franzi zurückgekommen, wo Marie und ich gestern nach dem Candlelight-Dinner übernachtet ha-

ben. Puh, die Koch-Aktion war ganz schön anstrengend. Eins weiß ich hundertprozentig: Ich werde nie im Leben ein Restaurant eröffnen. Viel zu stressig! Zum Glück hat alles super geklappt (na ja, fast alles …). Helmut und Tessa waren hin und weg, als wir sie in den Pferdeschuppen geführt haben. Unser Hauptquartier war aber auch wirklich nicht wiederzuerkennen mit all den Kerzen und dem duftenden Blumenschmuck. Natürlich hatten wir sämtliche Detektivutensilien und geheimen Unterlagen vorher in Franzis Zimmer versteckt.
Maxime hat dafür gesorgt, dass in der Küche keine größeren Katastrophen passiert sind. Das Menü war natürlich à la française*: Nach der (mit* Beaufort-*Käse) überbackenen Zwiebelsuppe haben wir einen Salat mit Ziegenkäse und Walnüssen serviert, darauf folgte Estragonhähnchen mit knusprigem Baguette und als Dessert Crème brûlée. Das ist französisch und heißt so viel wie ›gebrannte Creme‹. Franzi hat das offenbar zu wörtlich genommen, denn sie hat den Karamellüberzug etwas anbrennen lassen. Aber Helmut und Tessa waren trotzdem hellauf begeistert und haben sich tausendmal für den schönen Abend bedankt. Unsere Idee war ein voller Erfolg!*
Hinterher haben wir noch aufgeräumt und den Schuppen wieder als Detektiv-Hauptquartier hergerichtet. Leider haben wir gerade keinen aktuellen Fall. Schade eigentlich, denn in zwei Wochen beginnen die Herbstferien und wir hätten jede Menge Zeit für die Ermittlungen. Ich habe mir überlegt, dass wir die Ferien stattdessen nutzen könnten, um uns weiterzubilden. Gerade habe ich ein bisschen im Internet recherchiert und einen einwöchigen Krimi-Schreibworkshop für Jugendliche entdeckt, der während der Ferien im Künstlerdorf Moorhausen statt-

findet. Moorhausen liegt im Düstermoor, einer großen Moorlandschaft, die kurz hinter dem Billershausener Märchenwald beginnt. Es gibt eine Menge Sagen und Legenden, die sich um diese Gegend ranken. Wenn das nicht die perfekte Kulisse für spannende Kriminalgeschichten ist! In letzter Zeit war so viel los, dass ich meine Schreibübungen ziemlich vernachlässigt habe. So werde ich nie eine berühmte Krimiautorin!
Jetzt muss ich nur noch Franzi und Marie von meiner Idee überzeugen, denn die beiden sollen natürlich mitkommen. Sie könnten an anderen Kreativkursen teilnehmen, es gibt zum Beispiel Kurse für Malerei, Bildhauerei oder Goldschmiedekunst. Hoffentlich sind sie genauso begeistert wie ich!

Geheimes Tagebuch von Kim Jülich
Sonntag, 13:47 Uhr
Finger weg von meinen geheimen Aufzeichnungen! Wer sich nicht daran hält, muss so lange angebrannte Crème brûlée essen, bis sie ihm zu den Ohren wieder rauskommt! Ich sag's euch, das ist kein Spaß!
Ich bin stinksauer!!! Auf wen? Na, auf Michi natürlich! Er hat kurzfristig beschlossen, dieses Wochenende doch nicht nach Hause zu fahren. Dabei hatte ich mich schon so darauf gefreut, ihn heute endlich wiederzusehen! Ich habe sogar unseren Lieblingstisch im Café Lomo *reserviert und gestern im Supermarkt ein kleines Schokoladenherz gekauft, das ich ihm schenken wollte. Das Schokoherz hab ich jetzt selbst gegessen, denn ich bin Michi offenbar nicht so wichtig wie die blöde Studentenparty, zu der er mit seinen Kumpels gehen wollte. Das muss man sich mal vorstellen: Er versetzt mich wegen einer Party! Und statt*

mich wenigstens anzurufen, schickt er mir nur eine kurze SMS, die ich gestern erst nach dem Candlelight-Dinner geöffnet habe. Vor lauter Enttäuschung und Wut konnte ich stundenlang nicht einschlafen. Zum Glück waren Franzi und Marie da und haben mich getröstet.

Ich bin wirklich froh, dass ich so tolle Freundinnen habe! Statt mit Michi treffe ich mich jetzt mit ihnen heute Nachmittag im Lomo. *Am besten erzähle ich ihnen gleich von meiner Idee mit den Kreativferien in Moorhausen. Michi soll bloß nicht glauben, dass ich in den Herbstferien zu Hause hocke und auf ihn warte. Der Krimi-Schreibworkshop ist die perfekte Ablenkung – und nebenbei kann ich mit Marie und Franzi das Düstermoor erkunden und natürlich den* ›Moorhausener Torfsoden‹ *probieren. Das ist ein süßer Honigkuchen mit Schokoladenüberzug, den es nur im Düstermoor gibt. Mmmmh, lecker!*

Endlich Ferien!

»Wie weit ist es denn noch?« Marie saß neben Tessa auf dem Beifahrersitz und wippte ungeduldig mit dem Fuß.
»In zehn Minuten sind wir da.« Tessas Blick war konzentriert auf die Fahrbahn gerichtet. Sie fuhren eine schmale Landstraße entlang, die rechts und links von kahlen Birken gesäumt wurde. Dahinter erstreckte sich die flache Moorlandschaft. Heute war der erste Tag der Herbstferien und Tessa hatte sich netterweise bereit erklärt, Marie und ihre Freundinnen nach Moorhausen zu kutschieren.
Marie drehte sich zu Kim und Franzi um, die auf der Rückbank saßen. »Die Idee mit den Kreativferien war echt super von dir, Kim. Das ist wirklich mal etwas anderes. Ich bin schon total gespannt auf den Malkurs.«
Marie und Franzi waren sofort begeistert von Kims Vorschlag gewesen und hatten die letzten Plätze in einem Mal- und Zeichenkurs ergattert, der parallel zu Kims Schreibwerkstatt stattfand. Die Eltern der drei !!! hatten nichts dagegen gehabt, dass die Mädchen in den Ferien wegfuhren.
»Schade, dass der Bildhauerkurs schon voll war«, sagte Franzi. »Bildhauerei hätte ich viel lieber gemacht. Keine Ahnung, ob dieser Malkurs etwas für mich ist. In der Schule bin ich eine ziemliche Niete in Kunst.«
»Wart's ab, es wird dir bestimmt gefallen.« Kims Tonfall war zuversichtlich. »Du musst dich nur darauf einlassen.«
Franzi zog eine Grimasse. »Das sagt sich so leicht. Du bist

natürlich Feuer und Flamme für deinen Schreibworkshop, du willst ja schließlich später Krimi-Autorin werden.«
»Oder Detektivin«, bemerkte Kim. Sie hatte sich noch nicht endgültig für einen ihrer beiden Traumberufe entschieden.
»Du kannst doch beides parallel machen«, warf Tessa von vorne ein. »Wer sagt denn, dass man nur einen Beruf haben kann?«
»Stimmt!« Marie nickte. »Du bist schließlich auch Kamerafrau und Designerin.«
Tessa hatte Maries Vater auf einem Filmset kennengelernt. Helmut Grevenbroich war ein bekannter Schauspieler, der viel vor der Kamera stand. Tessa designte neben ihrem Job als Kamerafrau T-Shirts und andere Kleidungsstücke für ihr Öko-Label *Think Nature*. Außerdem gehörten zu Maries Patchwork-Familie noch Lina, Tessas zwölfjährige Tochter, und Helmuts und Tessas gemeinsamer Sohn Finn, der Ende des Monats zwei Jahre alt wurde. Ein warmes Gefühl durchflutete Marie bei dem Gedanken an ihre Familie. Seit der Hochzeit waren sie alle noch enger zusammengewachsen. Auch wenn es manchmal Reibereien gab, so wusste Marie doch, dass sie sich auf Tessa und Lina genauso verlassen konnte wie auf ihren Vater. Und den kleinen Finn liebte sie sowieso heiß und innig.
Maries Handy piepte und sie warf einen schnellen Blick aufs Display. Eine SMS von Holger!

Viel Spaß im Moor! Du fehlst mir jetzt schon. Kann's kaum erwarten, dich wiederzusehen.
Kuss, Holger

Marie lächelte. Holger war einfach süß! Plötzlich bekam sie wahnsinnige Sehnsucht nach ihm. Wie sollte sie es nur eine Woche ohne ihn aushalten? Schnell schrieb sie zurück. Als sie die SMS abschickte, bog Tessa gerade in eine schmale Auffahrt ein.

»Wir sind da, Mädels! Das muss der Eichenhof sein.« Tessa parkte den Wagen neben einem weiß verputzten Haus. Es hatte Sprossenfenster, einen großen Wintergarten und wurde von alten, knorrigen Eichen eingerahmt, die ihre kahlen Zweige wie schützende Hände über das Dach hielten und dem Hof seinen Namen gegeben hatten.

»Ist das schön hier!« Marie stieg aus dem Wagen und atmete tief die klare Herbstluft ein. Es roch nach Moos, Laub und ein bisschen nach Holzfeuer. Direkt hinter dem Haus begann der Wald. Zwischen den Bäumen lauerte schon die Dämmerung. Obwohl es noch Nachmittag war, hatte sich die Sonne bereits hinter die Bäume zurückgezogen.

Kim, Franzi und Tessa stiegen ebenfalls aus.

»Sieht sehr nett aus.« Tessa ließ ihren Blick über die weiße Fassade schweifen. Neben dem Eingang hing ein Schild, auf dem in grünen, verschnörkelten Buchstaben *Pension Eichenhof* stand.

»Hier werden wir uns bestimmt wohlfühlen«, stellte Kim fest.

»Worauf warten wir noch?« Franzi zerrte ihren Rucksack aus dem Auto. »Lasst uns endlich reingehen.«

Durch eine schwere Holztür gelangten sie in eine kleine Eingangshalle. Die alten Dielen knarzten unter ihren Füßen. Während die drei !!! ihr Gepäck abstellten und sich neugierig

umsahen, kam eine Frau aus einem kleinen Zimmer hinter der Rezeption und ging lächelnd auf die Neuankömmlinge zu.
»Herzlich willkommen im Eichenhof!« Sie schüttelte nacheinander allen die Hand. »Ihr müsst die Feriengäste sein, die an unserem Kreativangebot für Jugendliche teilnehmen. Ich bin Mia Frehlert, die Besitzerin der Pension.«
»Dann haben wir miteinander telefoniert«, sagte Tessa. »Schön, dass Sie noch ein Zimmer für die Mädchen frei hatten.«
»Ihr bekommt das Dreibettzimmer im zweiten Stock.« Mia Frehlert deutete zur Treppe. »Wollen wir gleich hochgehen?«
Die drei !!! nickten.
»Kommt ihr ohne mich zurecht?«, fragte Tessa. »Ich muss leider gleich wieder zurück. Ich habe Lina und Finn versprochen, heute noch mit ihnen Kürbismuffins zu backen.«
»Kein Problem«, sagte Marie. »Wir sind schließlich keine Kleinkinder mehr.«
»Das weiß ich doch.« Tessa umarmte Marie und verabschiedete sich von Kim, Franzi und Mia Frehlert. »Habt eine schöne Woche, ihr drei!« Sie warf den Mädchen eine Kusshand zu und eilte davon.
»Auf geht's!« Mia Frehlert ging vor, die dunkle Holztreppe hinauf. Die drei !!! griffen nach ihrem Gepäck und folgten ihr.
Im zweiten Stock führte die Pensionsbesitzerin die Mädchen in ein geräumiges Südzimmer mit großen Fenstern. Sie knipste die Deckenlampe an, denn draußen war es inzwischen dunkel geworden. Die Einrichtung bestand aus drei

altmodischen Holzbetten mit verschnörkelten Blumenmustern an Kopf- und Fußende, einem rustikalen Eichenschrank, einem kleinen Tisch und drei Stühlen. Auf dem Tisch stand eine Vase mit Herbstastern, deren violette Blüten um die Wette leuchteten.

»Wie schön!«, rief Kim begeistert.

»Gefällt es euch?«, fragte Frau Frehlert.

»Und wie!«, sagten Franzi und Marie wie aus einem Mund.

»Das freut mich.« Die Pensionsbesitzerin lächelte den Mädchen zu. »Das Badezimmer befindet sich direkt gegenüber. Ich schlage vor, ihr packt jetzt erst mal aus. In einer Stunde gibt es Abendessen im Wintergarten neben der Rezeption. Dort wird auch das Frühstück serviert, jeden Morgen von sieben bis zehn Uhr. Außerdem findet ihr im Erdgeschoss unser Kaminzimmer, das allen Gästen offensteht und in dem wir jetzt im Herbst jeden Abend ein Feuer anzünden.«

»Super, vielen Dank«, sagte Franzi.

Nachdem Mia Frehlert gegangen war, inspizierte Marie zunächst das Bad. Befriedigt stellte sie fest, dass es offenbar vor nicht allzu langer Zeit renoviert worden war. Es gab eine frei stehende Badewanne und sogar eine Massagedusche. Marie liebte es, sich mit kleinen Wellnesseinheiten zu verwöhnen, und verzichtete auch auf Reisen nur ungern auf diesen Luxus. Sie zog ihr Kosmetiktäschchen hervor, frischte schnell ihr Make-up auf und fuhr sich mit der Bürste durch ihre glänzenden langen Haare. Nach einem letzten Blick in den Spiegel kehrte sie in ihr gemeinsames Zimmer zurück und begann, ihre Herbstgarderobe aus dem roten Rollkoffer in den Schrank zu räumen.

Als es Zeit fürs Abendessen war, liefen die drei !!! die Treppe hinunter ins Erdgeschoss. Ein herrlicher Duft nach Gemüsebrühe und frischen Kräutern zog durchs Haus. Auf dem Weg in den Wintergarten kamen sie am Kaminzimmer vorbei und Marie warf einen schnellen Blick hinein. Im offenen Kamin prasselte ein Feuer. Davor standen ein paar Sessel, die zum Verweilen einluden, und im hinteren Bereich gab es einen runden Tisch mit mehreren Stühlen. In einem der Sessel lümmelte ein etwa sechzehnjähriger Junge mit fransigen flachsblonden Haaren und schmalem Gesicht. Er hielt ein Taschenmesser in der Hand und schnitzte an einem Stück Holz herum. Als die drei !!! den Raum betraten, blickte er kurz auf.

»Ihr seid hier falsch«, sagte er statt einer Begrüßung. »Abendessen gibt's im Wintergarten.«

»Vielen Dank für die Information«, gab Marie spitz zurück. »Aber das wissen wir bereits. Außerdem steht das Kaminzimmer *allen* Gästen offen, falls du das noch nicht mitbekommen haben solltest.«

Was bildete sich dieser Kerl eigentlich ein? Wahrscheinlich war er mit seinen Eltern hier, langweilte sich zu Tode und ließ seine schlechte Laune an jedem aus, der das Pech hatte, ihm über den Weg zu laufen.

Doch wenn Marie gedacht hatte, der Junge würde jetzt sauer werden, hatte sie sich getäuscht. Stattdessen hielt er mitten in der Bewegung inne und musterte Marie so eindringlich, dass ihr zu ihrem großen Ärger die Röte ins Gesicht stieg.

»Ist was?«, fragte sie aggressiver als beabsichtigt. »Hab ich irgendwas im Gesicht?«

»Ja«, sagte der Junge. »Die schönsten Augen, die ich je gesehen habe.«
Marie öffnete den Mund und schloss ihn wieder. Die schlagfertige Antwort, die ihr eben noch auf der Zunge gelegen hatte, war wie weggeblasen. Stumm starrte sie den Jungen an, der sich jetzt erhob und auf sie zukam.
»Ich heiße übrigens Kalle.« Er griff nach Maries Hand und drückte sie. Als er sie wieder losließ, schlossen sich ihre Finger um einen kleinen Gegenstand. Es war eine nur wenige Zentimeter große Eule, die kunstvoll aus Holz geschnitzt war.
»Was ist das?«, fragte Marie verwirrt.
»Ein Glücksbringer.« Kalle schien noch mehr sagen zu wollen, doch in diesem Moment erschien Mia Frehlert auf der Türschwelle.
»Da seid ihr ja«, sagte sie. »Ich wollte euch gerade zum Essen holen. Und meinen Sohn habt ihr auch schon kennengelernt.« Sie nickte zu Kalle hinüber, runzelte jedoch gleich darauf die Stirn. »Wie oft hab ich dir schon gesagt, dass du draußen schnitzen sollst, Kalle? Jetzt fliegen hier wieder überall Sägespäne herum.«
»Hier ist es aber gemütlicher als draußen«, gab Kalle zurück und steckte seelenruhig sein Taschenmesser ein. »Also dann, man sieht sich.« Er hob lässig die Hand und schob sich an seiner Mutter vorbei auf den Flur.
Marie sah ihm mit gemischten Gefühlen nach. Was für ein seltsamer Typ! Erst war er total unfreundlich, dann machte er ihr aus heiterem Himmel ein wunderschönes Kompliment und schenkte ihr eine selbst geschnitzte Eule. Auf je-

den Fall hatte sie mit ihrer ersten Einschätzung völlig danebengelegen. Sie würden sich also sicher noch öfter über den Weg laufen. Marie konnte nicht leugnen, dass dieser Gedanke ihr Herz höherschlagen ließ.

Während die anderen Gäste nach dem Essen zu einem Verdauungsspaziergang aufbrachen oder auf ihre Zimmer gingen, beschlossen die drei !!!, den Abend vor dem Kamin ausklingen zu lassen. Sie ließen sich in die bequemen Sessel fallen und Marie zog sich einen Fußschemel heran, um die Beine hochzulegen.
»Herrlich!« Sie seufzte wohlig. »So lässt sich's leben.«
Kim stöhnte. »Ich hab mal wieder viel zu viel gegessen. Vielleicht hätte ich auf den Nachtisch verzichten sollen.«
»Da hättest du aber was verpasst«, gab Franzi zu bedenken. »Der Vanillepudding mit heißen Himbeeren war superlecker.«
»Allerdings.« Kim hielt sich den Bauch. »Dafür platzt meine Jeans bald aus allen Nähten.«
Marie hörte schlurfende Schritte hinter sich und wandte den Kopf. Eine alte Frau hatte das Zimmer betreten und trug einen Korb voller Holzscheite zum Kamin. Mit ihrem altmodischen Dutt, dem schlichten, schwarzen Kleid und der gestreiften Schürze sah sie aus, als wäre sie einem vergangenen Jahrhundert entsprungen.
Marie nahm die Füße vom Schemel. »Kann ich Ihnen helfen?«
»Danke, es geht schon.« Die Frau stellte den Korb neben dem Kamin ab. »Ihr seid die neuen Gäste, die heute einge-

troffen sind, oder? Ich bin Hannelore Frehlert. Ihr könnt mich Oma Hannelore nennen, das tun alle hier.«

»Sind Sie mit Mia Frehlert verwandt?«, erkundigte sich Franzi.

Oma Hannelore schmunzelte. »Richtig geraten! Ich bin Mias Mutter. Und Kalles Großmutter.«

»Wohnen Sie alle gemeinsam hier auf dem Eichenhof?«, fragte Kim. »Wie schön!«

»Ja, unsere Familie hält zusammen.« Die alte Frau nickte bedächtig. »Sonst würden wir es auch nicht schaffen, die Pension zu bewirtschaften. Selbst Kalle muss ordentlich mit anpacken. Seit sich sein Vater aus dem Staub gemacht hat, ist er der einzige Mann im Haus.«

»Kalles Vater hat die Familie verlassen?«, hakte Marie nach.

»Vor zehn Jahren schon.« Oma Hannelore winkte ab. »Ist lange her. Er hat es im Düstermoor nicht ausgehalten. Ist nicht jedermanns Sache, hier zu leben.« Ein Schatten huschte über ihr runzliges Gesicht.

»Wieso?«, fragte Kim. »Weil es hier so einsam ist?«

»Das auch.« Oma Hannelore nahm ein Scheit aus dem Korb und legte es ins Feuer. Das Holz knisterte und knackte, während die Flammen gierig an der dunklen Rinde leckten. »Im Herbst und Winter wird es im Moor so dunkel, dass sich selbst der Teufel verirrt. Dann tauchen die Irrlichter auf und flackern in der Nacht.«

Die drei !!! wechselten einen Blick. Franzi zog skeptisch die Augenbrauen hoch. »Irrlichter?«

Die alte Frau sah die Mädchen ernst an. »Kennt ihr nicht die Legende vom versunkenen Dorf?«

Die Detektivinnen schüttelten die Köpfe.
Oma Hannelore setzte sich auf den Schemel und begann zu erzählen. »Vor langer Zeit versank ein ganzes Dorf im Düstermoor, weil die Einwohner ein sündiges Leben geführt hatten. Dort, wo einst das Dorf gewesen war, bildete sich ein schwarzer See, der nach und nach von einer Moordecke überzogen wurde. Doch in den Tiefen des Moores gibt es immer noch Leben. Jeden Sonntag gehen die Bewohner des versunkenen Dorfes in die Kirche und bitten um Erlösung. Dann braust es im Moor und das schlammige Wasser beginnt zu blubbern und zu gären.«
Marie bekam eine Gänsehaut. Sie dachte an die karge Landschaft, durch die sie heute gefahren waren, und konnte sich lebhaft vorstellen, wie die braunen Tümpel zum Leben erwachten.
Kim zückte ein kleines Büchlein, in dem sie Ideen für neue Geschichten sammelte, und machte sich eifrig Notizen. »Wie spannend! Und was hat diese Sage mit den Irrlichtern zu tun?«
»Die Irrlichter sind die Seelen der Versunkenen, die Wanderer in der dunklen Jahreszeit in die Irre führen«, erklärte Oma Hannelore. »Sie wollen die Menschen ins Moor locken und sie zu ihresgleichen machen.«
»Haben Sie schon mal ein Irrlicht gesehen?«, fragte Kim.
Die alte Frau zögerte, bevor sie antwortete. »Allerdings. Ich war ein junges Mädchen und hatte eine Tante im Nachbardorf besucht. Auf dem Rückweg wurde ich im Moor von der Dunkelheit überrascht. Ich konnte nicht mehr die Hand vor Augen sehen und war völlig verloren. Da leuchtete ein Licht-

schein in der Ferne auf. Es war eine kleine Flamme, die über das Moor hinwegglitt, als wollte sie mir den Weg zeigen. Aber ich wusste, dass sie mich in die Irre leiten würde, und bin ihr nicht gefolgt.«

Die drei !!! lauschten gebannt. Auf einmal ging das Licht aus und es wurde dunkel im Kaminzimmer. Nur die Flammen im Kamin warfen zuckende Schatten an die Wände. Einen Moment war es ganz still, dann ertönte ein unheimliches Heulen. Es schwoll immer mehr an, wurde lauter und schriller. Es klang wie der Klagelaut einer verlorenen Seele. Marie hätte sich am liebsten die Ohren zugehalten, aber sie war wie gelähmt. Ihr Herz klopfte wie verrückt und sie meinte, einen eisigen Hauch im Nacken zu spüren.

Plötzlich flammte die Deckenlampe wieder auf. Marie blinzelte geblendet. Das Heulen war verstummt, dafür erklang lautes Lachen. Kalle schlenderte ins Kaminzimmer und musterte amüsiert die bleichen Gesichter der drei !!!.

»Ich bin der Moorgeist, huhuuu!« Er riss die Augen auf und zog eine Grimasse. »Gebt's zu, ihr habt einen ganz schönen Schreck bekommen, oder?«

»Sehr witzig!« Kim hob mit zitternden Händen das Notizbuch auf, das zu Boden gefallen war. »Ich hätte fast einen Herzinfarkt gekriegt.«

»Die Gruseleinlage war nicht übel«, musste Franzi zugeben. »Hast du mal darüber nachgedacht, in einer Geisterbahn anzufangen?«

Kalle grinste. »Keine schlechte Idee. Hey, alles klar bei dir?« Sein Gesicht nahm einen besorgten Ausdruck an, als er Marie betrachtete.

Marie versuchte ein Lächeln, das ziemlich verkrampft ausfiel. »Logisch.« Auf keinen Fall wollte sie zugeben, dass sie sich für einen Moment ins dunkle Moor versetzt gefühlt hatte, allein unter den verlorenen Seelen der Versunkenen …

Oma Hannelore warf ihrem Enkel einen vorwurfsvollen Blick zu. »Man sollte sich nicht über die alten Legenden lustig machen. Sonst kommen die Moorgeister und holen dich.«

»Keine Sorge, Oma, ich pass schon auf mich auf.« Kalle legte seiner Großmutter liebevoll die Hand auf die Schulter.

»Glaubst du an die Sagen über das Moor?«, erkundigte sich Franzi. »Das sind doch nur alte Geschichten, die sich vor langer Zeit jemand ausgedacht hat, oder?«

Kalle wurde ernst. »Jede Sage hat einen wahren Kern. Die Legenden über das Düstermoor sind uralt, genau wie das Moor selbst. Es birgt viele Geheimnisse, die es nur selten preisgibt.«

»Zum Beispiel?«, fragte Kim interessiert.

»Zum Beispiel die Moorleiche, die vor einigen Jahren im Düstermoor gefunden wurde. Sie wird jetzt im Moormuseum ausgestellt. Habt ihr etwa noch nie etwas von dem berühmten ›Mädchen von Moorhausen‹ gehört?«

»Nein!« Kim zückte sofort wieder ihren Stift. »Wo wurde das Mädchen gefunden? Weiß man, wie es gestorben ist?«

Doch Oma Hannelore ließ ihrem Enkel keine Zeit zum Antworten. »Schluss mit den alten Geschichten«, sagte sie barsch. »Zeit zum Schlafengehen.«

»Jetzt schon?«, fragte Kalle.

»Es ist spät genug. Husch, husch, ab in eure Betten!« Oma

Hannelore erhob sich und scheuchte die drei !!! und Kalle aus dem Kaminzimmer.
An der Treppe verabschiedete sich Kalle von den Detektivinnen. »Gute Nacht.« Er sah Marie direkt in die Augen. »Ich wünsche dir süße Träume.«
Marie antwortete mit einem strahlenden Lächeln. Der Schreck über Kalles Gruseleinlage war endgültig verflogen. Als sie die Treppe hinaufging, meinte sie zu schweben.

Das Mädchen von Moorhausen

Am Sonntagmorgen machten sich die drei !!! nach dem Frühstück auf den Weg ins Gemeindezentrum, wo die Kreativkurse beginnen sollten.
»Dieser Kalle hat es dir ganz schön angetan, was, Marie?«, fragte Franzi, während sie durch den Wald zum Dorf gingen. Leichter Nebel hing zwischen den Bäumen und es war ungemütlich kalt.
»Ich finde ihn tatsächlich ganz süß«, gab Marie zu. »Auch wenn ich nicht so richtig schlau aus ihm werde.«
»Und was ist mit Holger?«, wollte Kim wissen.
Marie zuckte mit den Schultern. »Was soll mit ihm sein?«
»Ich dachte, er ist deine große Liebe und du vermisst ihn ganz schrecklich.«
»Das stimmt auch.« Marie wickelte sich ihren Schal fester um den Hals. »Aber deshalb kann ich doch ein bisschen mit Kalle flirten. So vergeht die Zeit bestimmt viel schneller, bis ich Holger wiedersehe.« Dass Holger gestern Abend beim Blick in Kalles geheimnisvoll graue Augen ganz weit weg gewesen war, verriet Marie lieber nicht. Ihre Freundinnen mussten schließlich nicht alles wissen.
»Typisch Marie!« Franzi grinste. »Immer zum Flirten aufgelegt.«
»Musst du gerade sagen«, gab Marie zurück. »Wer von uns beiden ist denn in letzter Zeit die Flirtkönigin?«
»Die Geistervorstellung hätte Kalle sich jedenfalls sparen können.« Kim zog die Schultern hoch. »Aber die Legende,

die seine Oma erzählt hat, fand ich total spannend. Daraus könnte man eine prima Geschichte machen.«

»Die alte Frau Frehlert erinnert mich ein bisschen an Oma Lotti.« Franzi klang plötzlich traurig. »Sie hat auch immer so gerne Geschichten erzählt.«

»Stimmt, die Legende vom Märchenwald zum Beispiel.« Marie griff nach Franzis Hand und drückte sie. »Du hast so viele schöne Erinnerungen an deine Oma, die kann dir keiner nehmen.«

»Du hast recht.« Ein kleines Lächeln erschien auf Franzis Gesicht. »Oma Hannelore und Oma Lotti hätten sich bestimmt gut verstanden, meint ihr nicht auch?«

»Auf jeden Fall«, bestätigte Kim. »Sie hätten garantiert einen Erzählwettbewerb angezettelt und sich gegenseitig mit ihren gruseligen Geschichten zu übertrumpfen versucht.«

Bei der Vorstellung musste Franzi lächeln. Jetzt sah sie schon nicht mehr ganz so traurig aus.

»Dort drüben ist es.« Marie zeigte auf ein Fachwerkhaus, über dessen Tür ›GEMEINDEZENTRUM‹ stand. Sie hatten den Wald hinter sich gelassen und die Dorfstraße erreicht. Auf beiden Seiten standen hübsche alte Häuser, die liebevoll restauriert worden waren. Am Ende der Straße ragte ein Kirchturm in den nebelverhangenen Himmel.

Die drei !!! betraten das Gemeindezentrum und wurden in der Eingangshalle von einer jungen Frau mit blondem Pferdeschwanz und modischer schwarzer Brille begrüßt. »Hallo, ich bin Evi Hambacher. Ich arbeite für die Tourist-Information von Moorhausen und betreue die jugendlichen Feriengäste. Welche Kreativkurse habt ihr gebucht?«

»Ich nehme am Krimi-Schreibworkshop teil und meine Freundinnen am Mal- und Zeichenkurs«, antwortete Kim.
»Prima! Kommt bitte mit.« Evi Hambacher führte sie zu den Seminarräumen, die im Erdgeschoss direkt nebeneinanderlagen. Ein paar Kursteilnehmer waren schon da und unterhielten sich. »In den Herbstferien kommen immer viele Jugendliche nach Moorhausen«, erklärte Evi Hambacher. »Das Angebot unserer Kreativferien wird sehr gut angenommen. Es gibt auch ein umfangreiches Freizeitprogramm, das ich extra für euch zusammengestellt habe.« Sie reichte den Mädchen eine Liste. »Hier könnt ihr euch für die verschiedenen Veranstaltungen eintragen. Es werden Museumsbesuche, Führungen durchs Dorf, Moorwanderungen, Radtouren, eine Fahrt mit dem Torfkahn oder dem Moorexpress angeboten. Bitte gebt mir die Liste nachher zurück.«
»Danke.« Kim überflog das Blatt. »Klingt spannend. Ich will auf jeden Fall ins Moormuseum und mir das ›Mädchen von Moorhausen‹ ansehen.«
Evi Hambacher warf einen Blick auf ihre Armbanduhr. »Ihr solltet jetzt reingehen, gleich beginnen die Kurse. Bis später!«
Während Kim zu ihrem Schreibworkshop eilte, betraten Marie und Franzi das Atelier, in dem der Mal- und Zeichenkurs stattfinden sollte. Eine rundliche Frau in einem wallenden Batikgewand winkte sie mit ausholenden Bewegungen herein. Auf dem Kopf trug sie eine Art Turban, unter dem sich kastanienbraune Locken hervorringelten.
»Hereinspaziert! Ich bin Claire Milsbach, freie Künstlerin und in der kommenden Woche eure Begleiterin durch die wunderbare Welt der Kreativität.« Ihre knallrot geschmink-

ten Lippen verzogen sich zu einem breiten Lächeln. »Wir werden eine aufregende Reise in die Tiefen unseres Ichs unternehmen, um unser Kreativitätszentrum zu aktivieren.«
Franzi seufzte, während sie sich neben Marie an einen Tisch voller Farbkleckse setzte, und murmelte: »Na, das kann ja heiter werden …«
Marie grinste. »Sei nicht so negativ. Ich glaube, wir werden hier jede Menge Spaß haben.«

Der Vormittag verging wie im Flug. Mittags gab es einen Imbiss in der Rathaus-Kantine und am Nachmittag stand der Besuch des Moormuseums auf dem Programm, für den sich die drei !!! auf Kims Wunsch hin angemeldet hatten. Außerdem wollten sie in den nächsten Tagen an einer Führung durchs Dorf und der Fahrt mit dem Torfkahn teilnehmen.
Unter Maries Stiefeln raschelte das welke Laub, als sie nach dem Mittagessen zum Moormuseum marschierten, das etwas versteckt in einem kleinen Park lag. Der morgendliche Nebel hatte sich verzogen, aber die Wolkendecke am Himmel war immer noch so dicht, dass die Sonne keine Chance hatte.
»Ob ich meinen Kurs noch wechseln kann?«, überlegte Franzi laut, während sie missmutig einen Stein zur Seite kickte. »Ich drehe glatt durch, wenn ich diese Verrückte eine Woche lang ertragen muss.«
»Ich fürchte, alle anderen Kurse sind ausgebucht.« Kim zupfte ihre Wollmütze zurecht.
»Also, ich finde Claire ganz nett«, sagte Marie. »Ein bisschen überdreht vielleicht, aber …«

»Ein bisschen?«, fiel Franzi ihr ins Wort. »Das ist die Untertreibung des Jahrhunderts.«
»War es so schlimm?«, erkundigte sich Kim.
Franzi nickte. »Und ob! Erst hat sie uns etwas von unserem inneren Kraftzentrum und den verschlungenen Wegen der Kreativität erzählt und dann sollten wir uns zu seltsamer Panflötenmusik freimalen.«
Kim kicherte. »Wie soll das denn gehen?«
»Keine Ahnung. Genau das ist ja mein Problem.«
»Versuch einfach, dich ein bisschen darauf einzulassen, dann funktioniert es auch«, riet Marie. »Mir hat das Freimalen jedenfalls total viel Spaß gemacht.«
»Kein Wunder, du interessierst dich ja auch für Tarotkarten, Kerzenorakel, Liebeszauber und diesen ganzen esoterischen Kram«, murrte Franzi. »Ich kann damit nun mal nichts anfangen.«
»Mein Schreibworkshop ist jedenfalls super«, schwärmte Kim. »Wir haben lauter Schreibübungen gemacht, die ich noch nicht kannte, und ich hab schon eine tolle Idee für eine spannende Moor-Geschichte. Oma Hannelores Legende hat mich richtig inspiriert.«
»Freut mich für dich«, sagte Marie. Sie hatten das Moormuseum erreicht und Marie stieß die Tür auf.
Evi Hambacher wartete schon auf sie, gemeinsam mit einigen anderen Jugendlichen. Marie grüßte zwei Mädchen aus ihrem Malkurs.
»Jetzt sind wir komplett.« Evi hakte die Namen auf ihrer Liste ab. »Ich werde euch heute durch unser Moormuseum führen. Was interessiert euch denn besonders?«

»Die Moorleiche!« Kims Antwort kam wie aus der Pistole geschossen. Ein paar andere nickten.
Evi schmunzelte. »Das habe ich mir gedacht. Das ›Mädchen von Moorhausen‹ ist die große Attraktion des Museums. Seit sie hier ausgestellt wird, haben sich die jährlichen Besucherzahlen verdoppelt. Aber zuerst schauen wir uns den Ausstellungsraum zur Geschichte des Düstermoores an.«
Die Gruppe setzte sich langsam in Bewegung, während Evi erklärte, wie sich Moore bildeten. Marie betrachtete die Schaubilder, die die Verbreitung der Moore auf der Erde zeigten und verschiedene Moortypen verdeutlichten.
»Und jetzt kommen wir zum Höhepunkt des heutigen Nachmittags«, verkündete die Betreuerin dramatisch, als sie den nächsten Raum betraten. »Darf ich vorstellen? Das berühmte ›Mädchen von Moorhausen‹!«
Alle stürmten zu der großen, klimatisierten Glasvitrine, die gut ausgeleuchtet in der Mitte des Raumes stand. Marie hörte beeindruckte Ahs und Ohs, während sie den anderen langsam folgte. Sie war sich gar nicht so sicher, ob sie die Moorleiche tatsächlich aus der Nähe sehen wollte.
»Komm her, Marie!« Kim winkte ihr zu. »Das musst du dir anschauen.«
Seufzend ging Marie zu Kim und Franzi hinüber. »Muss ich wirklich?«
»Und ob! Das ist echt faszinierend.« Kim deutete auf den Kopf der Moorleiche. »Die Haare des Mädchens sind total gut erhalten, und das, obwohl sie so lange im Moor gelegen hat.«
Marie gab sich einen Ruck und warf einen Blick in die Vi-

trine. Der Anblick war zum Glück nicht so gruselig, wie sie befürchtet hatte. Das Mädchen lag auf der Seite und hatte Arme und Beine angewinkelt. Es sah aus, als hätte sie sich zum Schlafen hingelegt. Die Knochen waren dunkelbraun verfärbt und am Kopf hingen tatsächlich mehrere lange Haarsträhnen von undefinierbarer Farbe.

»Das ›Mädchen von Moorhausen‹ wurde erst vor einigen Jahren im Düstermoor gefunden«, erklärte Evi Hambacher. »Es hat vermutlich in der vorrömischen Eisenzeit gelebt, um 650 vor Christus, also vor etwa 2.700 Jahren. Damit handelt es sich um eine der ältesten Moorleichen Deutschlands.«

»Wahnsinn!«, murmelte Franzi.

Kim holte ihr Notizbuch hervor und schrieb eifrig mit. »Wie alt war sie, als sie gestorben ist?«

»Die Experten gehen davon aus, dass sie bei ihrem Tod Mitte zwanzig war«, antwortete Evi.

»So jung!« Marie tat das ›Mädchen von Moorhausen‹ plötzlich furchtbar leid. Sie hatte vermutlich nicht viel vom Leben gehabt.

»Weiß man, was die Todesursache war?«, erkundigte sich Franzi.

»Darüber ist leider noch nichts Genaueres bekannt«, sagte Evi bedauernd. »Sicher ist nur, dass sich an den Unterarmknochen zwei Verletzungen befinden, die vermutlich von Messerstichen stammen.«

»Das könnten Abwehrverletzungen sein«, vermutete Kim. »Vielleicht hat sich das Mädchen die Arme vors Gesicht gehalten, um sich gegen einen Angreifer zu wehren, und wurde dabei verletzt.«

»Gut möglich.« Evi rückte ihre Brille gerade. »Ihr habt übrigens Glück, dass ihr die Moorleiche noch zu Gesicht bekommt. Morgen soll sie abgeholt und in ein Forschungszentrum gebracht werden. Dort wird das ›Mädchen von Moorhausen‹ von einem Forscherteam untersucht, um weitere Informationen über ihre Lebens- und Todesumstände zu erhalten und Schädel- und Gesichtsrekonstruktionen durchzuführen.«

»Wie aufregend.« Kim steckte ihr Notizbuch weg.

Marie war trotz allem froh, als sie die Moorleiche hinter sich ließen und den nächsten Raum betraten. Ihr waren die Lebenden eindeutig lieber als die Toten. Sie tastete in ihrer Tasche nach der kleinen Holzeule. Prompt tauchte Kalles Gesicht vor ihrem inneren Auge auf. Was er wohl gerade machte? Ob sie sich heute noch sehen würden? Und ob er auch manchmal an sie dachte?

»Wo bleibst du denn, Marie?«, rief Kim von der Tür her. Die restliche Gruppe wartete bereits am Ausgang. »Was hältst du davon, wenn wir uns im Museumscafé mit einem Stück ›Moorhausener Torfsoden‹ stärken?«

»Gute Idee!« Marie schüttelte die Gedanken an Kalles verschmitztes Lächeln und seine grauen Augen ab und beschloss, sich nicht länger den Kopf zu zerbrechen, sondern lieber die Gegenwart zu genießen. Ein Stück Honigkuchen und ein heißer Kakao waren dafür genau das Richtige!

Geheimnis im Düstermoor

Beim Abendessen in der Pension ging den drei !!! das ›Mädchen von Moorhausen‹ nicht aus dem Kopf. Vor allem Kim ließ das Schicksal der jungen Frau nicht los.
»Ich wüsste zu gern, woran die Arme gestorben ist.« Kim schob sich nachdenklich einen Löffel Kartoffelsuppe in den Mund.
»Wir könnten ein paar Ermittlungen anstellen«, schlug Franzi vor. »Vielleicht haben wir ja einen neuen Fall?«
Marie tunkte ein Stück Brot in die dampfende Suppe. »Ein 2.700 Jahre alter ungelöster Kriminalfall, das wäre tatsächlich mal etwas ganz Besonderes für unseren Detektivclub.«
»Ich fürchte, das bringt nichts«, gab Kim zu bedenken. »Am Tatort nach Spuren zu suchen, ist nach so langer Zeit völlig sinnlos. Und um den Fall ohne konkrete Indizien zu lösen, fehlen uns zu viele Hintergrundinformationen. Wir wissen praktisch nichts über das Mädchen und sein Leben in der Eisenzeit.«
»Glaubt ihr, sie ist umgebracht worden?«, fragte Franzi leise. Stille senkte sich über den Tisch und Marie lief es kalt den Rücken hinunter. Sie hörte die gemurmelten Gespräche an den anderen Tischen, während sie an der flackernden Kerze auf der Fensterbank vorbei in die dunkle, regnerische Nacht blickte. Es war eine gruselige Vorstellung, dass eine junge Frau vorsätzlich getötet und im Moor versenkt worden war – auch wenn es schon 2.700 Jahre her war.
»Es könnte ein Eifersuchtsdrama gewesen sein«, überlegte

Kim, deren Fantasie sofort auf Hochtouren lief. »Zwei Männer waren gleichzeitig in das Mädchen verliebt. Sie hat sich für den einen entschieden und der andere hat sie rasend vor Eifersucht ins Moor gestoßen.«
»Oder sie wurde im Kampf getötet.« Franzi hielt ihren Suppenlöffel in die Höhe. »Vielleicht war das Mädchen eine Kriegerin, die ihre Sippe gegen Feinde verteidigt hat. Leider waren die Gegner in der Überzahl und haben sie überwältigt.«
»Ich hab mal von einer wissenschaftlichen Theorie gelesen, die besagt, dass viele Moorleichen Könige waren«, erzählte Marie. »Sie wurden von ihrem Volk geopfert und im Moor versenkt, um die Götter gnädig zu stimmen. Zum Beispiel nach einer Missernte, einer Hungersnot oder einer Epidemie.«
»Das ›Mädchen von Moorhausen‹ als Königin … Der Gedanke gefällt mir«, sagte Kim versonnen.
»Es könnte auch einfach ein Unfall gewesen sein.« Franzi nahm sich das letzte Stück Brot aus dem Brotkorb. »Vielleicht ist das Mädchen durchs Moor gegangen, vom Weg abgekommen und versunken.«
»Woher stammen dann die Messerstiche?«, wollte Marie wissen.
Franzi zuckte mit den Schultern. »Keine Ahnung. Möglicherweise hatte es die vorher schon.«
Kim seufzte. »Vermutlich wird das Schicksal des Mädchens für immer ungeklärt bleiben …«
Oma Hannelore, die gerade in den Wintergarten gekommen war, um frisches Brot auf die Tische zu stellen, hatte den

Schluss der Unterhaltung mit angehört. »Diese Wissenschaftler werden schon dafür sorgen, dass das ›Mädchen von Moorhausen‹ all seine Geheimnisse preisgibt.« Mit verbitterter Miene griff sie nach dem leeren Brotkorb und ersetzte ihn durch einen, der mit gerösteten Weißbrotscheiben gefüllt war.

»Wie meinen Sie das?«, fragte Kim.

»Wie ich das meine? Das kann ich euch sagen!« Oma Hannelore stellte den leeren Brotkorb zur Seite und stemmte die Hände in die Hüften. »Diese Forscher werden den Mageninhalt des Mädchens untersuchen, um herauszufinden, was sie vor ihrem Tod gegessen hat. Sie werden die chemische Struktur ihrer Haare analysieren, sie von oben bis unten durchleuchten, jeden Knochen dreimal umdrehen und in ihren Eingeweiden herumstochern.«

Ihre Stimme war immer lauter geworden und die Gespräche an den Nachbartischen verstummten. Ein Gast schob mit angewiderter Miene seinen halb vollen Teller Suppe weg.

Auch Marie war der Appetit vergangen. »So habe ich das noch gar nicht gesehen …«

Aber Oma Hannelore hörte gar nicht zu. Sie war jetzt richtig in Fahrt. »Eigentlich müsste man diese Verbrecher wegen Störung der Totenruhe verklagen. Warum können die Leute das arme Mädchen nicht in Ruhe lassen? Sie hat schließlich schon genug gelitten und hätte endlich ein anständiges Begräbnis verdient, statt öffentlich ausgestellt zu werden. Aber heutzutage denken die Menschen ja nur noch an sich.«

»Das kann man so pauschal nicht sagen«, wandte Franzi ein, doch die alte Frau ließ sie nicht ausreden.

»Die Dorfbewohner wollen Touristen ins Dorf locken, um Geld zu verdienen, dafür ist ihnen jedes Mittel recht«, schimpfte sie. »Unser schönes Künstlerdorf verkommt immer mehr zum Rummelplatz. Früher, als mein Vater und später mein Mann als Bildhauer in Moorhausen gelebt und gearbeitet haben, wurde hier noch große Kunst geschaffen. Heute wohnt kaum noch ein ernst zu nehmender Künstler im Ort. Kein Wunder bei dem Trubel, der hier immer herrscht.«

Oma Hannelore verstummte und rang nach Luft. Die Aufregung hatte ihr sichtlich zugesetzt. Die Gäste schwiegen betreten, während die Suppe auf ihren Tellern allmählich kalt wurde.

»Alles in Ordnung, Oma?« Kalle kam herein und warf seiner Großmutter einen besorgten Blick zu.

»Ja … ja …« Die alte Frau war immer noch etwas außer Atem.

»Setz dich ins Kaminzimmer und ruh dich ein bisschen aus«, schlug Kalle vor. »Ich mach hier weiter.«

»Das ist lieb von dir.« Oma Hannelore lächelte ihrem Enkel zu. In ihrem eben noch vor Wut flackernden Blick lag nun eine große Wärme.

»Du sollst dich doch nicht so aufregen«, sagte Kalle leise. »Das tut dir nicht gut.«

»Ich weiß, ich weiß.« Oma Hannelore streichelte Kalle im Vorbeigehen zärtlich über die Wange und verließ den Wintergarten.

Kalle begann, die restlichen Brotkörbe auszutauschen. Die anderen Gäste nahmen ihre Gespräche wieder auf.

»Tut mir leid«, entschuldigte sich Kalle, als er an den Tisch der drei !!! trat. »Es gibt ein paar Themen, die meine Oma so richtig in Rage bringen.«

»Kein Problem.« Marie winkte ab. »Eigentlich hat sie ja recht.«

»Ich hab mir nie Gedanken darüber gemacht, ob es moralisch richtig ist, eine Moorleiche öffentlich auszustellen«, gab Franzi zu.

»Ich auch nicht«, sagte Kim. »Eigentlich müssen wir uns entschuldigen. Es ist unsere Schuld, dass deine Oma sich so aufgeregt hat.«

»Ihr konntet ja nicht wissen, wie empfindlich sie auf dieses Thema reagiert. Leider ist sie nicht mehr die Jüngste.« Kalles graue Augen waren voller Sorge. »Ich wünschte, sie würde es ruhiger angehen lassen und die Dinge etwas gelassener sehen.«

»Du magst deine Oma sehr, oder?«, fragte Marie.

»Ja«, sagte Kalle schlicht. »Sie ist neben meiner Mutter der wichtigste Mensch für mich.«

Marie unterdrückte einen hingerissenen Seufzer. Ein Junge, der offen zugab, seine Großmutter zu lieben, das war einfach zum Dahinschmelzen!

»Haben die Damen noch einen Wunsch?«, fragte Kalle, jetzt ganz der galante Kellner.

»Vielen Dank, der Herr, wir sind wunschlos glücklich«, gab Marie lächelnd zurück.

»Schade.« Kalle grinste verschmitzt. »Ich würde dir gerne jeden Wunsch von den Augen ablesen.«

Marie wurde rot. Wieder einmal fehlten ihr die Worte. Das

wurde langsam zu einer ärgerlichen Angewohnheit in Kalles Anwesenheit. Dabei war sie doch sonst nicht auf den Mund gefallen … »Vielleicht ein andermal«, murmelte sie schließlich.

»Stets zu Diensten.« Kalle deutete eine Verbeugung an und verließ fröhlich pfeifend den Wintergarten.

Geheimes Tagebuch von Kim Jülich
Sonntag, 22:23 Uhr

Wenn du nicht Kim Jülich heißt und trotzdem weiterliest, schicke ich dir ein paar Moorgeister, die durch deine Träume spuken, bis du dir wünschst, du hättest niemals einen Blick auf die folgenden Zeilen geworfen!

Michi, was ist nur los mit uns? Warum haben wir uns so weit voneinander entfernt? Und damit meine ich nicht nur die räumliche *Distanz, sondern auch die gefühlsmäßige …*

Die letzten beiden Wochenenden ist Michi in seinem Studienort geblieben. Er scheint sich dort immer besser einzuleben. Das freut mich natürlich für ihn, aber eine Frage stelle ich mir trotzdem immer wieder: Vermisst er mich denn gar nicht??? Während ich schreckliche Sehnsucht nach ihm habe, schwärmt er am Telefon von den tollen Partys, seinen vielen neuen Freunden und den interessanten Seminaren. Und dann wundert er sich, wenn ich immer einsilbiger werde …

Besonders blöd ist: Ausgerechnet dieses Wochenende ist er mal wieder nach Hause gefahren, aber jetzt bin ich nicht da. Als ich ihm das bei einem unserer letzten Telefonate gesagt habe, fand er das nicht so toll. Er war sogar ziemlich beleidigt. Was denkt er sich eigentlich? Dass ich nichts anderes zu tun habe, als zu

Hause Däumchen zu drehen und auf ihn zu warten? Nein, lieber Michi, so nicht! Ich habe auch ein Leben und eigene Interessen. Die Welt dreht sich nicht nur um dich, Michi Millbrandt!

Seit wir gestern in Moorhausen angekommen sind, herrscht Funkstille. Kein Anruf von Michi, keine SMS, nichts. Ich frage mich, was das jetzt wieder bedeutet. Spielt er die beleidigte Leberwurst? Oder bin ich ihm inzwischen so egal, dass er sich nicht mehr die Mühe macht, mir zu simsen?

Gut, dass ich mich mit dem Schreibworkshop ablenken kann. Der Kurs ist toll und ich habe schon viele neue Ideen in meinem Notizbuch gesammelt. Das reicht für mindestens drei Romane! Am Ende der Woche gibt es eine kleine Lesung, auf der wir die Ergebnisse unserer Arbeit vor Publikum präsentieren. Ich bin schon ganz aufgeregt! Aber erst mal freue ich mich darauf, morgen an meiner Kurzgeschichte weiterzuschreiben. Eigentlich ist der Inhalt ja noch streng geheim, aber hier kann ich es ja verraten: Es wird um das Schicksal des ›Mädchens von Moorhausen‹ gehen. Ich habe auch schon den perfekten Titel: ›Geheimnis im Düstermoor‹!

Ein Dorf unter Schock

Am nächsten Morgen saß Marie müde am Frühstückstisch und rührte in ihrem Kräutertee. Sie hatte schlecht geschlafen, weil das ›Mädchen von Moorhausen‹, Holger, Kalle und Oma Hannelore durch ihre Träume gegeistert waren. Außerdem hatte sie ein schlechtes Gewissen. Holger hatte ihr schon dreimal gesimst und sie hatte immer noch nicht geantwortet. Sie wusste selbst nicht genau, warum. Vielleicht weil ihre Gedanken ständig um Kalle kreisten? Aber das war doch nur ein harmloser Flirt. Oder? Marie schüttelte den Kopf, um die verwirrenden Gefühle zu verscheuchen.

»Was ist los? Hast du Wasser im Ohr?« Kim balancierte vorsichtig einen vollen Teller zu ihrem Tisch. Sie war bereits am Frühstücksbuffet gewesen und hatte sich für eine Portion Rühreier mit Speck, kleine Rostbratwürstchen, Brot, Butter, Kräuterquark und ein Schokocroissant zum Nachtisch entschieden.

Marie gähnte. »Nein, ich versuche nur, richtig wach zu werden.«

»Wieso? Hast du etwa die ganze Nacht von Kalle geträumt?« Franzi setzte sich ebenfalls an den Tisch. Sie hatte sich nur ein Glas Orangensaft und eine Schale Müsli mit Joghurt geholt. Meistens hatte sie morgens noch keinen großen Appetit.

Marie zuckte zusammen und versuchte, ein harmloses Gesicht zu machen. Franzi sollte nicht merken, dass sie ins Schwarze getroffen hatte. Wieder einmal kam ihr ihr Schauspieltalent zugute. Marie hatte schon lange ein großes Ziel: Sie wollte später eine berühmte Sängerin oder Schauspielerin werden. Diesen Traum verfolgte sie seit Jahren und eines Tages würde sie ihn verwirklichen, da war sie sich ganz sicher.

Ehe Franzi und Kim nachhaken konnten, kam Mia Frehlert in den Frühstücksraum und brachte eine neue Kanne frisch gepressten Orangensaft. Sie lächelte den drei !!! zu. »Habt ihr alles, was ihr braucht?«

Kim nickte. »Danke! Das Frühstücksbuffet ist wirklich toll.«

»Es gibt übrigens sensationelle Neuigkeiten aus dem Dorf.« Die Pensionsbesitzerin machte eine spannungsgeladene Pause, bevor sie weitersprach. »Stellt euch vor, die Moorleiche wurde gestohlen!«

»Was?«, rief Marie. »Das ›Mädchen von Moorhausen‹?«

Mia Frehlert nickte. »Der Botenjunge von der Bäckerei hat es mir vorhin erzählt, als er unsere Brötchen geliefert hat.«

»Das gibt's doch nicht!« Kim schüttelte ungläubig den Kopf. »Wir haben die Moorleiche doch gestern noch im Museum gesehen.«

»Wie konnte das passieren?«, fragte Franzi.

»Genaueres weiß ich leider auch noch nicht«, sagte Mia Frehlert bedauernd. »Das ganze Dorf steht unter Schock. Kein Wunder, die Moorleiche ist eine wichtige Touristenattraktion und damit bares Geld wert. Viele Besucher kommen in erster Linie ihretwegen. Aber lasst euch davon nicht den Appetit verderben«, fügte sie hinzu, als sie die schockierten Gesichter der Mädchen sah. »Einen schönen Tag noch!«

»Danke, Ihnen auch«, murmelte Marie.

»Wer stiehlt denn eine Moorleiche?«, wunderte sich Franzi. »Und warum?«

»Genau das sollten wir herausfinden.« Kim wischte sich die von den Würstchen fettigen Finger an ihrer Serviette ab.

»Heißt das, wir haben einen neuen Fall?«, fragte Marie.

Kim nickte. »Sieht ganz so aus. Am besten, wir beginnen sofort mit den Ermittlungen. Wir haben noch ein bisschen Zeit, bevor unsere Kurse anfangen. Was haltet ihr davon, wenn wir auf dem Weg zum Gemeindezentrum beim Moormuseum vorbeischauen?« Sie warf einen bedauernden Blick auf ihren erst zur Hälfte geleerten Teller. »Obwohl es mir in der Seele wehtut, dieses köstliche Rührei stehen zu lassen. Aber als Detektivin muss man eben Prioritäten setzen.«

Franzi grinste. »Stimmt genau.« Sie erhob sich. »Auf geht's, Mädels!«

Kim griff schnell noch nach dem Schokocroissant und steckte es ein. Die Detektivinnen schlüpften in ihre Jacken und verließen eilig die Pension.

Draußen war ein klirrend kalter Herbstmorgen angebrochen. Die aufgehende Sonne färbte den Himmel orangerot und die Luft war so klar wie frisches Quellwasser. Marie atmete tief ein. Ein erwartungsvolles Kribbeln rieselte durch ihren Körper. Sie konnte es kaum erwarten, sich in die Ermittlungen zu stürzen.

»Was haltet ihr von einer Extraportion Energie?«, fragte Franzi und streckte den Arm aus.

Marie und Kim folgten ihrem Beispiel, und alle drei legten die Hände übereinander.

»Die drei !!!«, sagten Kim, Franzi und Marie im Chor.

Kim sagte: »Eins!«, Marie »Zwei!« und Franzi »Drei!«.
Zum Schluss hoben sie gleichzeitig die Hände und riefen: »Power!!!«
Das altbewährte Ritual versorgte die drei !!! jedes Mal mit einem Energieschub, den sie für ihre Ermittlungen oft genug dringend nötig hatten.
»Jetzt kann's losgehen!« Kim rieb sich unternehmungslustig die Hände und die Detektivinnen machten sich auf den Weg zum Tatort.

Obwohl das Moormuseum noch geschlossen war, hatten sich vor dem Eingang einige Dorfbewohner versammelt, die aufgeregt die Ereignisse besprachen. Die drei !!! mischten sich unter die Leute und spitzten die Ohren.
»Wie kann man nur eine Moorleiche stehlen?«, wunderte sich eine Frau in Outdoor-Jacke und Wanderschuhen.
»Wirklich unglaublich«, bestätigte eine andere Frau.
»Das muss eine professionelle Verbrecherbande gewesen sein«, verkündete ein Mann mit Glatze und gerötetem Gesicht. »Das organisierte Verbrechen hat beste Kontakte in alle Welt. Wahrscheinlich verkaufen sie unser ›Mädchen von Moorhausen‹ an einen verrückten Sammler in Südamerika.«
»Und wenn die Moorleiche gar nicht gestohlen worden ist?«, raunte eine ältere Dame direkt neben Marie. Sie trug ein geblümtes Kopftuch, unter dem zerzauste weiße Haarsträhnen hervorschauten. Außer Marie schenkte ihr niemand Beachtung.
»Was meinen Sie damit?«, fragte Marie.
»Ich glaube, das Mädchen ist ins Moor zurückgekehrt.« Die

Stimme der Alten wurde noch etwas leiser. »Sie wollte nach Hause.«
Marie starrte die Frau ungläubig an. Machte sie sich über sie lustig? Nein, sie schien es tatsächlich ernst zu meinen. »Sie meinen …« Marie zögerte. »Sie meinen, das ›Mädchen von Moorhausen‹ ist wieder zum Leben erwacht und zurück ins Düstermoor marschiert?«
Die alte Frau nickte bedächtig. »Wäre nicht das erste Mal. Die Seelen der Verstorbenen wandern in mondlosen Nächten gerne durchs Moor. Hab gestern Nacht eine Menge Irrlichter über dem Düstermoor gesehen. Sie haben dem Mädchen den Weg gewiesen.«
Marie schluckte. Obwohl heller Morgen war und die Sonne gerade wie ein roter Feuerball hinter dem Museum aufging, lief ihr ein kalter Schauer über den Rücken.
Maries Aufmerksamkeit wurde von einem dicklichen Mann in blauer Uniform abgelenkt, der mit fuchtelnden Armen versuchte, die Menge zu zerstreuen.
»Hier gibt es nichts zu sehen, bitte gehen Sie weiter!«, rief er streng, doch niemand hörte auf ihn.
»Das ist bestimmt der Dorfpolizist«, stellte Kim fest.
Marie musterte den Mann. »Er ist offenbar ziemlich überfordert.«
»Nicht mal den Tatort hat er absperren lassen.« Franzi nickte zum Eingang des Museums hinüber, der für jedermann frei zugänglich war. »Das ist völlig unprofessionell.«
»Stimmt«, sagte Kim. »So können wichtige Spuren vernichtet werden. Das würde Kommissar Peters und seinen Kollegen nicht passieren.«

Kommissar Peters war ein Freund von Maries Vater und ein guter Bekannter der drei !!!. Wenn es brenzlig wurde, war er stets für sie da. Im Gegenzug hatten die Detektivinnen ihm schon einige Kriminelle auf dem Silbertablett serviert. Leider gehörte Moorhausen nicht zu seinem Zuständigkeitsgebiet.

Marie beobachtete den Polizisten, der immer noch vergeblich versuchte, die Schaulustigen wegzuschicken. »Ich glaube, der Mann braucht dringend Hilfe«, sagte sie. »Kommt mit!«

Die Detektivinnen drängten sich durch die Menge, bis sie vor dem Polizisten standen.

»Guten Tag, Herr …«, begann Marie.

»Ich bin Polizeihauptmeister Heino Thiele«, stellte sich der Mann vor. Die blaue Jacke spannte über seinem Bauch. Die grauen Haare unter der Dienstmütze waren kurz geschnitten und sein weißer Schnurrbart ordentlich gestutzt.

»Guten Tag, Herr Polizeihauptmeister.« Marie lächelte. »Sind Sie für die Ermittlungen im Fall der verschwundenen Moorleiche zuständig?«

»Allerdings.« Ein stolzer Ausdruck huschte über das Gesicht des Mannes. »Ich bin Wachleiter der Polizeistation Moorhausen und bis auf Weiteres mit den Ermittlungen betraut.«

»Da haben Sie jetzt sicher jede Menge zu tun«, bemerkte Kim. »Schließlich wird nicht alle Tage eine Moorleiche gestohlen.«

»Das stimmt.« Heino Thiele nahm kurz seine Mütze ab und wischte sich über die Stirn. »Ich weiß gar nicht, wo mir der Kopf steht.«

»Das können wir gut verstehen«, sagte Marie. »Deshalb

möchten wir Ihnen unsere Hilfe anbieten. Wir sind Detektivinnen und haben jede Menge Erfahrung mit komplizierten Ermittlungen.« Sie reichte dem Polizisten die Visitenkarte des Clubs.

Während Heino Thiele den kurzen Text überflog, schnappte er überrascht nach Luft. »Also, das ist doch …«

Franzi winkte ab. »Wir helfen gern. Könnten Sie uns jetzt bitte den genauen Tathergang schildern?«

»Einen Teufel werde ich tun!« Das Gesicht des Polizisten lief tomatenrot an. »Was glaubt ihr eigentlich, wer ihr seid?«

»Wir sind Detektivinnen, das habe ich ja schon gesagt«, wiederholte Marie geduldig. »Wir sollten wirklich keine Zeit mehr verlieren. Schließlich wollen wir den Dieb möglichst schnell dingfest machen, oder?«

»Haltet euch gefälligst aus den Ermittlungen raus«, befahl Heino Thiele. »Das ist nichts für Kinder. Geht nach Hause und lasst mich in Ruhe meine Arbeit machen. Ich habe jetzt wirklich keine Zeit, um mich mit euren Detektivspielchen zu beschäftigen, klar?« Er ließ die drei !!! stehen und wandte

sich wieder den Dorfbewohnern zu, die immer noch die Köpfe zusammensteckten und über die Hintergründe des Diebstahls spekulierten.
Kim schüttelte ungläubig den Kopf. »Das gibt's doch gar nicht! Was für ein unfreundlicher Kerl.«
»Der hat uns überhaupt nicht ernst genommen«, stellte Franzi wütend fest. »Von wegen ›Detektivspielchen‹! Vielleicht hätten wir ihm erzählen sollen, dass wir schon über fünfzig Fälle gelöst haben.«
»Das hätte vermutlich auch nichts genützt«, sagte Marie. »Solche Typen würden nie zugeben, dass sie Hilfe brauchen.«
»Wer nicht will, der hat schon«, sagte Kim. »Dann ermitteln wir eben auf eigene Faust.«
»Genau!« Franzi nickte eifrig. »Dem werden wir es zeigen.«
»Seht mal!« Marie deutete zur Eingangstür des Museums, in der gerade eine Frau mit dunklem Pagenschnitt erschien. Sie trug ein Seidentuch um den Hals, das von einer goldenen Brosche zusammengehalten wurde. »Ist das nicht die Museumsangestellte, die gestern unsere Karten abgerissen hat?«
»Richtig!« Kim setzte sich sofort in Bewegung. »Vielleicht kann sie uns mehr über den Tathergang erzählen.«
Marie sah sich nach Heino Thiele um, aber der Polizist diskutierte mit den Schaulustigen und achtete nicht auf die Detektivinnen.
»Guten Tag«, begrüßte Kim die Angestellte. »Wir haben gestern an einer Führung durch das Museum teilgenommen.«
»Ich erinnere mich.« Die Frau versuchte ein Lächeln, das allerdings etwas gequält ausfiel. »Ihr wart mit Evi Hambacher da, oder?«

»Genau«, sagte Marie. »Was für ein Glück, dass wir die Moorleiche noch zu Gesicht bekommen haben.« Sie warf einen schnellen Blick auf das Namensschild am Pullover der Angestellten. Sie hieß Rieke Meister. »Der Diebstahl war sicher ein Schock für Sie, oder, Frau Meister?«
»Allerdings.« Die Frau seufzte. Sie war sehr blass und ihre Hände zitterten leicht. »Ich glaube, ich stehe immer noch unter Schock. Deshalb wollte ich vor der Tür ein bisschen frische Luft schnappen. Dass so etwas in unserem friedlichen Dorf passieren kann! Einfach unglaublich …«
»Sollte die Moorleiche nicht heute zum Forschungszentrum abtransportiert werden?«, erkundigte sich Kim.
»Ja, das stimmt«, bestätigte Frau Meister. »Aber dazu ist es leider nicht mehr gekommen. Das ›Mädchen von Moorhausen‹ wurde heute ganz früh aus der Vitrine genommen und in einem der Lagerräume für den Abtransport fertig gemacht. So eine Moorleiche ist sehr empfindlich und muss fachgerecht verpackt werden, damit sie unterwegs keinen Schaden nimmt. Kurz bevor sie abgeholt werden sollte, ist sie aus dem Lagerraum verschwunden.«
»Gibt es denn keine Alarmanlage?«, fragte Franzi.
»Doch, natürlich, aber ich habe sie abgeschaltet, damit beim Öffnen der Vitrine kein Alarm losgeht.« Frau Meister zupfte nervös an ihrem Halstuch. »Das war natürlich mit dem Museumsleiter abgesprochen. So eine Entscheidung hätte ich niemals eigenmächtig getroffen. Wer hätte denn auch ahnen können, dass in der kurzen Zeit gleich ein Diebstahl geschieht?«
Die drei !!! wechselten einen Blick. Das war eine wichtige

Information. Woher hatten die Diebe gewusst, dass die Alarmanlage abgeschaltet werden würde?
»Wie genau ist die Moorleiche verschwunden?«, hakte Marie nach.
»Das weiß ich leider nicht.« Frau Meister zuckte bedauernd mit den Schultern. »Ich war ja nicht dabei, als es passierte. Da müsst ihr die beiden Angestellten fragen, die für das Verpacken der Leiche zuständig waren.«
Kim zückte ihr Detektivtagebuch für unterwegs, das sie stets bei sich trug, um alle wichtigen Fakten eines Falles zu notieren. »Würden Sie uns vielleicht die Namen verraten?«
»Heiko Lüftner und Kai Wiesolt.« Frau Meister runzelte die Stirn. »Wieso wollt ihr das eigentlich alles wissen?«
»Wir sind Detektivinnen und interessieren uns für den Fall.« Kim reichte der Frau ihre Visitenkarte. »Wenn Ihnen noch etwas einfällt, melden Sie sich gerne jederzeit bei uns.«
»Haben Sie vielleicht einen Verdacht, wer die Moorleiche gestohlen haben könnte?«, fragte Marie abschließend. »Unter den Dorfbewohnern geht ja das Gerücht um, das ›Mädchen von Moorhausen‹ sei wieder zum Leben erwacht und ins Moor zurückgekehrt.«
Frau Meister lachte auf. »Solche Spekulationen sind natürlich völliger Humbug, aber hier sind eben viele Menschen abergläubisch. Ich habe wirklich keine Ahnung, wer hinter dem Diebstahl stecken könnte. Außer vielleicht …« Sie zögerte.
»Ja?«, fragte Franzi. »Sie können ruhig offen mit uns reden, wir behandeln alle Informationen absolut vertraulich.«
»Ich will wirklich niemanden anschwärzen, aber …« Frau

Meister senkte die Stimme zu einem Flüstern. »Die Leute aus dem Nachbarort sind schon lange scharf auf unsere Moorleiche.«
»Tatsächlich?«, fragte Kim. »Warum denn?«
»Moorhausen und Düsterdorf waren einander noch nie grün. Schon früher haben sich die Orte Konkurrenz gemacht. Die Düsterdorfer haben versucht, den Moorhausenern die Künstler abzuwerben. Das hat aber nicht funktioniert. Während Moorhausen im vergangenen Jahrhundert eine berühmte Künstlerkolonie wurde, blieb Düsterdorf ein unbekannter Durchschnittsort.« Frau Meister spielte gedankenverloren mit ihrer Brosche. »Als vor einigen Jahren die Moorleiche gefunden wurde, flammte der Streit wieder auf. Es gab Unstimmigkeiten darüber, wem die Leiche gehört. Die Düsterdorfer haben sie für sich reklamiert, weil sie angeblich auf ihrem Grund und Boden entdeckt wurde, aber die Moorhausener haben schließlich recht bekommen.«
»Das muss ein harter Schlag für Düsterdorf gewesen sein«, bemerkte Marie.
»Allerdings«, bestätigte Frau Meister. »Seitdem ist das Verhältnis zu unseren Nachbarn noch frostiger.«
»Und Sie meinen, die Düsterdorfer könnten das ›Mädchen von Moorhausen‹ gestohlen haben, um sich zu rächen?«, fragte Kim.
»Das habe ich nicht gesagt.« Frau Meister hob abwehrend die Hände. »Wie gesagt, es liegt mir fern, jemanden zu beschuldigen. Aber es wäre immerhin eine Möglichkeit.«
»Vielen Dank für die Informationen.« Kim klappte das Detektivtagebuch zu. »Sie waren uns eine große Hilfe.«

Rieke Meister lächelte. Sie war jetzt nicht mehr ganz so blass. Offenbar hatte es ihr gutgetan, sich alles von der Seele zu reden. »Gern geschehen.«

Marie kontrollierte die Uhrzeit auf ihrem Smartphone. »Wir müssen los. Es ist höchste Zeit, in fünf Minuten beginnen die Kurse.«

Eilig machten sich die Detektivinnen auf den Weg ins Gemeindezentrum.

Interessante Gespräche

Nach dem Mittagessen beschlossen die drei !!!, die für heute geplante Führung durch das Dorf zu schwänzen, um die Ermittlungen fortzusetzen. Sie meldeten sich bei Evi Hambacher ab und kehrten zum Moormuseum zurück. Der Vorplatz war leer und an der Tür hing ein Schild mit der Aufschrift ›Wegen Diebstahls geschlossen‹. Zumindest war der Eingangsbereich inzwischen mit rot-weißem Flatterband abgesperrt.

»Wahrscheinlich musste sich Heino Thiele erst erkundigen, wie man einen Tatort sichert«, sagte Marie sarkastisch. Durch die Glastür konnten sie den Polizeihauptmeister sehen, der im Foyer des Museums mit einem Herrn in Jeans und Cord-Jackett sprach.

»Die Moorleiche wurde sicher nicht durch die Vordertür abtransportiert.« Kim sah sich um. »Lasst uns zur Rückseite des Gebäudes gehen. Vielleicht finden wir dort Spuren.«

Die drei !!! umrundeten das Museum, ohne jemandem zu begegnen. Hier gab es im Gegensatz zur Vorderseite keine Absperrungen. Der Hof und der Hintereingang des Gebäudes waren frei zugänglich.

»So eine Schlamperei!«, schimpfte Franzi. »Wie soll man denn hier noch verwertbare Spuren finden?«

Marie kniete sich neben die Hintertür und raffte ihren Mantel, damit er nicht schmutzig wurde. Sie war froh, dass sie ihre neuen geblümten Gummistiefel trug, denn der Boden war vom feuchten Wetter der letzten Tage aufgeweicht und

matschig. Sie entdeckte jede Menge Fußabdrücke. »Hier sind heute schon viele Leute ein und aus gegangen. Falls der Täter einen Fußabdruck hinterlassen hat, wurde er zerstört.«
»Wie ärgerlich.« Kim runzelte die Stirn.
Marie wollte gerade wieder aufstehen, da fiel ihr etwas auf. »Was ist das denn?« Sie zog ein kleines, rotes Taschenmesser aus dem schlammigen Boden und wischte den Schmutz ab. »Das muss jemand hier verloren haben.«
»Meinst du, es hat etwas mit dem Fall zu tun?« Franzi betrachtete interessiert den Fund in Maries Hand.
»Keine Ahnung.« Marie wickelte das Messer in ein Taschentuch. »Ich nehme es vorsichtshalber mit, für alle Fälle.« Sie erhob sich und steckte das Taschenmesser ein.
»Seht mal, hier!« Kim zeigte auf zwei parallele Reifenspuren, die vom Hintereingang des Museums quer über den Hof führten. »Sieht aus, als hätte jemand etwas Schweres mit einer Schub- oder einer Sackkarre abtransportiert.« Sie zückte ihr Handy und fotografierte die Spuren.
»Wir sollten uns drinnen auch noch umschauen«, schlug Franzi vor. »Ich würde gern den Lagerraum sehen, in dem die Moorleiche verpackt worden ist.« Probeweise drückte sie die Klinke der Hintertür herunter. Prompt sprang die Tür auf.
Marie schüttelte missbilligend den Kopf. »Wie leichtsinnig, hier nicht abzuschließen. Wenn das heute früh auch so war, hatten die Diebe leichtes Spiel.«
Leise schlüpften die Detektivinnen durch den Hintereingang ins Museum. Sie schlichen auf Zehenspitzen durch einen schmalen Flur, in dem Regale mit Aktenordnern, Büchern

und Papieren standen. Rechts ging eine Tür ab, auf der in verschnörkelten Buchstaben ›Stilles Örtchen‹ stand. Eine weitere Tür auf der linken Seite führte in eine winzige Kammer, die mit Putzutensilien vollgestopft war.

»Hier muss es sein«, flüsterte Marie, während sie eine Stahltür mit der Aufschrift ›LAGER‹ am Ende des Flurs aufstieß. Der Raum war leer und die drei !!! gingen schnell hinein.

Das Lager war ziemlich groß. In Stahlregalen an den Wänden standen Kisten, Kartons und große Gläser mit Exponaten, die in der aktuellen Ausstellung keinen Platz gefunden hatten. In der Mitte des Raumes befand sich ein langer Arbeitstisch.

»Ob die Moorleiche hier verpackt wurde?«, überlegte Franzi laut.

»Vermutlich.« Kim ging in die Hocke, um auf dem Boden nach Spuren zu suchen. »Hier ist nichts«, stellte sie enttäuscht fest.

»Die Diebe müssen sich gut ausgekannt haben«, sagte Marie. »Sie wussten offenbar ganz genau, wie sie ins Museum kommen und wo sie die Moorleiche finden.«

Kim erhob sich. »Lasst uns verschwinden, ehe noch jemand auftaucht. Hier können wir nichts mehr tun.« Sie schoss schnell noch ein paar Fotos vom Lagerraum und wandte sich zum Gehen. Plötzlich erstarrte sie mitten in der Bewegung. »Was ist das? Hört ihr das auch?«

Marie lauschte. Tatsächlich! Auf dem Flur erklangen Schritte, die sich rasch näherten. »Da kommt jemand, nichts wie weg! Wenn wir hier erwischt werden, kriegen wir garantiert einen Riesenärger.«

Aber es war zu spät. Die Schritte waren schon so nah, dass den drei !!! der Fluchtweg durch den Flur abgeschnitten war. Marie sah sich panisch nach einem anderen Ausgang um. Doch es gab nur zwei schmale Fenster, viel zu weit oben.
»Hier hinein!« Franzi hatte eine Tür entdeckt, die sich etwas versteckt zwischen zwei Regalen befand. Dahinter lag eine winzige Kammer mit Verpackungsmaterial. Im letzten Moment schlüpften die drei !!! hinein. Die Tür ließen sie angelehnt, damit sie durch den Spalt beobachten konnten, was im Lagerraum vor sich ging.
Kaum waren die Detektivinnen in ihrem Versteck verschwunden, schwang die schwere Stahltür auf und vier Männer betraten das Lager. Es waren Heino Thiele, der Herr in Jeans und Cord-Jackett, mit dem sich der Polizist vorhin im Foyer unterhalten hatte, und zwei Männer, die die Detektivinnen noch nie gesehen hatten.
»Da wären wir.« Der Mann in Jeans blieb neben dem Arbeitstisch stehen. »Aus diesem Raum ist die Moorleiche verschwunden.«
»Habe ich das richtig verstanden?«, fragte Heino Thiele. »Sie als Museumsdirektor haben also Ihren Mitarbeitern Heiko Lüftner und Kai Wiesolt den Auftrag erteilt, die Moorleiche aus der Vitrine zu nehmen und hier für den Abtransport vorzubereiten.« Er nickte zu den beiden Männern hinüber, die in der Nähe der Tür stehen geblieben waren. Sie trugen blaue Arbeitshosen und schwere Schuhe. Der eine hatte einen blonden Kurzhaarschnitt, während sein Kollege seine schulterlangen, dunkelbraunen Haare zu einem Pferdeschwanz gebunden trug.

»Genau so war es«, bestätigte der Museumsdirektor.
»Wie lange haben Sie für das Verpacken gebraucht, Herr Lüftner?«, fragte der Polizist weiter.
Der Mann mit dem Pferdeschwanz kratzte sich am Kopf. »Keine Ahnung. Eine Dreiviertelstunde vielleicht. Wir haben sie auf dem Brett, auf dem sie lag, aus der Vitrine genommen und mitsamt Unterboden in einer Holzkiste verschraubt, die extra für den Transport angefertigt wurde.«
»Und was geschah dann?«, wollte Heino Thiele wissen.
»Wir haben auf dem Hof eine kurze Zigarettenpause gemacht«, antwortete Kai Wiesolt, der Mann mit dem blonden Kurzhaarschnitt. »Wir mussten ja auf die Transportfirma warten.«
»Wie lange waren Sie im Hof?«, fragte der Polizist.
Kai Wiesolt und Heiko Lüftner wechselten einen unsicheren Blick.
»Fünf Minuten vielleicht«, sagte Heiko Lüftner schließlich. »Höchstens zehn. Dann kam Rieke und hat uns geholt, weil die Männer von der Transportfirma eingetroffen waren.«
»Wir haben uns im Foyer kurz unterhalten und sind anschließend gemeinsam mit den beiden Männern in den Lagerraum zurückkehrt«, fuhr Kai Wiesolt fort.
»Und dort mussten Sie feststellen, dass die Kiste mit der Moorleiche verschwunden war«, ergänzte Heino Thiele.
Die beiden Angestellten nickten betroffen. »Das war ein ganz schöner Schock«, sagte Heiko Lüftner.
»Wenn ich mich nicht verrechnet habe, war die Transportkiste also zehn bis fünfzehn Minuten unbewacht«, stellte der Polizist fest. »Vermutlich wurde sie durch den Hinteraus-

gang fortgeschafft, während Sie sich im Foyer aufhielten. Können Sie sich daran erinnern, ob Sie die Hintertür nach Ihrer Zigarettenpause wieder abgeschlossen haben?«

Erneut machten die Männer ratlose Gesichter.

»Keine Ahnung …«, murmelte Kai Wiesolt.

Heiko Lüftner runzelte die Stirn, während er angestrengt nachdachte. »Ich glaube nicht.«

Marie, die die ganze Zeit konzentriert gelauscht hatte, unterdrückte ein Stöhnen. Unglaublich, wie unvorsichtig die Museumsangestellten gehandelt hatten. Am liebsten wäre sie aus ihrem Versteck gestürmt und hätte ihnen ordentlich die Meinung gesagt. Doch stattdessen musste sie sich ruhig verhalten, was ihr zunehmend schwerer fiel. Die Detektivinnen standen so dicht gedrängt, dass sie sich kaum bewegen konnten. Maries rechter Fuß war eingeschlafen und kribbelte unangenehm. Außerdem kitzelte die staubige Luft in ihrer Nase. Marie versuchte, durch den Mund zu atmen, was die Sache jedoch auch nicht besser machte. Nach kurzer Zeit war ihre Kehle so trocken, dass sie einen starken Hustenreiz verspürte. Zum Glück schienen die Männer ihre Unterhaltung gerade zu beenden.

»Ich denke, das war's erst mal«, verkündete Heino Thiele. »Halten Sie sich bitte für weitere Fragen zur Verfügung.«

»Natürlich.« Der Museumsdirektor nickte. »Haben Sie denn schon eine Vermutung, wer hinter dem Diebstahl stecken könnte? Uns ist natürlich sehr daran gelegen, das ›Mädchen von Moorhausen‹ so schnell wie möglich zurückzubekommen. Schließlich ist sie ein echter Publikumsmagnet.«

»Über laufende Ermittlungen kann ich leider keine Auskunft

erteilen«, sagte Heino Thiele in wichtigtuerischem Tonfall. »Aber glauben Sie mir, die Polizei tut alles in ihrer Macht Stehende, um dieses Verbrechen aufzuklären.«

Franzi unterdrückte ein Kichern. Wenn Marie nicht so damit beschäftigt gewesen wäre, weder zu husten noch zu niesen, hätte sie sich bestimmt auch zurückhalten müssen, um nicht loszuprusten. Der Dorfpolizist schien seine Rolle als Ermittler richtig zu genießen. Wahrscheinlich war das Aufregendste, was sonst in Moorhausen passierte, ein Fahrraddiebstahl oder eine Schlägerei in der Dorfkneipe. Kein Wunder, dass er sich jetzt aufführte wie einer dieser Super-Kommissare aus dem Fernsehen.

Die Männer verließen den Lagerraum und schlossen die Tür hinter sich. Keine Sekunde zu früh.

»Hatschi, hatschi, hatschi!«

Marie hatte den Kampf gegen das Kribbeln in ihrer Nase verloren. Das Niesen war wie eine Befreiung.

»Raus hier, aber schnell!« Kim stieß die Tür der Kammer auf und die Detektivinnen stolperten zurück ins Lager. »Igitt, du hast mir direkt in den Nacken geniest.« Kim warf Marie einen vorwurfsvollen Blick zu.

»Tut mir leid, es ging nicht anders.« Marie zog ein Taschentuch hervor und putzte sich gründlich die Nase.

»Mann, das war ganz schön eng.« Franzi zupfte sich ein paar Staubflusen aus den roten Haaren. »Und ziemlich staubig. Dort müsste dringend mal wieder geputzt werden.«

»Du kannst Rieke Meister ja einen anonymen Tipp geben.« Kim grinste. »Aber vorher sollten wir uns in Sicherheit bringen, bevor wir doch noch entdeckt werden.«

Die drei !!! verließen das Museum durch den Hintereingang, ohne jemandem zu begegnen. Auf dem Hof blieben sie stehen, um kurz durchzuatmen.

»Endlich wieder frische Luft, herrlich!« Marie knöpfte ihren Mantel zu.

»Wir haben riesiges Glück gehabt«, sagte Kim ernst. »Die Aktion hätte auch schiefgehen können. Wenn Heino Thiele uns im Lagerraum erwischt hätte, wäre er garantiert alles andere als begeistert gewesen.«

»Er hat uns aber nicht erwischt.« Franzi zog sich ihre Mütze über die roten Zöpfe. »Und wir haben jede Menge neue Details erfahren.«

»Unglaublich, dass die Museumsmitarbeiter die Hintertür nach ihrer Zigarettenpause nicht wieder abgeschlossen haben«, schimpfte Marie. »Gibt es hier denn keine Sicherheitsvorschriften?«

»Das habe ich mich auch schon gefragt«, sagte Kim. »Offenbar geht es in so einem kleinen Dorfmuseum ganz anders zu als in den großen Museen in der Stadt, die alle strenge Sicherheitsbestimmungen und ein ausgeklügeltes Alarmsystem haben.«

»Was für die Diebe natürlich ein Glück war.« Franzi fröstelte. »Lasst uns zurück in die Pension gehen. Es gibt bald Abendessen und danach können wir ja eine Lagebesprechung abhalten.«

»Gute Idee.« Marie freute sich nach diesem anstrengenden Tag auf eine heiße Massagedusche und eine kleine Wellnesseinheit mit ihrem Lieblings-Massageöl und einer duftenden Gesichtsmaske.

Als die Detektivinnen den Hof überquerten, bog Kalle gerade mit gesenktem Kopf und in den Jackentaschen vergrabenen Händen um die Ecke. Er wirkte nicht allzu erfreut darüber, die drei !!! zu sehen.
»Was macht ihr denn hier?«
»Dasselbe könnten wir dich fragen«, gab Franzi zurück.
Kalle zuckte mit den Schultern. »Bin auf dem Weg nach Hause.«
»Wir auch.« Marie lächelte. »Dann können wir ja zusammen gehen.«
»Klar.« Kalle zögerte kurz, bevor er sich ebenfalls ein Lächeln abrang. »Coole Stiefel.« Er deutete auf Maries geblümte Gummistiefel.
»Danke.« Marie musterte Kalle prüfend. Einen Moment fragte sie sich, ob er ihnen die Wahrheit gesagt hatte. War er wirklich auf dem Heimweg gewesen? Oder hatte er etwas ganz anderes vorgehabt? Und wenn ja, was?
Doch während Marie neben Kalle zurück zur Pension ging, lösten sich ihre Zweifel wie Nebel in der Sonne auf. Alles, was in diesem Moment zählte, waren Kalles Lächeln und der warme Blick aus seinen grauen Augen.

Kreuzverhör in der Küche

Die drei !!! beschlossen, die abendliche Lagebesprechung ins Kaminzimmer zu verlegen. Marie war nach dem Essen noch schnell unter die Dusche gesprungen und hatte sich von den heißen Wasserstrahlen massieren lassen. Sie hatte sich sogar Zeit für eine Gesichtsmaske genommen und während der Einwirkzeit duftendes Orangenöl auf ihre Haut aufgetragen. Beschwingt lief sie danach die Treppe hinunter ins Erdgeschoss.

Franzi und Kim saßen bereits am großen Tisch im hinteren Teil des Kaminzimmers. Die Sessel vor dem gemütlich prasselnden Feuer waren leider von einem älteren Ehepaar besetzt, das sich angeregt über eine Ausstellung im örtlichen Kunstmuseum unterhielt.

»Marie Grevenbroich kommt mal wieder zu spät«, stellte Franzi leicht angesäuert fest. »Typisch!«

»Tut mir leid.« Marie schenkte ihren Freundinnen ein entwaffnendes Lächeln. Besonders Franzi reagierte manchmal etwas empfindlich auf ihre tendenzielle Unpünktlichkeit. Sie verstand einfach nicht, dass Zeit etwas Relatives war und man sich nicht zum Sklaven der Uhr machen durfte. »Dafür habe ich euch etwas mitgebracht.« Marie zauberte eine Tafel Vollmilch-Nuss-Schokolade hervor, die Tessa vor ihrer Abreise heimlich in den Koffer geschmuggelt hatte. Marie hatte die Schokolade erst beim Auspacken entdeckt und sich wahnsinnig über diese kleine Geste gefreut.

»Lecker!« Kims Augen leuchteten auf. Mit Süßigkeiten konn-

te man ihr immer eine Freude machen und Schokolade liebte sie über alles.
»Das ist sehr nett von dir, danke.« Auch Franzi schien wieder einigermaßen versöhnt. »Dann können wir ja loslegen.«
»Von mir aus gerne.« Marie riss das Schokoladenpapier auf, zerteilte die Tafel in mundgerechte Stücke und schob sie ihren Freundinnen hin.
Währenddessen blätterte Kim das Detektivtagebuch durch und überflog ihre Notizen. »Wir sollten zusammentragen, was wir herausgefunden haben und welche Schlüsse wir daraus ziehen können.«
»Okay.« Franzi schob sich ein Stück Schokolade in den Mund. »Die Moorleiche wurde heute früh aus dem Museum gestohlen, nachdem sie für den Abtransport zum Forschungszentrum verpackt worden war.«
»Der Diebstahl muss innerhalb eines Zeitfensters von zehn bis fünfzehn Minuten stattgefunden haben«, fuhr Marie fort. »So lange stand die Kiste mit der Moorleiche unbewacht im Lagerraum.«
»Der oder die Täter sind sehr wahrscheinlich durch die nicht abgeschlossene Hintertür ins Museum eingedrungen, haben sich die Kiste geschnappt und sie mit einer Schub- oder Sackkarre über den Hof gerollt. Wohin, ist leider noch unklar.« Kim zog ihr Handy hervor und ging die Fotos durch, die sie gemacht hatte. »Wahrscheinlich waren die Diebe zu zweit, da die Holzkiste bestimmt ziemlich schwer ist und einer allein sie kaum tragen kann.« Sie griff nach einem großen Stück Schokolade, steckte es sich in den Mund und ließ es sich auf der Zunge zergehen.

»Was wissen wir noch über die Täter?«, fragte Franzi.
»Sie müssen das Museum gut kennen«, sagte Marie. »Vermutlich wussten sie, dass die Hintertür oft nicht abgeschlossen wird. Sie müssen auch gewusst haben, wann genau die Moorleiche abtransportiert werden sollte.«
Kim machte ein nachdenkliches Gesicht. »Könnte es jemand sein, der im Museum arbeitet? Oder Kontakte zu einem Museumsangestellten hat?«
Franzi nickte langsam. »Gut möglich. Wir sollten versuchen, an eine Liste der Mitarbeiter zu kommen.«
»Und wenn es doch jemand aus dem Nachbarort war?«, fragte Marie. »Sollen wir das ganze Dorf überprüfen? Das ist doch völlig unmöglich!«
»Das stimmt.« Kim klopfte mit ihrem Kugelschreiber auf das Detektivtagebuch. »Trotzdem sollten wir allen Spuren nachgehen.«
Marie zog das Taschenmesser hervor, das sie nachmittags im Hof des Museums gefunden hatte, und drehte es gedankenverloren hin und her. Es erinnerte sie an irgendetwas, aber ihr fiel nicht ein, woran.
»Zeig mal her.« Franzi griff nach dem Messer und betrachtete es von allen Seiten. »Hier ist etwas eingraviert!« Sie hielt das Messer Kim und Marie hin.
Marie zog die kleine Tischlampe näher heran. »Tatsächlich! Das ist mir noch gar nicht aufgefallen.«
»Die Gravur ist ja auch ziemlich verblasst«, stellte Kim fest. »Sie muss schon älter sein.«
»*K. F.*«, las Franzi vor. »Außerdem sind da noch ein paar Zahlen: *28.05.2008*.«

»Könnte ein Datum sein«, sagte Marie. »28. Mai 2008. Vielleicht ein Jahrestag?«
Kim zuckte mit den Schultern. »Steht noch mehr drauf?«
Franzi beugte sich über das Messer. »Ich glaube nicht.«
»Warte, ich hab eine Lupe dabei.« Marie wühlte in ihrer Tasche. Doch statt der gesuchten Lupe fiel ihr etwas anderes in die Hand: die kleine Holzeule, die Kalle ihr geschenkt hatte. Plötzlich fügten sich die Puzzleteile zusammen und sie wusste, wo sie das Messer schon einmal gesehen hatte. Sie sprang auf. »Ich hab's!«, rief sie so laut, dass das Ehepaar vor dem Kamin zusammenzuckte und missbilligende Blicke zu den drei !!! hinüberwarf. Aber Marie kümmerte sich nicht darum. »Kommt mit!« Ohne auf die verdutzten Blicke ihrer Freundinnen zu achten, riss sie Franzi das Taschenmesser aus der Hand und stürmte aus dem Kaminzimmer.
Während Marie den Flur entlangeilte, fuhren die Gedanken in ihrem Kopf Karussell. Das durfte einfach nicht wahr sein! Lag sie vielleicht doch falsch mit ihrem Verdacht? Nein, die Zusammenhänge waren eindeutig. Wie von unsichtbaren Fäden wurde Marie in Richtung Küche gezogen. Gleichzeitig wäre sie am liebsten in ihr Zimmer gerannt und hätte Kim und Franzi die weiteren Ermittlungen überlassen. Aber das ging natürlich nicht. Ihre Gefühle mussten hinter der Detektivarbeit zurückstehen. Alles andere wäre unprofessionell.
Marie hielt kurz inne, bevor sie die Pensionsküche betrat, und versuchte, sich zu sammeln.
»Verrätst du uns jetzt bitte, was los ist?«, fragte Franzi, die gemeinsam mit Kim hinter Marie auftauchte.

»Das werdet ihr gleich sehen.« Marie umklammerte das Taschenmesser so fest, dass ihre Fingerknöchel weiß hervortraten. Sie ignorierte ihren galoppierenden Herzschlag und stieß die Tür auf.

Wie sie vermutet hatte, saß Kalle auf der Küchenbank und schnitzte mit einem Küchenmesser an einer neuen Holzfigur. Es schien ein kleiner Vogel zu werden. Doch Kalle war offenbar nicht besonders zufrieden mit seiner Arbeit. Auf seiner Stirn lag eine tiefe Falte und er schimpfte leise vor sich hin.

»Brauchst du vielleicht das hier?«, fragte Marie in zuckersüßem Ton und hielt ihm das rote Taschenmesser hin.

Kalles Miene hellte sich auf. »Woher hast du das? Mein Taschenmesser hab ich schon überall gesucht. Danke!«

Marie warf Kim und Franzi einen schnellen Blick zu. Die beiden nickten unmerklich. Sie hatten blitzschnell kombiniert. Nur Kalle war noch nicht klar, dass er sich soeben in große Schwierigkeiten gebracht hatte.

»Das Messer hast du auch am Samstagabend im Kaminzimmer zum Schnitzen benutzt, als wir uns zum ersten Mal begegnet sind«, sagte Marie. »Hübsche Gravur. *K. F.* steht für Kalle Frehlert, oder?«

Kalle nickte.

»Und was bedeutet das Datum?«, erkundigte sich Franzi.

»Der 28. Mai 2008 war mein 9. Geburtstag.« Kalle fuhr lächelnd mit dem Daumen über die Zahlen. »An diesem Tag hat meine Oma mir das Taschenmesser geschenkt. Seitdem trage ich es immer bei mir und benutze es täglich zum Schnitzen. Mein Großvater und mein Urgroßvater waren

Bildhauer, aber sie haben nicht nur mit Stein, sondern auch mit Holz gearbeitet. Ich will später auch Künstler werden und die Familientradition fortsetzen.«

»Das ist ein schönes Ziel.« Maries Stimme wurde weich. Ihre Wut und ihr Misstrauen traten in den Hintergrund. Stattdessen wurde sie von einer Woge der Zuneigung erfasst. Sie konnte den neunjährigen Kalle förmlich vor sich sehen, wie er stolz das funkelnagelneue rote Taschenmesser mit der persönlichen Gravur in der Hand wog und sich strahlend bei seiner Großmutter bedankte.

»Ich schnitze jeden Tag«, erzählte Kalle weiter. »Mein Großvater hat immer gesagt ›Übung macht den Meister‹. Ich will auch mal so gut werden wie er. Er hat zum Beispiel dieses Relief dort drüben geschnitzt.« Kalle zeigte auf die Wand über dem Küchentisch, an der ein großes, kunstvoll geschnitztes Relief aus dunklem Holz hing, das den Eichenhof darstellte.

Marie nickte. »Es ist wunderschön.« Kalles Begeisterung für die Werke seines Großvaters rührte sie. Seine grauen Augen leuchteten wie glänzende Kieselsteine, wenn er über das Schnitzen sprach. Sie konnte sich gut vorstellen, dass er später ein berühmter Holzschnitzer wurde und die Leute von weither kamen, um den Eichenhof zu besuchen und seine Skulpturen zu bewundern. Wahrscheinlich würde er sich dann nicht mehr an Marie erinnern. Aber sie hätte immer noch die kleine Holzeule, die er ihr geschenkt hatte. Sie würde nach Kalles Durchbruch viel Geld wert sein, aber Marie würde sie natürlich niemals verkaufen, sondern als Andenken an ihre Freundschaft aufbewahren …

»Vielleicht interessiert es dich, wo wir das Messer gefunden haben.« Franzis Stimme durchschnitt Maries Tagtraum und sie kehrte unsanft in die Gegenwart zurück. Fast hätte sie vergessen, dass sie hier war, um Kalle zur Rede zu stellen. Wie peinlich! Gut, dass wenigstens Franzi und Kim einen klaren Kopf behielten.

»Klar.« Kalles Blick flackerte unsicher. »Wo denn?«

»Auf dem Hof des Museums.« Kim ließ Kalle nicht aus den Augen. »Direkt vor der Hintertür.«

»Tatsächlich?« Kalle zwinkerte nervös.

»Tatsächlich!«, sagte Franzi. »Weißt du, wie es dorthin gekommen sein könnte?«

Kalle schüttelte den Kopf. »Keine Ahnung.«

»Dann helfen wir deinem Gedächtnis ein bisschen auf die Sprünge.« Kims Stimme klang ruhig, aber bestimmt. »Du hast das Messer dort verloren. Die Frage ist nur, was du am Hintereingang des Museums zu suchen hattest.«

»Ist es dir vielleicht aus der Tasche gefallen, als du heute früh die Moorleiche gestohlen hast?«, fragte Franzi. »Darum warst du vorhin auch beim Museum. Du wolltest dein Messer suchen, damit es nicht als Beweismittel gegen dich verwendet werden kann.«

»Das … das ist doch totaler Unsinn!« Kalle sah Hilfe suchend zu Marie, doch sie schaute weg. Sie konnte ihm nicht helfen. Die Anschuldigungen schnitten ihr ins Herz, aber die Beweislage sprach eindeutig gegen Kalle. Leider. Trotzdem startete er einen Erklärungsversuch. »Vielleicht hat mir jemand das Messer gestohlen und es dann hinter dem Museum verloren.«

Franzi schnaubte empört. »Das glaubst du doch selbst nicht! Hör auf, uns für dumm zu verkaufen.«
»Ich habe mit dem Diebstahl der Moorleiche nichts zu tun«, beteuerte Kalle.
»Du solltest uns lieber die Wahrheit sagen«, riet Kim eindringlich. »Wir finden sie sowieso heraus. Wenn du uns jetzt hilfst, können wir bei der Polizei ein gutes Wort für dich einlegen.«
Bei dem Wort ›Polizei‹ wurde Kalle blass.
»Sollte herauskommen, dass du die Moorleiche geklaut hast, wirst du jede Menge Ärger kriegen«, sagte Franzi. »Das ist kein harmloser Streich, sondern eine Straftat. Deine Mutter würde das bestimmt nicht witzig finden.«
»Ich … also …« Kalle zögerte. Wollte er ein Geständnis ablegen?
In diesem Moment öffnete sich die Tür und Oma Hannelore erschien in der Küche. »Lasst Kalle in Ruhe!«, herrschte sie die drei !!! an. »Er hat nichts getan.« Schützend stellte sie sich vor ihren Enkel.
Kalle schwieg verunsichert. Was auch immer er ihnen hatte anvertrauen wollen, jetzt würde er es nicht mehr tun.
»Leider sprechen die Indizien gegen Ihren Enkel«, sagte Kim. »Wir verdächtigen ihn, die Moorleiche gestohlen zu haben. Und Kalle konnte den Verdacht bisher nicht ausräumen.«
»Aber ich kann es.« Oma Hannelore funkelte die Detektivinnen ärgerlich an. »Kalle ist kein Dieb. Er war heute früh die ganze Zeit bei mir in der Küche. Wir haben gemeinsam das Frühstück für die Gäste vorbereitet.«
Kalle rutschte unruhig auf der Küchenbank hin und her.

Oma Hannelore legte ihm beruhigend die Hand auf die Schulter.
Marie sog scharf die Luft ein. Diese Aussage änderte alles. Wenn Oma Hannelore die Wahrheit sagte, hatte Kalle ein Alibi und kam als Täter nicht mehr infrage.
»Stimmt das, Kalle?«, fragte Franzi.
Kalle nickte mit gesenktem Kopf. »Ja, ich war den ganzen Morgen in der Küche.«
»Warum hast du das nicht gleich gesagt?«, wollte Kim wissen. »Das hätte dich doch entlastet.«
Kalle zuckte mit den Schultern. »Hab nicht dran gedacht.« Er hob den Kopf und sah Kim trotzig an. »Außerdem habt ihr mich nicht danach gefragt.«
»Es gibt eine Menge Leute, die Interesse an der Moorleiche haben«, behauptete Oma Hannelore. »Aber Kalle gehört ganz sicher nicht dazu.«
Marie räusperte sich. Höchste Zeit, sich mal wieder in die Ermittlungen einzuschalten. »Meinen Sie die Bewohner des Nachbarortes?«
Oma Hannelore nickte. »Die auch. Aber ich hatte eher an unseren lieben Nachbarn gedacht.«
»Welchen Nachbarn meinen Sie?«, hakte Kim nach.
»Bert Brockhausen, unseren selbst ernannten Wunderheiler.« Die alten Frau verzog spöttisch die Lippen. Es war mehr als deutlich, dass sie nicht viel von ihrem Nachbarn hielt.
»Warum sollte er die Moorleiche stehlen?«, fragte Marie.
Doch statt zu antworten, schüttelte Oma Hannelore nur unwirsch den Kopf. »Mehr will ich dazu nicht sagen. Es wird schon genug Klatsch und Tratsch im Dorf verbreitet. Das

Wichtigste ist, dass ihr Kalle nicht mehr verdächtigt. Und jetzt sollten wir alle ins Bett gehen. Es ist schon spät und morgen ist auch noch ein Tag.«

In diesem Punkt musste Marie der alten Frau recht geben. Erst jetzt spürte sie so richtig, wie müde sie war. Sie unterdrückte ein Gähnen. Die drei !!! verabschiedeten sich und zogen sich in ihr Zimmer zurück.

Franzi ließ sich auf ihr Bett fallen und kickte die Turnschuhe von ihren Füßen. »Was für ein Tag! Morgens geschieht ein mysteriöser Diebstahl, abends haben wir eine erste heiße Spur, die sich kurze Zeit später leider als Sackgasse entpuppt, und jetzt müssen wir noch einmal ganz von vorne anfangen.«

Kim schlüpfte aus ihren Klamotten und legte sie ordentlich über einen Stuhl, bevor sie ihren Schlafanzug anzog. »Schade, dass Oma Hannelore genau im falschen Moment aufgetaucht ist. Ich hatte den Eindruck, Kalle wollte uns gerade etwas Wichtiges sagen.«

»Auf jeden Fall hat er ein Alibi und scheidet damit als Verdächtiger aus«, stellte Marie fest. »Davon abgesehen hat er überhaupt kein Motiv. Was soll Kalle mit einer Moorleiche?«

»Das stimmt. Trotzdem …« Kim knabberte nachdenklich an ihrer Unterlippe.

»Glaubst du etwa, Oma Hannelore hat uns angelogen?«, fragte Franzi.

»Nein, eigentlich nicht«, antwortete Kim. »Warum sollte sie so etwas tun? Aber irgendetwas kommt mir komisch vor.«

»Alibi ist Alibi und damit basta«, sagte Marie etwas heftiger als beabsichtigt. »Wir sollten uns jetzt lieber auf andere Spuren konzentrieren.«

Franzi grinste. »Kann es sein, dass dir Kalles Alibi ausgesprochen gelegen kommt?«
»Wieso?« Marie setzte eine unschuldige Miene auf.
»Weil du Kalle höchst ungern als Täter entlarvt hättest«, antwortete Franzi. »Stattdessen bewunderst du lieber seine Holzfiguren und schaust ihm tief in seine grauen Augen, die zugegebenermaßen ziemlich süß sind.«
»Finger weg von Kalle!« Marie tat so, als würde sie Franzi mit der Faust drohen. »Er ist *mein* Ferienflirt. Versuch du lieber, bei all deinen Verehrern nicht den Überblick zu verlieren.«
Franzi winkte ab. »Keine Sorge, ich mach dir keine Konkurrenz. Außerdem ist Kalle überhaupt nicht mein Typ. Dabei fällt mir ein, dass ich dringend noch eine SMS schreiben muss.« Sie zückte ihr Handy und begann eifrig zu tippen.
»Lass mich raten – eine Nachricht an Blake?«, erkundigte sich Kim.
»Das geht dich gar nichts an«, gab Franzi zurück, aber der rosafarbene Schimmer auf ihren Wangen verriet ihren Freundinnen, dass Kim ins Schwarze getroffen hatte.

Vorsicht, Hühneraugen!

»Sehr schön, Marie!«, lobte Claire Milsbach. »Aber das Papier sollte nicht zu nass werden, sonst nimmt es keine Farbe mehr auf.«
Während die Künstlerin weiterging, betrachtete Marie ihr Aquarell. Sie hatte es mit zarten Farben in Nass-in-Nass-Technik angelegt, bei der mit fließender Aquarellfarbe auf feuchtes Papier gemalt wird, und versucht, die Stimmung über dem Moor am frühen Morgen einzufangen. Das Blau des Himmels vermischte sich mit dem Orange der aufgehenden Sonne, was einen hübschen Effekt ergab.
Eigentlich machte Marie das Malen großen Spaß, aber heute konnte sie sich nicht konzentrieren. Die Ermittlungen im Moorleichen-Fall und das gestrige Gespräch mit Kalle gingen ihr einfach nicht aus dem Kopf. Auch wenn sie wahnsinnig erleichtert war, dass Kalle ein Alibi hatte, musste sie Kim insgeheim recht geben. Irgendetwas war komisch an der Sache. Außerdem gab es immer noch einige Ungereimtheiten wegen des Taschenmessers, die sie noch nicht ausräumen konnten. Wie war es in den Hof des Museums gelangt? Dass es Kalle tatsächlich gestohlen worden war und der Dieb es dort verloren hatte, fand Marie nicht besonders wahrscheinlich. Wer stahl schon ein altes Taschenmesser?
Vermutlich war es wirklich das Beste, sich nicht in unlösbare Detailfragen zu verrennen, sondern einer neuen Spur nachzugehen. Ob an Oma Hannelores Verdacht gegen ihren Nachbarn etwas dran war? Oder mochte sie ihn einfach

nicht und traute ihm deshalb den Diebstahl zu? Im Übrigen stellte sich auch hier die Frage nach dem Motiv: Warum sollte ein sogenannter Wunderheiler eine Moorleiche stehlen?

»Das ist schon gar nicht schlecht.« Claire Milsbach war hinter Franzi getreten und warf einen Blick über ihre Schulter. »Versuch, noch etwas mehr Seele in dein Bild zu legen.«

Franzi seufzte. »Ganz ehrlich, ich habe keine Ahnung, wie das funktionieren soll.«

Sie hatte es zunächst auch mit Aquarellfarben versucht, war aber zu ungeduldig gewesen und hatte zu schnell zu viele Farben aufgetragen, sodass ein seltsamer Braunton entstanden war. Deshalb probierte sie es heute mit Zeichnen. Vor ihr auf dem Tisch stand eine Vase mit buntem Herbstlaub, das sie mit einem weichen Bleistift abzeichnete.

»Du musst ein Gefühl für dein Objekt entwickeln und dieses Gefühl auf dein Bild übertragen«, riet Claire Milsbach, bevor sie zum nächsten Tisch ging.

Franzi verdrehte hinter dem Rücken der Künstlerin die Augen und raunte Marie zu: »Wie soll ich denn ein Gefühl für vertrocknete Blätter entwickeln? Das ist doch total verrückt!«

Marie kicherte. Franzi konnte mit Claires emotionaler Art immer noch nichts anfangen. Sie war eben eher der handfeste Typ. »Zeichne doch ein Porträt von Blake«, schlug sie vor. »Dabei fällt es dir bestimmt nicht schwer, Gefühle zu entwickeln.«

Franzi zwickte Marie in die Seite. Marie quiekte auf und ließ ihren Pinsel fallen. Er kullerte Claire Milsbach direkt vor die Füße.

»Alles in Ordnung bei euch?«, fragte die Künstlerin mit hochgezogenen Augenbrauen.

Marie nickte schnell. »Alles bestens, danke.«

Claire verzog ihre rubinrot geschminkten Lippen zu einem breiten Lächeln. »Wie schön, dass ihr so viel Spaß bei der Arbeit habt. Das ist das Wichtigste: Kreativität soll Spaß machen und die Seele von den Zwängen des Alltags befreien. Genießt das Wunder der Kreativität!«

Franzi prustete hinter vorgehaltener Hand los. Marie hob ihren Pinsel auf. Beim Stichwort ›Wunder‹ fiel ihr wieder der Wunderheiler ein.

»Kennen Sie eigentlich Bert Brockhausen?«, fragte Marie die Kursleiterin, einer spontanen Eingebung folgend. »Sie wohnen doch auch hier im Dorf, oder?«

»Natürlich kenne ich Bert!« Claire strahlte über das ganze Gesicht. »Er ist ein hervorragender Heiler.«

»Was heilt er denn so?«, wollte Franzi wissen.

»Alles!« Claire lachte. »Er hat bei mir schon drei Warzen besprochen und jedes Mal waren sie kurze Zeit später verschwunden. Außerdem stellt er Salben und Tinkturen aus Waldkräutern und anderen Pflanzen her. Sie helfen gegen alle möglichen Krankheiten und Wehwehchen. Er betreibt auch Hypnose und Klangtherapie.«

»Hört sich toll an«, sagte Marie.

»Das ist es auch«, bestätigte Claire. »Viele Dorfbewohner schwören auf seine Fähigkeiten und lassen nicht nur Warzen, sondern auch Rückenbeschwerden, Migräne, Schlaflosigkeit, Haarausfall und ungewollte Kinderlosigkeit von ihm behandeln.«

Eine andere Kursteilnehmerin rief nach Claire und die Künstlerin wandte sich ab, um dem Mädchen zu helfen.
»Das ist doch alles Humbug, oder?«, fragte Franzi leise. »Dieser Bert Brockhausen scheint ein echter Scharlatan zu sein.«
Marie war sich da nicht so sicher. »Viele Naturheilmethoden haben eine lange Tradition und sind über Jahrhunderte erprobt. Warum sollten sie nicht funktionieren? Außerdem war Tessa mit Lina auch mal bei einer Frau, die Warzen besprochen hat. Lina hatte sich die Warzen im Hallenbad geholt. Sie war zweimal bei der Frau, danach sind ihre Warzen eingetrocknet und abgefallen.«
»Das kann auch Zufall gewesen sein«, meinte Franzi wenig beeindruckt.
»Auf jeden Fall bin ich jetzt ziemlich neugierig auf diesen mysteriösen Heiler«, sagte Marie. »Vielleicht sollten wir ihm heute Nachmittag einen Besuch abstatten. Was meinst du?«
Franzi nickte. »Gute Idee.« Sie betrachtete mit düsterer Miene ihr Bild. »Ob er auch ein Mittel gegen absolute Talentlosigkeit beim Zeichnen hat?«
Marie lachte. »Das kannst du ihn ja heute Nachmittag fragen.«

Auch Kim fand den Vorschlag gut. Also machten sich die drei !!! am späten Nachmittag auf den Weg. Der Heiler bewohnte ein kleines, etwas heruntergekommenes Häuschen auf einem verwilderten Grundstück, das direkt an den Garten des Eichenhofs grenzte. Die Sonne ging bereits hinter den Bäumen des Waldes unter, als die Detektivinnen durch das schief in den Angeln hängende Gartentor traten und den von Gräsern und Brennnesseln überwucherten Weg entlanggingen, der zum Haus führte. Unter ihren Füßen raschelte welkes Laub. Hier machte sich offenbar niemand die Mühe, es wegzufegen.

»So viel Unkraut auf einmal habe ich lange nicht mehr gesehen«, stellte Franzi fest.

»Vielleicht ist Herr Brockhausen kein Fan von Gartenarbeit«, vermutete Kim. »Oder er lässt einfach alles wachsen, damit er die Kräuter für seine Tinkturen im eigenen Garten sammeln kann. Ist doch viel praktischer, als immer in den Wald zu rennen.«

»Wir haben noch gar nicht besprochen, wie wir vorgehen«, fiel Marie ein. »Wir können ihn schließlich schlecht fragen, ob er gestern zufällig eine Moorleiche gestohlen hat.«

»Nein, das wäre etwas zu direkt«, stimmte Kim zu. »Wie wär's, wenn wir uns erst mal als Patienten ausgeben? So können wir ihn unauffällig aushorchen und danach auf den Diebstahl zu sprechen kommen.«

Franzi und Marie waren einverstanden. Sie hatten die Haustür erreicht, von der die moosgrüne Farbe abblätterte, und suchten vergeblich nach einer Klingel. Als Kim gerade den leicht verrosteten eisernen Klopfer betätigen wollte, öffnete sich die Tür und ein Mann kam heraus.

»Herr Thiele!«, rief Marie verdutzt. »Was machen Sie denn hier? Sind Sie krank?«

Der Dorfpolizist schien genauso überrascht zu sein, den Detektivinnen hier zu begegnen. Er setzte seine Dienstmütze auf, die er in der Hand gehalten hatte, und schüttelte den

Kopf. »Nein, mir geht es blendend. Wenn ich tatsächlich krank wäre, würde ich zu einem richtigen Arzt gehen. Ich bin dienstlich hier.«

»Geht es um den Moorleichen-Fall?«, fragte Kim interessiert. »Ist Herr Brockhausen verdächtig?«

»Das geht euch gar nichts an!« Heino Thiele warf den drei !!! einen ärgerlichen Blick zu. »Ich hab euch schon mal gesagt, dass ihr euch aus den Ermittlungen raushalten sollt. Was treibt ihr hier überhaupt? Spioniert ihr mir etwa nach?«

»Natürlich nicht«, sagte Franzi entrüstet. »Wir sind hier, weil … weil …«

»Weil ich meine Hühneraugen besprechen lassen will«, schwindelte Marie schnell. »Stellen Sie sich vor, ich habe drei an jedem Fuß. Das ist wirklich unangenehm.«

Kim und Franzi unterdrückten ein Kichern.

»Soso«, murmelte der Polizist, der es plötzlich sehr eilig zu haben schien. Er legte offenbar keinen Wert darauf, noch mehr über Maries angebliche Hühneraugen zu erfahren. »Dann will ich euch nicht länger aufhalten. Auf Wiedersehen.«

Er marschierte über den Gartenweg davon. Kaum war er außer Hörweite, prusteten die drei !!! los.

»Das war eine echte Meisterleistung, Marie!« Franzi konnte sich vor Lachen kaum halten. »Habt ihr sein Gesicht gesehen?«

Kim nickte kichernd. »Der Arme hat regelrecht die Flucht ergriffen. Vielleicht denkt er, Hühneraugen seien ansteckend.«

»Wir hätten ihm vorbeugend orthopädische Einlagen empfehlen sollen«, sagte Marie. »Oder Hühneraugenpflaster.«

»Du scheinst dich ja auszukennen«, bemerkte Franzi. »Du hast doch nicht wirklich Hühneraugen, oder?«
»Natürlich nicht.« Marie wippte in ihren taubenblauen Lederstiefeln auf und ab. »Ich kaufe meine Schuhe immer so, dass sie gut passen und nicht drücken.«
»Sehr vernünftig.« Kim wurde wieder ernst. »Sollen wir reingehen?«
»Klar, deshalb sind wir schließlich hier.« Franzi stieß die Tür auf, die der Polizist nicht hinter sich zugezogen hatte, und die Detektivinnen traten über die Schwelle. Sie gelangten in einen schmalen, etwas düsteren Flur, von dem mehrere Türen abgingen. »Hallo?«, rief Franzi. »Jemand zu Hause?«
Eine Männerstimme ertönte. »Ich bin in der Küche! Letzte Tür rechts.«
Die drei !!! folgten der Stimme in eine geräumige Wohnküche. Marie sah sich neugierig um. Der Raum wirkte freundlich und einladend. Zwei Fenster und eine Glastür gingen zum Garten hinaus. Von den schweren Holzbalken an der niedrigen Decke hingen Sträuße mit getrockneten Pflanzen herab. In einer Ecke stand ein alter Holztisch mit einer Sitzbank voller verschlissener Kissen. Die Regale an den Wänden waren vollgestopft mit Tiegeln, Töpfen und schweren Glasgefäßen, die mit den seltsamsten Dingen gefüllt waren. Auf den Fensterbänken standen kleine Tongefäße, in denen Kräuter wuchsen. Marie erkannte Pfefferminze, Zitronenmelisse und Petersilie, die anderen Sorten hatte sie noch nie gesehen. Die Küche war zwar ziemlich unordentlich, aber trotzdem gemütlich. So stellte sich Marie eine Hexenküche vor.

»Guten Tag!« Bert Brockhausen nickte den drei !!! freundlich zu. Er stand am Herd und rührte in einem großen Topf, in dem eine undefinierbare Flüssigkeit vor sich hin brodelte. Die Fenster waren vom Wasserdampf schon ganz beschlagen und es roch intensiv nach Lavendel. »Was führt euch zu mir?«
»Wir sind Feriengäste im Eichenhof und haben gehört, dass Sie ein bekannter Wunderheiler sind«, sagte Kim.
Bert Brockhausen verzog das Gesicht, das fast völlig hinter einem grauen Vollbart verschwand. »Ehrlich gesagt höre ich diese Bezeichnung nicht so gerne. Ich vollbringe keine Wunder, sondern versuche, die Selbstheilungskräfte des Patienten mit Mitteln aus der Natur zu aktivieren.«
»Das klingt interessant«, sagte Marie. »Wie funktioniert das genau?«
»Das kommt darauf an.« Bert Brockhausen klopfte den Löffel an der Topfkante ab, stellte die Gasflamme des Herds kleiner und legte einen Deckel auf den Topf. »Ich bin gelernter Heilpraktiker und wende Methoden aus der Naturheilkunde an. Außerdem mache ich Aromatherapie, Homöopathie, Hypnose und Blutegelbehandlungen.«
Franzi rümpfte die Nase. »Blutegel? Das klingt ja eklig.«
»Halb so wild.« Der Heilpraktiker lächelte nachsichtig. »Ein kleiner Aderlass durch einen Blutegel kann manchmal sehr schmerzlindernd wirken, zum Beispiel bei Arthrose. Diese Therapie wird schon seit Jahrtausenden angewendet, unter anderem in Indien und China.«
Franzi sah immer noch nicht sonderlich begeistert aus.
»Es ist wirklich faszinierend, wie viele unterschiedliche alter-

native Heilmethoden es gibt«, sagte Marie. »Stimmt es, dass Sie auch Warzen besprechen?«

Bert Brockhausen nickte. Er wischte sich die Hände an seinem grob gestrickten Wollpullover ab. Dazu trug er eine alte Jeans und abgewetzte Lederschlappen. »Hast du Probleme mit Warzen?«

»Nein, aber mit Hühneraugen. Können Sie die auch besprechen?«

Der Heilpraktiker schüttelte den Kopf. »Leider nicht. Aber ich könnte dir eine Tinktur aus Weidenrinde herstellen. Wenn du sie nach einem Fußbad in warmem Wasser auf das Hühnerauge aufträgst, bildet es sich zurück.«

»Toll!« Marie bedankte sich mit einem Lächeln für das freundliche Angebot. Bert Brockhausen war ihr wesentlich sympathischer, als sie gedacht hatte. Er schien kein Scharlatan zu sein, sondern jemand, der sein Handwerk verstand. Trotzdem wurde es allmählich Zeit, zum eigentlichen Grund ihres Besuchs zu kommen. »Übrigens ist uns gerade Herr Thiele in der Tür begegnet«, bemerkte Marie wie nebenbei. »Gehört er auch zu Ihren Patienten?«

Bert Brockhausens Gesicht verschloss sich. »Nein, ganz sicher nicht.«

»Was wollte er dann hier?«, fragte Kim.

»Mich mit völlig aus der Luft gegriffenen Verdächtigungen bombardieren, das wollte er.« Die Augen des Heilpraktikers blitzten ärgerlich. »Eine Unverschämtheit ist das!«

»Worum ging es denn genau?«, erkundigte sich Franzi.

Bert Brockhausen winkte ab. »Ist doch egal. Ich möchte nicht darüber reden. Das Thema ist für mich abgehakt.«

Doch Kim gab nicht so schnell auf. »Hat der Verdacht vielleicht etwas mit dem Diebstahl der Moorleiche zu tun?«

Der Heilpraktiker sah sie misstrauisch an. »Wie kommst du darauf?«

Kim zuckte mit den Schultern. »Nur so. Die Sache ist schließlich gerade das Thema Nummer eins im Dorf.«

»Die Moorleiche interessiert mich nicht«, sagte Bert Brockhausen unwirsch. Jetzt wirkte er längst nicht mehr so freundlich. Sein Blick wanderte langsam von Kim zu Franzi und zu Marie. »Ihr seid gar nicht wegen irgendwelcher Hühneraugen hier, oder? Wer seid ihr? Was wollt ihr von mir?«

Marie zückte eine Visitenkarte des Clubs und gab sie dem Heilpraktiker. »Wir sind Detektivinnen. Das mit den Hühneraugen war eine kleine Notlüge, entschuldigen Sie bitte. Eigentlich ermitteln wir im Fall der verschwundenen Moorleiche. Uns würde interessieren, warum Heino Thiele Sie verdächtigt.«

»Das ist eine Frechheit!«, schimpfte Bert Brockhausen. Er warf die Visitenkarte achtlos auf den Holztisch. »Erst horcht ihr mich über meine Heilmethoden aus, dann tischt ihr mir eine faustdicke Lüge auf und jetzt wollt ihr mir auch noch den Diebstahl der Moorleiche anhängen. Was fällt euch eigentlich ein?«

»Wir wollen Ihnen gar nichts anhängen«, stellte Franzi klar. »Uns geht es darum, den wahren Täter zu ermitteln.«

»Wir können Ihnen helfen«, sagte Marie. »Wenn der Verdacht gegen Sie unberechtigt ist, werden wir versuchen, Beweise für Ihre Unschuld zu finden. Aber dazu müssen wir mehr über die Hintergründe erfahren.«

»Ich denke gar nicht daran, diese alten Geschichten wieder aufzuwärmen.« Bert Brockhausen verschränkte die Arme vor der Brust. »Es ist längst Gras darüber gewachsen und das soll auch so bleiben. Von mir erfahrt ihr nichts mehr. Und jetzt geht bitte. Ich habe zu tun.« Er wandte sich ab, griff nach einer kleinen Blechkanne und begann, die Kräutertöpfe auf der Fensterbank zu gießen.

Die Detektivinnen wechselten einen Blick. Marie zuckte ratlos mit den Schultern. Hier würden sie nichts mehr erreichen. Bert Brockhausen wollte nicht weiter mit ihnen sprechen, und Marie konnte seinen Ärger sogar verstehen. Sich mit einer Lüge bei ihm einzuschleichen, war wirklich nicht besonders nett gewesen.

»Auf Wiedersehen«, sagte Marie leise, aber der Heilpraktiker antwortete nicht.

Schweigend verließen die drei !!! das Haus und liefen über den gewundenen Gartenweg zum Tor. Draußen war es inzwischen ganz dunkel geworden und ein eisiger Wind wehte vom Wald herüber.

Franzi schlug ihren Jackenkragen hoch. »Der war ziemlich sauer.«

»Nicht ganz zu unrecht«, sagte Kim. »Wir haben ihn schließlich tatsächlich angelogen.«

Marie seufzte. »Schade, dass wir es nicht geschafft haben, sein Vertrauen zu gewinnen. Ich fand ihn eigentlich ganz nett.«

»Ich auch.« Kim zuckte mit den Schultern. »Aber sein Verhalten war leider ziemlich verdächtig. Warum hat er uns nicht erzählt, was Heino Thiele von ihm wollte?«

»Stattdessen hat er uns einfach rausgeschmissen.« Franzi öffnete die Gartenpforte und die drei traten auf den Bürgersteig. »Sieht ganz so aus, als hätte er etwas zu verbergen.«
»Ich wüsste zu gern, warum Heino Thiele den Heiler verdächtigt.« Marie zog fröstelnd die Schultern hoch. »Dafür muss er doch einen konkreten Grund haben.«
»Es scheint da irgendeine Vorgeschichte zu geben«, meinte Kim. »Zumindest, wenn ich Bert Brockhausens Andeutungen richtig verstanden habe.«
»Wir kriegen schon noch heraus, was dahintersteckt«, sagte Franzi zuversichtlich. »Schließlich sind wir nicht umsonst supererfolgreiche Detektivinnen!«
»Bescheiden bist du wohl gar nicht, was?«, fragte Kim spöttisch.
»Auf keinen Fall!« Franzi lachte. »Wie heißt die gute, alte Redensart? *Bescheidenheit ist eine Zier, doch weiter kommt man ohne ihr!*«

Überraschung auf dem Torfkahn

Am Mittwochnachmittag stand die Fahrt mit dem Torfkahn auf dem Programm. Die drei !!! hätten sich am liebsten abgemeldet und weiterermittelt, aber Evi Hambacher bestand darauf, dass sie mitkamen.

»Auf keinen Fall!« Die Betreuerin schüttelte den Kopf, als Kim vorsichtig andeutete, die Fahrt eventuell unter den Tisch fallen zu lassen. »Ihr habt schon die Führung durchs Dorf verpasst. Außerdem ist eine Fahrt mit dem Torfkahn ein echtes Erlebnis, das solltet ihr euch nicht entgehen lassen.«

Also blieb den Detektivinnen nichts anderes übrig, als sich auf den Ausflug einzulassen, zu dem sich außer ihnen noch zehn andere Jugendliche angemeldet hatten. Immerhin war es heute nicht ganz so kalt wie in den letzten Tagen. Auch die Wolken hatten sich verzogen und die Herbstsonne strahlte vom Himmel. Gut gelaunt machte sich die Gruppe nach dem Mittagessen auf den Weg zum Anleger.

»Hoffentlich werde ich nicht seekrank«, murmelte Kim.

»Unsinn«, sagte Franzi. »Ich kann mir nicht vorstellen, dass wir im Moor hohe Wellen haben.«

Marie seufzte. »Wie ärgerlich, dass wir heute Nachmittag kostbare Zeit verplempern. Ich würde viel lieber mit den Ermittlungen weitermachen.«

»Vielleicht ist es gar nicht so schlecht, eine kleine Pause einzulegen«, meinte Kim. »Wir lassen uns die Köpfe so richtig schön freipusten und ermitteln dann morgen mit neuer Energie weiter.«

»Da wären wir!« Evi Hambacher führte die Jugendlichen zu einem kleinen Steg, an dem mehrere schwarze Holzboote mit braunen Segeln festgemacht waren.
»Sind das die Torfkähne?«, erkundigte sich ein Mädchen aus Maries Malkurs.
Die Betreuerin nickte. »Es sind allerdings keine Originale mehr, sondern Nachbauten. Aber sie sehen genauso aus wie die alten Torfkähne vor zweihundert Jahren.«
»Darin sind die Torfbauern früher quer durchs Moor geschippert?« Marie musterte skeptisch die schmalen Boote. Besonders vertrauenerweckend sahen sie nicht aus.
»Allerdings.« Ein Mann erschien auf dem Steg. Er war um die siebzig, trug blaue Schifferkleidung und eine Kapitänsmütze auf den schlohweißen Haaren. Sein Gesicht war wettergegerbt und voller Falten, aber seine blauen Augen funkelten verschmitzt.
»Das ist Bernd, unser Skipper«, stellte Evi den Mann vor. Sie schüttelte ihm die Hand. »Schön, dass du uns heute fährst.«
»Mach ich doch gerne.« Bernd sprang in einen der Torfkähne und winkte. »Bitte einsteigen, die Herrschaften. Gleich geht es los!«
Nacheinander kletterten die Jugendlichen in das Boot und nahmen auf zwei langen Holzbänken Platz. Kim, Franzi und Marie ergatterten drei Plätze nebeneinander.
»Achtung, wir legen ab!« Bernd machte den Kahn los und warf den Motor an. Leise vor sich hin tuckernd verließ das Boot den Steg. Geschickt steuerte es der Skipper in einen schmalen Wasserkanal, der quer durchs Moor führte. »Dies ist ein alter Entwässerungskanal, der um 1750 angelegt wur-

de. Viele dieser Kanäle sind im 18. Jahrhundert im Zuge der staatlichen Moorkolonisation entstanden. Zu dieser Zeit wurden systematisch Gräben und Dörfer angelegt, um das Moor zu besiedeln.«

»Wozu wurden die Torfkähne damals benutzt?«, fragte ein Junge.

»Sie waren Transportmittel für Menschen und Waren«, erklärte Bernd. »Die Moorbauern lebten hauptsächlich vom Verkauf des Torfs, der als Heizmaterial verwendet wurde. Mit den Torfkähnen brachten sie ihn zu ihren Kunden, zum Beispiel kleine Handwerksbetriebe oder Privatleute. Da es kaum befahrbare Landwege durch das Moor gab, wurden die Wasserwege genutzt. Die Torfkähne waren lange Zeit das einzige Verkehrsmittel im Düstermoor. Sie wurden nicht nur für den Torftransport genutzt, sondern man fuhr zum Beispiel auch sonntags mit ihnen zur Kirche.«

Marie versuchte, die Jugendlichen auszublenden und sich vorzustellen, wie eine Torfbauern-Familie in altmodischem Sonntagsstaat auf den einfachen Bänken des Kahns saß und zum wöchentlichen Kirchgang schipperte. Die Landschaft hatte vor zweihundert Jahren vermutlich nicht viel anders ausgesehen als heute: flaches Land, Gräser, dunkle Tümpel und ein paar Bäume. Darüber der weite Himmel, an dem sich die Wolken zu seltsamen Gebilden türmten …

»Hatten die Kähne damals auch schon Motoren?«, fragte der Junge weiter.

Bernd lachte. »Nein, so weit war die Technik noch nicht. Die Torfkähne wurden gestakt, gewriggt, getreidelt oder gesegelt. Dazu musste allerdings der Wind richtig stehen.«

»Was bedeutet wriggen und treideln?«, erkundigte sich Franzi.
»Treideln heißt ziehen«, erklärte der Skipper. »Die Kähne wurden von Menschen oder Pferden gezogen, die an Land vor dem Kahn herliefen. Wriggen nennt man eine achtförmige Bewegung mit einem langen Stechpaddel.«
»Klingt ganz schön mühsam«, sagte Kim.
Bernd nickte. »Ja, das Leben der Torfbauern war hart und entbehrungsreich.«
Während der Skipper den Kahn durch den Kanal steuerte, unterhielten sich die Jugendlichen leise oder genossen die Aussicht. Evi Hambacher sah mit abwesendem Gesichtsausdruck aufs Moor hinaus. Sie schien mit ihren Gedanken ganz weit weg zu sein. Woran sie wohl gerade dachte?
»Ist das nicht herrlich?« Kim hielt ihr Gesicht in die Sonne und schloss einen Moment die Augen. »Es ist so schön still hier auf dem Wasser, da kann man richtig gut entspannen.«
Marie lächelte. Schön, dass Kim auch abschalten konnte und nicht immer nur an ihren Kummer wegen Michi dachte.
»Es war eine gute Idee, die Kahnfahrt mitzumachen«, sagte auch Franzi. »Ein bisschen Ablenkung ist genau das, was wir jetzt brauchen.«
»Trotzdem geht mir dieser Bert Brockhausen nicht aus dem Kopf.« Marie war gedanklich schon wieder beim Fall. »Warum hat Oma Hannelore ihn beschuldigt? Und wieso verdächtigt ihn die Polizei?«
Evi zuckte zusammen, als der Name Bert Brockhausen fiel, löste ihren Blick von der friedlichen Landschaft und starrte Marie an. »Was hast du gerade gesagt?«

»Ich? Nichts«, antwortete Marie schnell. Sie wollte mit der Betreuerin nicht über ihren Verdacht reden. Die Ermittlungen des Detektivclubs waren wie immer streng geheim.
Evi schüttelte verärgert den Kopf. »Ihr habt irgendwelchen Klatsch aus dem Dorf aufgeschnappt, stimmt's? Warum können die Leute den armen Mann nicht einfach in Ruhe lassen? Er hat niemandem etwas getan. Sein einziges Anliegen ist es, den Menschen zu helfen.«
»Du hast sicher recht«, sagte Kim. »Herr Brockhausen scheint einen hervorragenden Ruf als Heiler zu haben.«
»Er ist der beste der ganzen Region.« Stolz schwang in Evis Stimme mit. »Die Leute kommen sogar aus den Nachbardörfern, um sich von ihm behandeln zu lassen. Er opfert sich für sie auf – und was ist der Dank? Dass er sich jetzt mit falschen Verdächtigungen und gemeinen Gerüchten herumschlagen muss, nur weil er vor Jahren mal einen Fehler gemacht hat.«
Marie runzelte die Stirn. Warum setzte sich Evi Hambacher so für den Dorfheiler ein? War sie einfach nur eine besonders treue Anhängerin seiner alternativen Methoden oder steckte mehr dahinter?
Kim schien sich gerade dieselbe Frage zu stellen. »Kennst du Bert Brockhausen näher?«, fragte sie vorsichtig.
Die junge Frau seufzte. »Das kann man so sagen. Er ist mein Vater.«
»Was?«, rief Marie überrascht.
»Aber wieso heißt du Hambacher und nicht Brockhausen?«, erkundigte sich Franzi.
»Ich habe den Nachnamen meiner Mutter«, erklärte Evi.

»Sie hat das Dorf vor vielen Jahren verlassen. Das war ein harter Schlag für meinen Vater. Meine Mutter war seine große Liebe. Er hat nie verwunden, dass sie fortgegangen ist.«
»Wie tragisch«, sagte Kim mitfühlend. »Liebeskummer kann furchtbar grausam sein.«
Evi nickte. »Papa hat sich damals Hals über Kopf in die Arbeit gestürzt und eine Menge Zusatzqualifikationen erworben, zum Beispiel für Aromatherapie und Hypnose. Seitdem ist es sein Lebensinhalt, anderen Menschen zu helfen. Er würde alles dafür tun.«
»Alles?«, fragte Kim. »Was meinst du damit?«
Evi seufzte. »Was soll's. Ihr findet es ja doch heraus. Außerdem ist es kein Geheimnis, jeder im Dorf könnte euch die Geschichte erzählen. Es wurde damals viel darüber getuschelt und getratscht.«
»Worüber?«, fragte Marie ungeduldig.
»Vor ein paar Jahren, als die Moorleiche gefunden wurde, ist mein Vater leider einen Schritt zu weit gegangen.« Evis Stimme war so leise geworden, dass die leichte Brise, die über das Wasser wehte, sie beinahe davontrug. Marie beugte sich vor, um die Betreuerin besser verstehen zu können. »Er hatte irgendwelche historischen Quellen über die Heilkunst studiert und in den alten Texten stand, die Haare von im Moor versenkten Menschen würden heilbringend wirken, wenn man sie zu einem Medikament verarbeitet.«
»Was?« Franzi schüttelte fassungslos den Kopf. »So ein Unsinn!«
»Früher glaubten die Menschen eben an solche Dinge«, er-

klärte Evi. »Der Aberglaube war viel verbreiteter als heutzutage. Jedenfalls wollte mein Vater wissen, ob an dieser Behauptung etwas dran ist. Da ihm das Museum keine Haare der Moorleiche überlassen wollte, hat er beschlossen, sich selbst zu helfen.«

»Er hat die Haare geklaut?«, fragte Kim ungläubig.

»Nein, aber er hat es versucht«, korrigierte Evi. »Er wurde erwischt, bevor er der Moorleiche ein Büschel Haare abschneiden konnte.«

»Und was ist dann passiert?«, wollte Marie wissen.

»Der Leiter des Museums hat damals auf eine Anzeige verzichtet«, fuhr Evi fort. »Aber natürlich wussten alle im Dorf Bescheid. Eine Weile haben sie meinen Vater schief angesehen, doch irgendwann ist die Sache in Vergessenheit geraten – bis jetzt.«

»Als die Moorleiche gestohlen wurde, haben sich die Leute wieder an die Geschichte erinnert«, kombinierte Kim. »Deshalb ist Bert Brockhausen unter Verdacht geraten.«

Marie nickte langsam. Die drei !!! brauchten keine Worte, um sich zu verständigen. Marie wusste auch so, dass Kim und Franzi dasselbe dachten wie sie: Der Heiler hatte ein Motiv!

»Mein Vater hat nichts mit dem Verschwinden der Moorleiche zu tun«, versicherte Evi Hambacher schnell. »Ich würde meine Hand für ihn ins Feuer legen.«

»Was, wenn er das alte Rezept doch noch ausprobieren wollte?«, fragte Franzi. »Du hast selbst gesagt, er würde alles dafür tun, um den Menschen zu helfen.«

»Er hat damals einen großen Fehler gemacht und daraus ge-

lernt«, erwiderte Evi. »Er würde diesen Fehler kein zweites Mal machen.«
Marie war sich da nicht so sicher, aber sie behielt ihre Zweifel für sich. Die Betreuerin hielt große Stücke auf ihren Vater.
»Was mich richtig wütend macht, ist die Reaktion der Dorfbewohner«, sagte Evi. »Seit ein paar Tagen kommen kaum noch Leute zu Papa, um sich heilen zu lassen.«
»Meinst du, die Menschen meiden ihn, weil er von der Polizei verdächtigt wird?«, fragte Kim.
Evi nickte. »Mit so jemandem wollen sie nichts zu tun haben. Nicht mal aus den Nachbardörfern kommt noch Kundschaft. So etwas spricht sich immer sehr schnell herum.« Ihre Stimme klang bitter.
»Also verdient dein Vater jetzt auch wesentlich weniger«, folgerte Franzi.
»Ja, aber das Geld ist nicht das größte Problem«, sagte Evi.
»Sondern?«, hakte Marie nach.
»Am meisten macht Papa zu schaffen, dass die Leute ihm nicht mehr vertrauen.« Evi seufzte. Dann ballte sie kämpferisch die Fäuste. »Diese Dummköpfe werden schon noch sehen, was sie davon haben!« Ihre Augen blitzten wütend.
»Sicher wird sich die Stimmung im Dorf bald wieder beruhigen«, sagte Kim tröstend. Die Betreuerin wirkte sehr aufgewühlt. Die schwierige Situation ihres Vaters schien sie stark zu belasten.
Evi nickte mechanisch, aber ihre Fäuste waren immer noch geballt und sie presste die Lippen zusammen.
»Was ist denn das dort drüben?«, rief ein Mädchen und zeigte auf einen roten Zug, der sich weiter hinten in ge-

mächlichem Tempo durch das Moor bewegte. Die anderen Jugendlichen waren zum Glück so mit ihren eigenen Gesprächen beschäftigt gewesen, dass sie von der Unterhaltung zwischen den Detektivinnen und der Betreuerin nichts mitbekommen hatten.

»Das ist der Moorexpress«, erklärte Bernd. »Zu Beginn des 20. Jahrhunderts, als die Bahnstrecke eingeweiht wurde, war es eine Sensation, das Moor mit einem Verkehrsmittel auf dem Landweg durchqueren zu können. Heute fährt der Moorexpress nur noch für die Touristen. Wisst ihr übrigens, woher das Düstermoor seinen Namen hat?«

Alle lauschten gebannt, während der alte Mann zu erzählen begann. Marie schaute zu Evi hinüber, die jetzt wieder mit starrem Blick aufs Moor hinaussah. Immerhin wussten sie nun, warum sie heute so abwesend war: Sie machte sich Sorgen um ihren Vater.

Seltsam, was für verschlungene Wege diese Ermittlungen nahmen, überlegte Marie. Wer hätte gedacht, dass sie ausgerechnet auf der Torfkahnfahrt herausfinden würden, warum Bert Brockhausen ins Visier der Polizei geraten war? Das Gespräch mit seiner Tochter hatte sie einen wichtigen Schritt weitergebracht. Denn auch wenn Evi ihren Vater noch so sehr verteidigte: Bert Brockhausen war eindeutig verdächtig!

Eine dramatische Wendung

Als Marie am nächsten Morgen aufstand, hätte sie sich nicht träumen lassen, was für eine Wendung die Ermittlungen an diesem Tag nehmen würden. Nach dem Frühstück machten sich die drei !!! wie immer auf den Weg ins Gemeindezentrum. Während Marie und Franzi das Atelier betraten, schimpfte Franzi leise vor sich hin. »Ich hab keine Lust mehr auf dieses blöde Herbstlaub!«

Claire Milsbach, die gerade am Waschbecken stand und Pinsel auswusch, entging Franzis Frust nicht. Sie stellte die sauberen Pinsel mit den Borsten nach oben in ein altes Marmeladenglas und sah Franzi nachdenklich an. »Warum probierst du es nicht mal mit Ölfarbe?«, schlug sie schließlich vor. »Ich glaube, das könnte etwas für dich sein. Die kräftigen Farben kommen deinem temperamentvollen Naturell entgegen. Ich hätte gleich wissen müssen, dass die zarten Aquarellfarben nichts für dich sind. Und zum Zeichnen bist du viel zu ungeduldig.« Claire nahm ein paar Farbtuben aus dem Regal und legte sie vor Franzi auf den Tisch. »Was meinst du?«

Franzi zuckte mit den Schultern. »Ich kann es ja mal probieren«, sagte sie ohne große Begeisterung. »Schlimmer als die Zeichnerei kann es schließlich auch nicht sein.«

»Prima!«, sagte Claire fröhlich. »Deine Kreativität braucht nur das passende Ventil. Du bist auf dem richtigen Weg, das spüre ich.«

Zum Glück spürte die Künstlerin nicht, dass Franzi hinter ihrem Rücken schon wieder die Augen verdrehte. Grinsend beugte sich Marie über das neue Aquarellbild, das sie gestern angefangen hatte. Im Gegensatz zu Franzi war sie immer noch begeistert von den wasserlöslichen Farben und den künstlerischen Möglichkeiten, die sie boten.

Kurze Zeit später hatte sich konzentriertes Schweigen über das Atelier gelegt und alle Kursteilnehmer arbeiteten an ihren Bildern, bis Claire Milsbach die vormittägliche Pause ankündigte. Während die Künstlerin im Aufenthaltsraum der Kursleiter verschwand und sich dort wie jeden Morgen einen Kaffee holte, ging Marie auf die Toilette, um einen schnellen Blick in den Spiegel zu werfen und ihr Make-up aufzufrischen. Als sie wieder auf den Flur trat, unterhielt sich Claire mit einem Becher dampfendem Kaffee in der Hand lautstark mit einer Kollegin. Es war Sibylle, die Leiterin von Kims Schreibworkshop.

»Das wird ja immer gruseliger«, sagte Claire gerade. Ihre Augen waren vor Entsetzen weit aufgerissen. »Wer macht denn so was?«

Sibylle zuckte mit den Schultern. »Ich habe es auch gerade erst gehört. Annabelle, die Schwester meines Freundes, arbeitet im Rathaus, sie hat es mir erzählt. Schlimm, nicht wahr?«

Maries Neugier war geweckt. Sie ging auf die beiden Frauen zu. »Was ist denn los?«

»Etwas Schreckliches ist passiert.« Claires Stimme klang, als wäre jemand gestorben. »Moorhausen wird erpresst!«

»Wie bitte?« Marie glaubte, sich verhört zu haben. »Wie meinen Sie das?«

»Beim Bürgermeister ist heute Morgen ein Erpresserschreiben

eingegangen«, berichtete Sibylle. »Jemand fordert eine große Summe Lösegeld. Angeblich soll es sich um 250.000 Euro handeln.«
»Wofür denn?«, fragte Marie.
»Für die Rückgabe der Moorleiche.« Claire nippte an ihrem Kaffee.
Marie runzelte die Stirn. »Sie meinen, das Erpresserschreiben wurde von den Dieben des ›Mädchens von Moorhausen‹ geschickt?«
Sibylle nickte. »Es sieht ganz so aus.«
Marie dachte blitzschnell nach. Diese Neuigkeit rückte den Fall in ein völlig neues Licht! Kim und Franzi würden staunen, wenn sie davon erfuhren. »Wissen Sie zufällig, wie der Brief aussah?«
»Er wurde mit aus der Zeitung ausgeschnittenen Buchstaben verfasst und in einem weißen Kuvert direkt in den Rathaus-Briefkasten geworfen«, erzählte Sibylle. »Annabelle ist für die Post des Bürgermeisters zuständig und hat den Brief geöffnet. Es hat sie fast der Schlag getroffen, als sie gesehen hat, worum es sich handelt. Die Arme stand richtig unter Schock.«
»Kein Wunder«, sagte Claire mitfühlend. »Schließlich hält man nicht jeden Tag ein Erpresserschreiben in der Hand. Sicher ist eine Menge negative Energie von dem Papier ausgegangen.«
Doch die negative Energie interessierte Marie weniger. Ihr ging es um knallharte Fakten. Was für ein Glück, dass Sibylle so gut Bescheid wusste. »Was genau stand denn in dem Brief?«, fragte sie weiter.

»Wenn das Dorf das Lösegeld zahlt, wird das ›Mädchen von Moorhausen‹ zurückkehren«, fasste Sibylle den Inhalt zusammen.
»Und wenn nicht?«, fragte Claire.
»Dann bleibt die Moorleiche für immer verschwunden«, antwortete Sibylle düster.
»Furchtbar!« Claire schüttelte den Kopf. »Damit würde Moorhausen seine Hauptattraktion verlieren.«
»Um das zu verhindern, will der Bürgermeister jetzt sämtliche Hebel in Bewegung setzen«, berichtete Sibylle weiter. »Es gab heute Vormittag schon eine kurzfristig angesetzte Krisensitzung. Was genau dort besprochen wurde, wusste Annabelle leider auch nicht. Aber angeblich wollen der Bürgermeister, das Museum und die Gemeindeverwaltung alles versuchen, um das Geld aufzubringen. Schließlich ist die Moorleiche als Touristenmagnet von unschätzbarem Wert für das Dorf. Es ist sogar von einer Sammlung unter den Dorfbewohnern die Rede. Alle sollen etwas geben, um das ›Mädchen von Moorhausen‹ zurückzubekommen.«
»Eine gute Idee«, stimmte Claire zu. »Ich würde sofort etwas spenden. Und viele andere bestimmt auch. In solchen Zeiten muss man zusammenhalten.«
Marie wandte sich ab. Sie hatte genug gehört. Eilig lief sie den Flur hinunter zum Getränkeautomaten, an dem Kim sich gerade eine heiße Schokolade holte. Franzi stand daneben und biss in einen grasgrünen Apfel, den sie heute Morgen vom Frühstücksbuffet mitgenommen hatte.
»Ich muss euch etwas erzählen«, verkündete Marie. »Es gibt aufregende Neuigkeiten!«

»Was denn?«, nuschelte Franzi mit vollem Mund. »Hat Kalle dich zu einer romantischen Nachtwanderung durchs Düstermoor eingeladen? Irrlichter und Moorgeister inklusive?«
Kim trank kichernd einen Schluck Kakao. Sie verzog das Gesicht. »Igitt, das Zeug schmeckt ja scheußlich! Kein Vergleich zum *Kakao Spezial* im *Café Lomo*.«
Marie runzelte die Stirn. »Könntet ihr mir vielleicht mal zuhören? Es geht weder um Kalle noch um Kakao. Es geht um unseren Fall!«
»Ach so, sag das doch gleich.« Franzi nahm noch einen Bissen von ihrem Apfel. »Was ist los?«
Endlich hatte Marie die volle Aufmerksamkeit ihrer Freundinnen. Rasch berichtete sie, was sie gerade erfahren hatte.
»Eine Erpressung?«, fragte Kim überrascht. »Das gibt dem Fall eine völlig neue Wendung!«
Marie nickte. »Jetzt kennen wir endlich das Motiv des Moorleichen-Diebes. Er will das ›Mädchen von Moorhausen‹ zu Geld machen.«
»Traut ihr Bert Brockhausen eine Erpressung zu?«, fragte Franzi.
Kim überlegte. »Warum nicht? Er muss es ja nicht von Anfang an so geplant haben. Vielleicht wollte er ursprünglich nur die Haare der Moorleiche haben, um daraus irgendeine Wundermedizin herzustellen. Aber dann geriet er unter Verdacht und die Dorfbewohner haben sich gegen ihn gewendet.«
»Und aus lauter Zorn hat er beschlossen, jetzt so richtig Profit aus dem Diebstahl zu schlagen«, fuhr Marie fort.
»Möglicherweise will er Moorhausen nach dieser Enttäu-

schung sogar verlassen und fortgehen«, überlegte Franzi laut. »Das Lösegeld könnte er bestimmt gut gebrauchen, um irgendwo anders neu anzufangen. Es wäre sozusagen sein Startkapital.«

»Klingt logisch.« Kim nickte. »Es könnte so gewesen sein, muss aber nicht.«

»Was haltet ihr davon, wenn wir Bert Brockhausen beschatten?«, schlug Marie vor. »Nur so können wir herausfinden, was er im Schilde führt.«

»Gute Idee«, sagte Kim. »Mit etwas Glück führt er uns sogar zum Versteck der Moorleiche.«

»Abgemacht! Ab heute Nachmittag lassen wir den Wunderheiler nicht mehr aus den Augen.« Franzi grinste zufrieden und steckte sich den Rest ihres Apfels in den Mund.

Um Punkt fünfzehn Uhr begannen die Detektivinnen mit der Beschattungsaktion. Sie schlichen sich auf Bert Brockhausens Grundstück und suchten unweit vom Haus hinter einer hohen Fichte Schutz. Jetzt kam es ihnen entgegen, dass der Heiler kein begeisterter Hobbygärtner war. Hinter den ausladenden Zweigen der Fichte, den unbeschnittenen Sträuchern und wuchernden Gräsern war es kinderleicht, sich zu verstecken.

»Wir sollten erst überprüfen, ob er zu Hause ist«, schlug Kim vor.

»Das mache ich!« Franzi lief gebückt zum Haus hinüber. Sie hockte sich unter eins der Fenster und warf vorsichtig einen Blick hinein. Dann überprüfte sie die restlichen Räume, bevor sie wieder zurück zur Fichte rannte.

»Er ist in der Küche«, berichtete sie atemlos.
»Ich wette, er braut wieder irgendeinen Heiltrank, stimmt's?«, fragte Marie.
Franzi schüttelte den Kopf. »Er sitzt am Küchentisch und blättert in einem Buch.«
»Dann sollten wir hierbleiben und abwarten, was passiert«, beschloss Kim.
Leider passierte zunächst gar nichts. Über eine Stunde hockten die Detektivinnen in ihrem Versteck, ohne dass jemand kam oder ging. Marie hatte es sich auf einem alten Baumstumpf bequem gemacht, Kim und Franzi saßen auf einer umgedrehten Holzkiste, die sie unter der Fichte gefunden hatten.
»Herr Brockhausen scheint wirklich nicht mehr viel Kundschaft zu haben«, stellte Marie fest. »Bis jetzt ist noch kein einziger Patient aufgetaucht.«
»Es stimmt also, was Evi gesagt hat.« Franzi zog fröstelnd die Schultern hoch. »Die Dorfbewohner vertrauen ihm nicht mehr.«
»Hoffentlich kommt er heute überhaupt noch mal aus dem Haus.« Kims Zähne klapperten leise. »Es ist echt kalt hier draußen. Ein bisschen Bewegung wäre jetzt gar nicht schlecht.«
Eine eisige Brise fuhr durch die Zweige der Fichte und bewegte sie auf und ab. Es sah aus, als würde der Baum den Mädchen zuwinken.
»Wir hätten heißen Tee mitnehmen sollen.« Marie ärgerte sich, dass sie nicht vorher daran gedacht hatte. Ihre Füße fühlten sich an wie Eiszapfen und allmählich drang die Kälte

auch durch ihren dicken Mantel. Die Sonne war bereits hinter dem Wald verschwunden. Bald würde es dunkel werden.
Franzi zog den Reißverschluss ihrer Jacke bis ganz nach oben. »Wir können uns ja warme Gedanken machen.«
Marie grinste. »Apropos: Wie geht es Benni und Leonhard? Vermissen sie dich schon?«
»Die beiden würden dich bestimmt liebend gerne an kalten Herbsttagen wärmen.« Kim kicherte.
Franzi warf ihren Freundinnen einen halb ärgerlichen, halb belustigten Blick zu. »Ihr könnt es nicht lassen, oder? Zum letzten Mal: WIR SIND NUR GUTE FREUNDE! War das deutlich genug?«
»Absolut«, behauptete Marie. »Wie viele SMS haben sie dir denn geschickt, seit du hier bist?«
Franzi zuckte mit den Schultern. »Keine Ahnung. Zehn oder zwölf vielleicht.«
»Nicht schlecht!« Marie schnalzte beeindruckt mit der Zunge. »Wenn du mich fragst, kann das nur Liebe sein.«
Kim seufzte. »Ich wäre froh, wenn Michi mir eine einzige SMS schicken würde.«
»Hat er sich immer noch nicht gemeldet?«, fragte Marie. »Das passt gar nicht zu ihm.«
»Wahrscheinlich ist er sauer, weil ich am Wochenende nicht zu Hause war.« Kim starrte auf ihre Turnschuhe. »Oder ich bin ihm inzwischen völlig egal.«
»Unsinn!« Franzi schüttelte den Kopf. »Michi liebt dich. Es gibt bestimmt einen anderen Grund für die Funkstille. Warum rufst du ihn nicht an und fragst ihn einfach?«

Kim zuckte mit den Schultern. »Ich will mich nicht aufdrängen.«
Marie verdrehte die Augen. »Was heißt denn hier aufdrängen? Du bist seine Freundin! Es ist doch völlig normal, dass du dir Sorgen machst, wenn er sich tagelang nicht meldet.«
»Vielleicht habt ihr recht«, murmelte Kim, doch sie klang immer noch nicht richtig überzeugt. »Ich werde es mir überlegen.«
Marie dachte an Holger, der sich bestimmt auch allmählich fragte, warum sie nichts von sich hören ließ. Sie musste ihn dringend anrufen. Am besten machte sie das gleich heute Abend, bevor er endgültig beleidigt war und sie lange Erklärungen abgeben musste.
»Wie läuft es denn mit Kalle?«, erkundigte sich Franzi. »Heute Morgen hat er dir ja wieder ordentlich schöne Augen gemacht.«
Ein warmes Gefühl durchströmte Marie. Kalle schien zum Glück nicht nachtragend zu sein, weil sie ihn wegen seines verlorenen Taschenmessers in die Zange genommen hatten. Beim Frühstück hatte er Marie mit einem strahlenden Lächeln begrüßt und ihr ein Kompliment zu ihren Haaren gemacht, die frisch gewaschen und glänzend über ihre Schultern fielen. Seine grauen Augen hatten sie dabei so intensiv angeschaut, dass tausend kleine Irrlichter wie verrückt durch ihren Magen gehüpft waren. »Kalle ist ziemlich süß, oder?«, fragte Marie verträumt.
»Kann sein – aber du bist in festen Händen«, erinnerte sie Kim.
»Danke für die Information.« Marie seufzte. »Du schaffst es

immer wieder, einen auf den Boden der Tatsachen zurückzuholen. Ich bin Holger treu, das weißt du doch. Aber was schadet es, ein bisschen zu flirten?«

»Ich glaube, du verrennst dich da in etwas«, sagte Kim. »Mit Gefühlen spielt man nicht, weder mit den eigenen noch mit denen anderer.«

»Das weiß ich«, gab Marie zurück. »Du brauchst mich nicht zu belehren.«

»Entschuldige«, lenkte Kim ein. »So sollte es nicht rüberkommen. Ich will dir nur helfen.«

»Schon okay.« Marie lächelte etwas gequält. »Im Grunde hast du ja recht.«

»Pst!« Franzi sprang von der Holzkiste und starrte zum Haus hinüber. »Ich glaube, es geht los.«

In dem ungewissen Zwielicht, das sich inzwischen über den Garten gelegt hatte, beobachteten die drei !!!, wie sich die Haustür öffnete und Bert Brockhausen heraustrat. Er trug einen wattierten Anorak, dicke Handschuhe und eine Mütze mit Ohrenklappen. Mit zügigen Schritten marschierte er über den Gartenweg zur Straße. Kurze Zeit später schlug das quietschende Tor hinter ihm zu.

»Ihm nach!«, raunte Kim und die Detektivinnen nahmen die Verfolgung auf.

Ermittlung zwischen Gräbern

Die Straßenlaternen sprangen flackernd an, als die drei !!! dem Heiler in Richtung Dorf folgten. Er nahm nicht den Weg durch den Wald, sondern benutzte die Straße. Die Strecke war zwar länger, dafür aber besser beleuchtet, was für eine unauffällige Beschattung jedoch nicht unbedingt von Vorteil war. Die Detektivinnen ließen sich etwas zurückfallen, damit Bert Brockhausen sie nicht bemerkte, falls er einen Blick über die Schulter warf. Doch er sah sich nicht um, sondern ging mit langen Schritten weiter. Als sie die Dorfstraße erreicht hatten, zog er die Schultern hoch und schaute weder nach rechts noch nach links, während er an den Häusern vorbei in Richtung Dorfmitte schritt. Die Leute, die ihm entgegenkamen, warfen ihm verstohlene Blicke zu und tuschelten miteinander. Die negative Stimmung gegen den Heiler war fast mit Händen zu greifen.

»Wo will er nur hin?«, überlegte Franzi, als sie beinahe das ganze Dorf durchquert hatten.

»Vielleicht macht er einfach einen kleinen Abendspaziergang«, vermutete Marie.

Kim schüttelte den Kopf. »Das glaube ich nicht. Er bewegt sich wie jemand, der ein ganz bestimmtes Ziel hat.«

Sie sollte recht behalten. Kurze Zeit später verlangsamte Bert Brockhausen seine Schritte und blieb vor einem Eisengitter-Tor stehen. Dahinter ragten Grabsteine auf wie mahnende Zeigefinger.

»Das ist der Friedhof.« Marie schluckte. »Was will er hier?«

»Das werden wir gleich erfahren«, sagte Franzi.

Der Heiler trat durch das Tor und verschwand in der abendlichen Dunkelheit, die sich inzwischen über das Düstermoor gesenkt hatte.

»Sollen wir ihm wirklich folgen?« Kim zögerte. Ihre Begeisterung für Friedhofsbesuche nach Einbruch der Nacht hielt sich in Grenzen.

Auch Marie konnte sich etwas Angenehmeres vorstellen. Andererseits hätte sie zu gerne gewusst, was Bert Brockhausen hier zu suchen hatte.

»Ihr wollt doch nicht etwa kneifen, oder?« Franzi sah ihre Freundinnen vorwurfsvoll an. »Wir haben nicht stundenlang draußen in der Kälte gehockt, um jetzt einen Rückzieher zu machen. Das ist schließlich nicht das erste Mal, dass wir zwischen Gräbern ermitteln.«

»Franzi hat recht.« Marie gab sich einen Ruck. »Wir müssen dem Verdächtigen auf den Fersen bleiben. Mit etwas Glück führt er uns direkt zur Moorleiche.«

»Du meinst, er hat sie auf dem Friedhof versteckt?«, fragte Kim schaudernd.

»Warum nicht?«, sagte Marie. »Möglich wäre es.«

»Jetzt kommt endlich!« Franzi war schon unterwegs zum Tor. »Wenn wir noch lange quatschen, ist er über alle Berge.«

Marie und Kim folgten Franzi. Stumm betraten die Detektivinnen den Friedhof und sahen gerade noch, wie eine dunkle Gestalt um eine kleine Kapelle bog. Hastig liefen sie hinterher. Abgesehen von den flackernden Grablichtern, die einen unheimlichen roten Schein verbreiteten, war es völlig dunkel zwischen den Gräbern. Die Grabsteine lauerten rechts und links vom Weg wie geduckte Ungeheuer, bereit, sich auf die Eindringlinge zu stürzen. Marie bekam eine Gänsehaut.

Bert Brockhausen marschierte immer weiter, an Marmorengeln mit segnend ausgebreiteten Armen, wuchtigen Grabsäulen und einem alten Mausoleum vorbei. Die drei !!! folgten ihm so leise wie möglich, stets darauf bedacht, raschelndem Laub und knackenden Ästen auszuweichen. Kim schrie leise auf, als ein Schatten vor ihnen über den Weg huschte.

»Was war das?«, flüsterte sie panisch.

»Pst! Nicht so laut!«, mahnte Franzi.

»Das war bestimmt nur eine Maus«, beruhigte Marie ihre Freundin.

»Meinst du?« Kim entspannte sich wieder ein bisschen.

»Klar«, sagte Franzi. »Oder eine Ratte.«

»WAS?«, quiekte Kim.

»Leise!«, zischten Franzi und Marie gleichzeitig.

Kim machte ein schuldbewusstes Gesicht. »Tut mir leid.«

Schweigend setzten sie ihren Weg fort. Der Mond kam hinter den Wolken hervor und tauchte den Friedhof in milchigweißes Licht.

»Hoffentlich werden wir nicht gesehen«, flüsterte Franzi. »Mir wäre es lieber, der Mond würde wieder verschwinden.«

Aber die Wolken hatten sich verzogen und der Vollmond hing wie ein runder, gelber Käse am Nachthimmel. Sie hatten inzwischen den hinteren Teil des Friedhofs erreicht. Hier befanden sich die alten Gräber mit ihren bemoosten Steinen, den kaum zu entziffernden Inschriften und zerborstenen Grabplatten. Hohe Bäume mit knorrigen Stämmen und gewaltigen Kronen breiteten schützend ihre Äste über den Gräbern aus. Zwischen den Grabsteinen sammelte sich lautlos der Nebel. Bert Brockhausen lief immer weiter. Er folgte dem schmaler werdenden Weg bis in die hinterste Ecke des Friedhofs.

»Was zum Teufel hat er vor?«, raunte Kim.

»Achtung, er bleibt stehen«, zischte Franzi.

Der Heiler machte unter einer ausladenden Weide halt und die drei !!! duckten sich schnell hinter einen großen, etwas schief stehenden Grabstein. Hinter der Weide floss ein schmaler Bach entlang und bildete die natürliche Grenze zwischen Friedhof und Wald. Durch die kahlen Äste der Weide sickerte das Mondlicht und ging nahtlos in wabernde Nebelschwaden über, die um Bert Brockhausens Beine tanzten.

»Was macht er?« Marie starrte angestrengt zu dem Verdächtigen hinüber, konnte aber wegen des immer dichter werdenden Nebels nicht viel erkennen. Stand er vor einem Grab? Hatte hier ein Vorfahre des Dorfheilers seine letzte Ruhestätte gefunden, die er im Schutz der Dunkelheit besuchte? Oder war unter der Weide etwas anderes versteckt?

Bert Brockhausen trat noch zwei Schritte auf den Bach zu. Er zog einen länglichen Gegenstand aus der Jackentasche, ging in die Hocke und machte sich am Boden unter der Weide zu schaffen. Ein schabendes Geräusch durchbrach die Stille der Nacht.

»Er gräbt«, stellte Franzi fest, die das Geräusch als Erste erkannt hatte. »Er muss eine kleine Schaufel oder einen Klappspaten in der Tasche gehabt haben.«
Marie wurde eiskalt. »Glaubt ihr … glaubt ihr, er gräbt die Moorleiche aus?«, flüsterte sie.
Kim schlang die Arme um ihren Oberkörper. »Möglich wäre es.«
»Das ist die einzige logische Erklärung.« Franzis Augen funkelten aufgeregt. »Warum sonst sollte er hier auf dem Friedhof im Dunkeln ein Loch graben? Das ist doch das perfekte Versteck! Und nun will er die Moorleiche holen, um sie zurückzugeben, sobald er das Lösegeld kassiert hat. Wir müssen ihn in flagranti ertappen, jetzt sofort!«
Kim war etwas blass um die Nase, aber sie nickte. »Du hast recht. Das ist eine einmalige Chance, die wir uns nicht entgehen lassen dürfen. Ich zähle bis drei, dann rennen wir los. Wir müssen ihn unbedingt überrumpeln, bevor er fliehen kann.« Marie und Franzi nickten. »Auf geht's«, flüsterte Kim. »Eins, zwei … drei!«
Die drei !!! schossen hinter dem Grabstein hervor und stürmten zur Weide hinüber. Bert Brockhausen zuckte zusammen, als er ihre Schritte hörte, ließ die Schaufel fallen und sprang auf.
»Stehen bleiben!«, rief Kim.
»Keine Bewegung!«, warnte Franzi.
»Flucht ist zwecklos!«, schrie Marie.
Der Dorfheiler war wie erstarrt. Bevor er reagieren konnte, waren die Detektivinnen schon bei ihm. Sie bauten sich vor ihm auf und schnitten ihm den Fluchtweg ab.

»Machen Sie keine Dummheiten«, sagte Kim ruhig. »Das Spiel ist aus. Sie haben keine Chance.«

»Was … was macht ihr hier?«, stammelte Bert Brockhausen. »Was hat das zu bedeuten?« Er war so weiß wie ein Gespenst und wirkte völlig überrumpelt. »Ihr habt mich fast zu Tode erschreckt.«

»Wir sind Ihnen gefolgt«, erklärte Franzi. »Und jetzt wüssten wir gerne, was Sie da gerade ausgraben.«

Marie starrte auf das Loch im Boden. Es war noch nicht besonders tief. Trotzdem erwartete sie halb, jeden Moment eine knorrige Knochenhand aus der Erde schießen zu sehen. Schaudernd wandte sie sich ab. »Sie haben das ›Mädchen von Moorhausen‹ hier vergraben, stimmt's?«, fragte sie.

»Wie bitte?« Bert Brockhausen starrte sie ungläubig an.

»Sie haben schon richtig verstanden«, sagte Franzi. »Und jetzt antworten Sie bitte.«

Der Heiler lachte kurz auf. Es klang ziemlich verzweifelt und ein bisschen irre. Marie trat unwillkürlich einen Schritt zurück. Drehte der Mann jetzt durch? Würde er sie gleich mit der Schaufel angreifen? Oder einen Fluchtversuch starten? Einen Moment schien alles möglich. Auch Kim und Franzi wirkten aufs Äußerste angespannt.

Bert Brockhausen ließ die Schultern hängen und strich sich etwas hilflos über seinen grauen Vollbart. Die Spannung verpuffte. »Ich habe die Moorleiche weder gestohlen noch vergraben«, sagte er müde. »Ich habe mit ihrem Verschwinden nicht das Geringste zu tun. Wie oft soll ich euch das noch sagen?«

»Und wozu ist dann das Loch?«, fragte Kim.

»Ich war gerade dabei, ein paar Wurzeln auszugraben, bevor ich euretwegen fast einen Herzinfarkt bekommen hätte«, erklärte der Heiler.
»Wurzeln?«, fragte Franzi verwirrt. »Was für Wurzeln?«
»*Valeriana officinalis*«, antwortete Bert Brockhausen.
Die drei !!! wechselten einen Blick. Kim und Franzi hatten offenbar genauso wenig verstanden wie Marie.
»Könnten Sie uns vielleicht aufklären?«, bat Kim. »Was heißt das?«
»Baldrian«, übersetzte der Heiler. »*Valeriana officinalis* ist der wissenschaftliche Name der Pflanze.«
»Sie wollten Baldrianwurzeln ausgraben?« Marie runzelte die Stirn.
»Ganz genau.« Bert Brockhausen bückte sich und hob etwas vom Boden auf. »Hier, überzeugt euch selbst.«
Die drei !!! traten näher und betrachteten die braunen, faserigen Wurzeln, an denen noch Erdkrümel hingen.
»Warum gerade hier?«, fragte Franzi, immer noch skeptisch.
»Baldrian wächst besonders gut an Waldrändern, auf feuchten Wiesen oder an Ufern von Bächen«, erklärte der Heiler. »Auf einem meiner Spaziergänge habe ich vor ein paar Monaten entdeckt, dass hier hinten auf dem Friedhof besonders schöner Baldrian wächst. Die Pflanzen waren im Sommer über zwei Meter hoch und haben wunderbar geblüht. Die Wurzeln kann man allerdings erst im Herbst sammeln.«
»Was haben Sie damit vor?«, wollte Kim wissen.
»Ich trockne sie, um daraus Tee oder Baldrian-Tinktur herzustellen«, antwortete Bert Brockhausen. »Baldrian hat eine beruhigende, entspannende und konzentrationsfördernde

Wirkung. Man wendet ihn bei Kopfschmerzen, Krämpfen, Schlafstörungen, Nervosität und vielen anderen Beschwerden an.«

»Richtig!« Marie nickte. »Tessa nimmt manchmal Baldriantropfen, wenn sie nicht schlafen kann.«

»Leider sind meine Vorräte an Baldrianwurzeln aus dem vergangenen Herbst schneller zur Neige gegangen als geplant, deshalb wollte ich heute Nachschub holen.« Der Heiler seufzte. »In den letzten Tagen habe ich jeden Abend Baldriantee für meine Tochter gekocht. Es geht ihr leider gar nicht gut, ich mache mir große Sorgen um sie.«

»Ist Evi krank?«, fragte Marie. »Wir haben sie doch gestern noch gesehen, da wirkte sie ziemlich fit.«

»Ihr kennt Evi?« Bert Brockhausen machte ein überraschtes Gesicht.

Franzi nickte. »Ja, wir nehmen an den Kreativferien teil. Gestern hat sie uns auf eine Fahrt mit dem Torfkahn begleitet.«

»Was ist mit ihr?«, erkundigte sich Kim. »Warum geht es ihr nicht gut?«

»Wenn ich das nur wüsste!« Der Heiler schüttelte betrübt den Kopf. »Sie will es mir einfach nicht sagen, dabei reden wir sonst über alles. Ich weiß nur, dass sie in letzter Zeit furchtbar nervös, schreckhaft und zerstreut ist. Jedes Mal, wenn es an der Tür klingelt, zuckt sie zusammen. Gestern hat sie sich stundenlang in ihrem Zimmer eingeschlossen und mich nicht reingelassen, das macht sie sonst nie. Und nachts geistert sie durchs Haus, weil sie nicht schlafen kann. Irgendetwas scheint sie sehr zu beschäftigen, aber sie will nicht darüber sprechen.«

»Stimmt, gestern Nachmittag wirkte sie auch irgendwie abwesend«, erinnerte sich Marie. »Sie war mit ihren Gedanken ganz weit weg.«

»Vielleicht hat sie Liebeskummer«, vermutete Kim.

»Was auch immer es ist, ich würde ihr so gerne helfen.« Bert Brockhausen hielt die erdigen Wurzeln hoch. »Aber alles, was ich tun kann, ist, ihr Baldriantee zu kochen.«

»Das ist schon eine ganze Menge«, sagte Kim tröstend. »Evi weiß das bestimmt zu schätzen.«

»Vorhin habe ich in einem meiner Bücher über Heilkräuter ein neues Baldrianrezept gefunden, das möchte ich gern ausprobieren«, erzählte der Dorfheiler. »Ich hoffe, es hilft Evi, nachts wieder besser zu schlafen.«

Marie sah Bert Brockhausen nachdenklich an. Die Sorge um seine Tochter wirkte echt. Und seine Erklärung für die nächtliche Buddelaktion auf dem Friedhof war absolut plausibel. »Sie haben also mit dem Verschwinden der Moorleiche wirklich nichts zu tun?«, vergewisserte sie sich trotzdem noch einmal.

Der Heiler schüttelte den Kopf. »Nein! Das müsst ihr mir glauben.«

»Und mit der Erpressung auch nicht?«, hakte Franzi nach.

»Natürlich nicht«, antwortete Bert Brockhausen entrüstet. »Ich würde niemals jemanden erpressen. Außerdem ist mir Geld völlig unwichtig. Mir geht es darum, Menschen zu helfen. Wenn ich an materiellem Reichtum interessiert wäre, hätte ich einen anderen Beruf gewählt, das könnt ihr mir glauben.«

Marie glaubte ihm tatsächlich. Der Mann schien wirklich

nicht viel zum Leben zu brauchen. Offenbar waren ihm weder ein protziges Haus noch schicke Klamotten wichtig. Er wirkte völlig zufrieden mit dem, was er hatte. Eigentlich ein beneidenswerter Zustand.
»Wir sollten jetzt gehen«, sagte Kim. »Entschuldigen Sie bitte, dass wir Sie verdächtigt haben.«
»Ich nehme die Entschuldigung an.« Bert Brockhausen nickte den Detektivinnen freundlich zu. »Irren ist menschlich. Wichtig ist nur, dass man zu seinen Fehlern steht. Ich wünsche euch viel Glück bei den weiteren Ermittlungen.«
»Danke«, sagte Franzi. »Wir werden versuchen, den Täter so schnell wie möglich zu überführen, damit Sie nicht länger unter Verdacht stehen.«
Die drei !!! verabschiedeten sich. Während Bert Brockhausen seine Schaufel aufhob und im Schein des Mondes wieder zu graben begann, machten sich die Detektivinnen auf den Rückweg zur Pension. Marie rieb sich fröstelnd die Hände. Alles, was sie sich jetzt wünschte, waren ein heißer Tee und ein Platz am prasselnden Kaminfeuer!

Verräterische Schnipsel

<u>Detektivtagebuch von Kim Jülich</u>
<u>Freitag, 7:01 Uhr</u>
Ich konnte nicht mehr schlafen, darum bin ich leise aufgestanden und hab mich ins Kaminzimmer geschlichen, um vor dem Frühstück den letzten Ermittlungsstand festzuhalten. Um es in einem Satz zusammenzufassen: Wir sind total frustriert!
Die anstrengende Beschattung von Bert Brockhausen gestern hat nichts gebracht – abgesehen davon, dass wir jetzt wissen, welche Heilkräfte Baldrianwurzeln haben. Als wir zurück in die Pension kamen, waren wir total durchgefroren. Zum Glück konnten wir uns am Kamin aufwärmen. Mia Frehlert hat uns sogar heißen Punsch aus Apfelsaft und Früchtetee gebracht. Er war mit Zimtstangen und Orangenscheiben gewürzt – lecker!
Übrigens haben wir auf dem Rückweg Frau Frehlerts Mutter auf dem Friedhof gesehen. Oma Hannelore stand völlig versunken vor einem Grab ziemlich weit hinten auf dem Friedhof. Sie hat uns nicht bemerkt und wir wollten sie nicht stören, deshalb sind wir leise weitergegangen, ohne uns bemerkbar zu machen. Bestimmt war es das Grab ihres Mannes und sie hat gerade stille Zwiesprache mit ihm gehalten.
Was den Fall angeht, so waren wir mal wieder auf der falschen Fährte. Bert Brockhausen haben wir inzwischen von der Liste der Verdächtigen gestrichen. Die große Frage lautet: Wenn er es nicht war, wer war es dann? Leider läuft uns die Zeit davon. Morgen fahren wir schon wieder nach Hause. Heute Vormittag finden die Kreativkurse zum letzten Mal statt. Nachmittags

haben wir Freizeit, danach steigt der große Abschlussabend mit allen Teilnehmern der Kreativwoche. Bei dieser Gelegenheit werden wir vom Schreibworkshop unsere Texte präsentieren. Jeder liest eine Kurzgeschichte vor, an der er im Lauf der Woche gearbeitet hat. Ich bin schon total aufgeregt!
Aber bevor wir morgen abreisen, müssen wir den Fall unbedingt lösen. Nur wie? Leider fehlt uns der entscheidende Hinweis. Ob wir dem Verdacht gegen das Nachbardorf nachgehen sollen? Wir könnten heute Nachmittag hinfahren und ein paar Leute befragen. Vielleicht weiß jemand was. Ich werde auf jeden Fall nachher mit Marie und Franzi darüber reden.
Mist, schon kurz vor halb acht! Ich muss Schluss machen, gleich gibt es Frühstück. Bis später!

»Also, dieses tolle Frühstücksbuffet werde ich echt vermissen.« Kim träufelte reichlich Ahornsirup auf ihren Obstsalat, schob sich einen Löffel voll in den Mund und schloss genießerisch die Augen.
»Ich auch.« Marie köpfte ihr Frühstücksei. Es war genau richtig, nicht zu hart und nicht zu weich.
Mia Frehlert betrat den Wintergarten und stellte einen großen Korb mit frischen Brötchen auf das Buffet.
»Gibt es auch wieder diese leckeren Brezeln?«, erkundigte sich Franzi.
Frau Frehlert nickte. »Die Brezeln sind noch im Ofen. In etwa fünf Minuten müssten sie fertig sein. Tut mir leid, dass es heute etwas länger dauert, aber ich habe es einfach nicht eher geschafft. Die Brötchen sind nicht rechtzeitig geliefert worden, deshalb musste ich dem Bäcker hinterhertelefonie-

ren. Währenddessen sind die Waffeln angebrannt, sodass ich erst mal durchlüften musste. Danach hatte ich alle Hände voll mit dem restlichen Frühstück zu tun.« Die Pensionsbesitzerin wirkte ziemlich gestresst. Trotzdem blieb sie freundlich und schenkte den Mädchen noch ein Lächeln.

»Kein Problem«, sagte Franzi. »So eilig haben wir es nun auch wieder nicht.«

»Sind Sie denn heute ganz allein für das Frühstück zuständig?«, erkundigte sich Kim. »Sonst haben Sie doch Hilfe von Kalle und Oma Hannelore.«

Mia Frehlert schüttelte den Kopf. »Schön wär's! Nein, morgens bin ich immer allein in der Küche. Eine Küchenhilfe können wir uns leider nicht leisten, die Pension wirft nicht genug ab. Kalle muss in der Schulzeit früh los, um den Schulbus zu erwischen. Deshalb schläft er in den Ferien gerne aus. Ich gönne ihm das, der Junge hilft schon genug.«

Kim runzelte die Stirn. »Und Oma Hannelore?«

»Sie geht jeden Morgen zum Grab meines Vaters und legt eine Blume an die große Steinskulptur«, erzählte die Pensionsbesitzerin. »Er hat die Skulptur zu Lebzeiten selbst angefertigt und vor seinem Tod verfügt, dass sie sein Grab statt eines Grabsteins schmücken soll. Sie besteht aus zwei ineinander verschlungenen Säulen, die die enge Verbundenheit von Leben und Tod symbolisieren sollen.«

»Ist Oma Hannelore wirklich *jeden* Morgen auf dem Friedhof?«, hakte Franzi nach.

Mia Frehlert nickte. »Das Ritual mit den Blumen ist ihr sehr wichtig. Sie lässt es nicht mal bei Regen, Eis oder Schnee ausfallen.«

Marie wurde mulmig zumute. Sie räusperte sich. »Heißt das, Oma Hannelore und Kalle haben auch am Montagmorgen nicht in der Küche geholfen?«, fragte sie mit heiserer Stimme.
»Nein, ganz sicher nicht.« Mia Frehlert lachte. »Wenn es so gewesen wäre, hätte ich mir den Tag bestimmt rot im Kalender angestrichen. Aber ich darf mich nicht beschweren, die beiden sind mir wirklich eine große Stütze. Ich wüsste nicht, wie ich ohne sie zurechtkommen sollte.« Sie warf einen Blick auf ihre Armbanduhr. »Himmel, die Brezeln müssen aus dem Ofen! Bin gleich wieder da.« Eilig verließ sie den Frühstücksraum.
Einige Sekunden herrschte Schweigen am Tisch der Detektivinnen. Marie versuchte, die neuen Informationen zu verarbeiten. Was bedeutete das alles?
»Oma Hannelore hat uns angelogen«, platzte Franzi schließlich heraus. »Sie hat am Montag, als die Moorleiche gestohlen wurde, nicht das Frühstück gemacht, genauso wenig wie Kalle.«
Kim nickte langsam. »Das bedeutet … Kalle hat kein Alibi mehr.«
»Das kann nicht sein!« Maries Magen zog sich zusammen. »Kalle hat bestimmt nichts mit dem Fall zu tun.«
»Und warum hat er uns dann angelogen?«, fragte Franzi. »Außerdem konnte er uns nicht erklären, wie sein Taschenmesser in den Hinterhof des Museums gelangt ist.«
Marie schluckte. Sie versuchte, sich gegen die schrecklichen Gedanken zu wehren, die wie vergiftete Pfeile durch ihren Kopf schossen, aber sie schaffte es nicht. Hatte Kalle die

Moorleiche doch gestohlen? Stammte der Erpresserbrief von ihm? Wollte er mit dem Geld seiner Mutter helfen?
»Eigentlich traue ich Kalle eine kaltblütige Erpressung nicht zu«, sagte Franzi nachdenklich. Marie warf ihr einen dankbaren Blick zu.
»Ich finde ihn ja auch sehr nett«, sagte Kim. »Aber manchmal wundert man sich, wozu Menschen fähig sind. Kalle hängt sehr an seiner Mutter und seiner Großmutter. Vielleicht sind die Geldsorgen der Frehlerts größer, als wir denken, und er will seine Familie vor dem Bankrott retten.«
»Unmöglich wäre das nicht«, gab Franzi zu.
Marie stöhnte. Das wurde ja immer schlimmer! Konnte es wirklich sein, dass Kalle so gemeine Dinge getan hatte? War er ein krimineller Dieb und Erpresser? Marie schob ihren Teller zur Seite. Sie bekam keinen Bissen mehr hinunter, ihr Magen war wie zugeschnürt.
»Wir sollten Kalle unbedingt noch einmal auf den Zahn fühlen«, beschloss Kim. »Ich bin gespannt, was er zu seinem geplatzten Alibi zu sagen hat.«
»Aber nach dem Frühstück müssen wir erst mal ins Gemeindezentrum«, sagte Franzi. »Die Kurse fangen bald an.«
»Dann verschieben wir die Befragung auf heute Nachmittag.« Kim kratzte ihr Obstsalat-Schälchen aus und schielte zum Buffet hinüber, auf das Mia Frehlert gerade einen Korb mit frisch aufgebackenen Brezeln und Croissants stellte.
Marie seufzte erleichtert. Sie war froh, etwas Aufschub zu bekommen, bevor sie sich der Wahrheit stellen musste.
»Hier ist übrigens etwas für dich gekommen, Marie.« Mia Frehlert reichte Marie einen weißen Briefumschlag.

»Für mich?«, fragte Marie überrascht.
»Ein Brief? Von wem?« Franzi beugte sich neugierig zu ihr hinüber.
Marie brauchte nur einen einzigen Blick auf die Schrift zu werfen, mit der die Adresse der Pension auf die Vorderseite des Kuverts geschrieben worden war. Der Brief war von Holger! Augenblicklich beschleunigte sich ihr Herzschlag. Warum schrieb Holger ihr? Und dann auch noch so altmodisch per Post. Sie war doch morgen schon wieder zu Hause! Ein schrecklicher Verdacht formte sich in Maries Kopf. War Holger sauer, weil sie sich die ganze Zeit nicht gemeldet hatte, und machte seinem Ärger jetzt schriftlich Luft? Oder – noch schlimmer! – wollte er sich vielleicht sogar per Brief von ihr trennen? Marie wurde kalt. So eine dramatische Geste würde irgendwie zu ihm passen. Andererseits wäre es eine ziemlich überzogene Reaktion. Doch es war schon vorgekommen, dass Holger sich über irgendwelche Kleinigkeiten furchtbar aufgeregt hatte …
»Willst du den Brief gar nicht aufmachen?«, fragte Kim.
Marie schüttelte den Kopf. »Ich lese ihn später in Ruhe.« Schnell ließ sie den Umschlag in ihrer Tasche verschwinden. Sie war noch nicht bereit dafür, ihn zu öffnen. Marie unterdrückte einen Seufzer. Irgendwie wurde sie das Gefühl nicht los, dass heute ganz und gar nicht ihr Tag war.

Etwas später brachen die drei !!! zum Gemeindezentrum auf. Nachts hatte es gefroren und Gras, Wege, Büsche und Bäume waren von einer feinen weißen Raureifschicht überzogen.
»Wie hübsch!« Franzi zückte ihr Handy und machte ein Fo-

to vom winterlichen Garten. Plötzlich stutzte sie. »Schaut mal!« Sie zeigte zum Zaun.

»Was denn?« Marie musterte den Zaun, das Tor und die an der Straße stehende Mülltonne, konnte aber nichts Auffälliges entdecken.

Franzi lief auf den Bürgersteig und blieb neben der Mülltonne stehen. »Das ist der Papiermüll!«, rief sie triumphierend. »Er wird offensichtlich heute abgeholt.«

»Na und?« Marie wusste immer noch nicht, worauf Franzi hinauswollte. »Seit wann interessierst du dich für Altpapier?«

»Seit wir einen Erpresser jagen, der seine Briefe mit aus der Zeitung ausgeschnittenen Buchstaben schreibt«, erklärte Franzi. »Wartet mal kurz.« Sie öffnete den Deckel der Mülltonne und wühlte im Altpapier. Kurze Zeit später tauchte sie mit triumphierender Miene wieder auf. »Hab ich's doch gewusst!«

»Hast du etwas gefunden?«, fragte Kim gespannt.

»Seht euch das an!« Franzi hielt ein paar Zeitungsseiten und Papierschnipsel hoch. In der Zeitung fehlten tatsächlich einzelne Buchstaben. Sie waren sorgfältig herausgeschnitten worden.

»Das kann kein Zufall sein«, stellte Kim fest. »Kalle muss tatsächlich der Erpresser sein. Wer sonst sollte die Buchstaben ausgeschnitten haben?«

Marie starrte die Schnipsel in Franzis Hand an. Es ließ sich nicht leugnen, das waren eindeutige Indizien. Ihr wurde abwechselnd heiß und kalt. Konnte sie sich so in Kalle getäuscht haben?

»Moment mal!« Kim zeigte auf die Vorderseite der Müll-

tonne, auf der eine Zahl stand. »Die Tonne gehört zu Haus Nummer 30. Der Eichenhof hat aber die Hausnummer 32!«
»Stimmt.« Marie sah zum Gartenzaun hinüber. Direkt neben dem Tor prangte in großen Ziffern eine schwarze Zweiunddreißig. »Dann gehört die Mülltonne also den Nachbarn.«
Gleichzeitig wandten die Detektivinnen die Köpfe zum Nachbargrundstück. Auch neben dem Gartentor von Bert Brockhausen hing eine Hausnummer, die allerdings schon ziemlich verrostet war. Trotzdem gab es keinen Zweifel: Es war eine Dreißig.
Franzi kratzte sich verwirrt am Kopf. »Was bedeutet das? Ist Bert Brockhausen doch der Täter? Hat er uns gestern auf dem Friedhof komplett an der Nase herumgeführt?«
Kim runzelte die Stirn. »Das kann ich mir nicht vorstellen. Ich halte ihn nach wie vor für unschuldig. Es muss eine andere Erklärung geben …«
In diesem Moment erschien eine Gestalt auf dem gewundenen Weg des Nachbargrundstücks. Es war Evi Hambacher. Sie trat durch das quietschende Gartentor auf den Bürgersteig. Vermutlich war sie auch unterwegs zum Gemeindezentrum, um die Teilnehmer zum letzten Tag der Kreativkurse willkommen zu heißen. Als sie die Detektivinnen neben der geöffneten Papiertonne sah, erstarrte sie.
»Was macht ihr da?«
»Wir haben etwas Interessantes gefunden.« Franzi hielt ihr die Papierschnipsel unter die Nase. »Jemand hat Buchstaben aus der Zeitung ausgeschnitten. Genau wie bei dem Erpresserbrief, der an den Bürgermeister geschickt wurde.«

»Na und? Was habe ich damit zu tun?« Evi machte ein abweisendes Gesicht.
»Sehr viel.« Marie wurde plötzlich alles klar. »Du hast den Erpresserbrief geschrieben!«
»Unsinn.« Evi schüttelte den Kopf. »Warum sollte ich so etwas tun?«
»Das wüsste ich auch gerne«, sagte Kim. »Weshalb erklärst du es uns nicht?«
Evi schnaubte empört. »Diesen Quatsch höre ich mir nicht länger an. Gestern habt ihr meinen Vater verdächtigt, jetzt bin ich an der Reihe. Wen verdächtigt ihr denn morgen?«
Sie wandte sich ab und wollte gehen, da hatte Marie einen Geistesblitz. Sie würde alles auf eine Karte setzen.
»Du hast den Brief geschrieben und wir können es beweisen«, sagte sie. Zum Glück zitterte ihre Stimme nicht. Sie klang ruhig und selbstsicher.
Evi wirbelte herum. »Und wie, bitte schön?«
Auch Franzi und Kim machten überraschte Gesichter. Marie blinzelte ihnen unauffällig zu, damit sie mitspielten.
»Hiermit.« Marie zog den Briefumschlag von Holger aus der Tasche und hielt ihn so, dass die Schrift auf der Vorderseite nicht zu sehen war. »Wir sind Detektivinnen und ermitteln im Auftrag des Bürgermeisters. Er hat uns den Brief überlassen, damit wir ihn näher untersuchen können.« Marie wedelte kurz mit dem weißen Briefumschlag, dann steckte sie ihn wieder ein und holte stattdessen eine Visitenkarte hervor. »Bitte sehr.«
Evi griff nach der Karte und studierte sie ungläubig. »Das ist doch ein Witz, oder?«

»Kein Witz.« Marie ließ Evi nicht aus den Augen. »Wir haben bei unseren Untersuchungen Fingerabdrücke auf dem Umschlag gefunden. Ich bin sicher, dass sie mit deinen übereinstimmen.«

»Du lügst!«, rief Evi aufgebracht. »Das kann gar nicht sein. Ich hab den Umschlag nur mit Handschuhen angefasst …« Sie verstummte, aber ihre Worte hingen noch einen Moment in der kristallklaren Luft. Marie konnte es kaum glauben. Ihr Trick hatte funktioniert. Evi war auf den Bluff hereingefallen und hatte sich selbst verraten!

»Du hast den Erpresserbrief also tatsächlich geschrieben«, stellte Kim fest. »Aber warum?«

Evi ließ die Schultern hängen und starrte zu Boden. Sie wusste, dass sie verloren hatte und Leugnen nichts mehr brachte. »Ich wollte mich an den Dorfbewohnern rächen«, erklärte sie leise. »Statt zu meinem Vater zu halten, haben sie ihn einfach fallen lassen, als er unter Verdacht geraten ist. Das hat ihn furchtbar verletzt. Deshalb wollte ich all diesen Idioten einen Denkzettel verpassen.«

»Was hattest du mit dem Geld vor?«, fragte Franzi.

»Ich will schon lange weg aus Moorhausen.« Evi sah auf. Ihr Blick war trotzig. »In diesem Kaff ist überhaupt nichts los, hier kann man nur versauern. Ich bin bloß Papa zuliebe hiergeblieben. Aber jetzt ist endlich die Gelegenheit da, fortzugehen. Selbst mein Vater muss nun einsehen, dass wir hier nichts mehr verloren haben.«

»Das Geld war also als Startkapital gedacht?«, wollte Marie wissen. Dann hatten sie mit ihren Vermutungen gar nicht so falschgelegen.

Evi nickte. »Damit wollte ich Papa und mir irgendwo anders eine neue Existenz aufbauen.«
Das klang logisch. Blieb nur noch eine letzte Frage.
Es war Kim, die sie stellte. »Wo ist die Moorleiche?«
Evi zuckte mit den Schultern. »Das weiß ich nicht.«
Marie stöhnte. »Nicht schon wieder! Warum sagst du uns nicht einfach die Wahrheit?«
»Das ist die Wahrheit.« Evi sah Marie direkt in die Augen. »Ihr müsst mir glauben. Weder mein Vater noch ich haben die Moorleiche gestohlen. Ich habe ihr Verschwinden lediglich zum Anlass genommen, mich an den Dorfbewohnern zu rächen. Sie sollten für ihr undankbares Verhalten zahlen, und zwar in barer Münze.«
»Du bist also nur eine Trittbrettfahrerin«, stellte Franzi fest.
»Wir müssen dich trotzdem der Polizei übergeben«, sagte Kim. »Erpressung ist eine Straftat. Du wirst um eine Anzeige nicht herumkommen.«
Evi seufzte. »Ich weiß. Irgendwie bin ich sogar ganz froh, dass es so gekommen ist. Ich hatte ständig Angst aufzufliegen. Jedes Mal, wenn es geklingelt hat, dachte ich, die Polizei steht vor der Tür. Nachts hatte ich Albträume und konnte nicht schlafen.«
»Deshalb warst du so neben der Spur«, sagte Marie. »Kein Wunder, dass der Baldriantee deines Vater nicht geholfen hat.«
»Jetzt ist es vorbei«, sagte Kim. »Komm, wir begleiten dich zur Polizei.«

Das Leben ist wunderbar

»Mist, so spät schon!« Franzi warf einen Blick auf ihre Armbanduhr. Sie hatten Evi Hambacher bei Heino Thiele abgeliefert und standen wieder draußen vor der Polizeistation. »Unsere Kurse haben schon vor zehn Minuten angefangen, nichts wie los!«
Während die drei !!! zum Gemeindezentrum eilten, musste Kim kichern. »Heino Thiele hat ganz schön dumm aus der Wäsche geguckt, als wir plötzlich mit Evi vor ihm standen.«
Marie grinste. »Er konnte kaum glauben, dass wir ihm die geständige Erpresserin auf einem silbernen Tablett servieren.«
»Das soll ihm eine Lehre sein«, sagte Franzi zufrieden. »Vielleicht nimmt er uns jetzt endlich ernst und behandelt uns nicht mehr wie nervige Kinder.«
»Wer hätte gedacht, dass ausgerechnet Evi den Erpresserbrief geschrieben hat?« Kim schüttelte den Kopf. »Darauf wäre ich nie im Leben gekommen.«
»Dein Trick mit dem Briefumschlag war wirklich gut, Marie«, lobte Franzi. »Auch wenn ich erst keine Ahnung hatte, was du vorhast.«
»Das habe ich gemerkt.« Marie lachte. »Ihr habt mich angesehen, als wäre ich völlig verrückt geworden.«
Auf dem Weg zum Gemeindezentrum kamen sie am Friedhof vorbei. Maries Blick fiel auf eine hohe Säule, die hinter der niedrigen Mauer aufragte. Sie bestand aus zwei Teilen, die sich umeinanderschlangen und gemeinsam gen Himmel strebten.

»Seht mal, das muss die Skulptur sein, von der Frau Frehlert beim Frühstück erzählt hat.« Marie zeigte auf die Säule. »Das Symbol der engen Verbundenheit von Leben und Tod – sehr passend für einen Friedhof, findet ihr nicht?«
Kim blieb wie angewurzelt stehen. »Moment mal! Fällt euch was auf?«
Franzi zuckte mit den Schultern. »Höchstens, dass Oma Hannelores Mann ein begabter Bildhauer gewesen sein muss. Ich finde die Skulptur toll.«
»Ja, ich auch, aber darum geht es jetzt nicht.« Kim trat ungeduldig von einem Fuß auf den anderen. »Auf dem Grab, an dem wir Oma Hannelore gestern Abend gesehen haben, stand keine Steinsäule. Außerdem lag es in einem ganz anderen Teil des Friedhofs, viel weiter hinten.«
Marie nickte. »Stimmt, das Grab war ziemlich abgelegen.«
Franzi runzelte die Stirn. »Aber wenn das Grab gestern nicht das ihres Mannes war, wessen Grab ist es dann?«
»Genau das wüsste ich auch gerne«, sagte Kim langsam.
»Vielleicht liegt dort ein anderer Verwandter oder ein Freund«, überlegte Marie. »Es gibt bestimmt eine harmlose Erklärung.«
»Ja, vielleicht.« Kim marschierte auf das Friedhofstor zu. »Aber vielleicht auch nicht. Wir müssen die Sache überprüfen. Ich habe so ein komisches Gefühl …«
»Jetzt sofort?«, fragte Franzi. »Aber die Kurse haben schon angefangen.«
»Wir sind sowieso zu spät, da kommt es auf zehn Minuten mehr oder weniger auch nicht an.« Kim öffnete das Tor. »Was ist? Wollt ihr hier warten?«

»Natürlich nicht.« Marie beeilte sich, Kim zu folgen. Franzi betrat als Letzte den Friedhof.
Kim marschierte zuerst zu dem Grab mit der Steinsäule, das sich direkt an der Friedhofsmauer befand. »Hier liegt tatsächlich Gerd Frehlert, Oma Hannelores Mann.« Sie zeigte auf die in die Grabplatte eingravierte Inschrift.
»Okay, dann suchen wir jetzt das andere Grab«, sagte Marie. »Ich glaube, ich weiß noch ungefähr, wo es lag.«
Marie schlug den Weg ein, den sie gestern Abend gegangen waren. Doch es war gar nicht so einfach, die richtige Stelle wiederzufinden. Gestern war es dunkel gewesen und sie hatten sich voll und ganz darauf konzentriert, Bert Brockhausen nicht aus den Augen zu verlieren. Nachdem sie eine Weile zwischen den alten Gräbern herumgeirrt waren, hörten sie den Bach plätschern. Sie folgten ihm und gelangten zur Weide. Es war noch deutlich zu sehen, wo der Dorfheiler nach den Baldrianwurzeln gegraben hatte.
»Jetzt kann es nicht mehr weit sein.« Marie bog in einen kleinen Weg ein. Die Eisschicht auf einer gefrorenen Pfütze knirschte unter ihren Stiefeln.
»Da ist es!« Franzi zeigte auf eine Stelle zwischen zwei alten Gräbern. Die mit Moos bewachsenen Grabsteine rechts und links waren halb im Boden versunken. Dazwischen wuchs mit Raureif überzogenes Gras, auf dem ein frischer Blumenstrauß lag.
»Das Grab hat ja gar keinen Stein«, stellte Marie verwundert fest.
»Und keine Grabplatte«, sagte Kim. »Nirgendwo steht ein Name oder ein Datum. Merkwürdig …«

»Außerdem fehlt die Umrandung.« Franzi zeigte auf die Steine, die die benachbarten Grabstätten einrahmten.
»Vielleicht ist das Grab so alt, dass der Stein verwittert oder kaputtgegangen ist«, überlegte Marie. Sie ging in die Hocke und untersuchte die Blumen. Die roten und weißen Rosen waren von einer dünnen Eisschicht überzogen. Oma Hannelore musste sie gestern Abend hier abgelegt haben. Oder gab es sonst noch jemanden, der sich um dieses alte Grab kümmerte? »Hey, was ist denn das?« Marie zog einen kleinen Gegenstand zwischen den Rosen hervor.
Kim beugte sich über ihre Schulter. »Ein Holzvogel«, stellte sie fest. »Sieht aus wie eine der Figuren, die Kalle immer schnitzt.«
Marie nickte stumm. Sie hatte die Figur sofort wiedererkannt. Es war der Vogel, an dem Kalle gearbeitet hatte, als sie ihn wegen des Taschenmessers befragt hatten. Wie kam er hierher? Hatte Oma Hannelore ihn auf das Grab gelegt? Oder war Kalle selbst hier gewesen? Aber warum? Wer war hier begraben? Gedankenverloren strich Marie mit ihrer behandschuhten Hand über das gefrorene Gras. Dabei machte sie noch eine Entdeckung. »Die Grassoden sind locker!« Vorsichtig zog sie an einem Grasbüschel. Das Rasenstück ließ sich ohne Weiteres anheben.
Franzi hockte sich neben Marie. »Es scheint so, als wären die Grassoden kürzlich entfernt worden und noch nicht wieder angewachsen.« Sie hob zwei weitere Rasenstücke auf und legte sie zur Seite. Darunter kam lockere Erde zum Vorschein. »Müsste die Erde bei einem so alten Grab nicht viel fester sein?«

»Allerdings.« Marie sah erst zu Franzi, dann zu Kim. »Denkt ihr, was ich denke?«
Kim nickte langsam. »Hier wurde kürzlich etwas vergraben.«
»Moment, das haben wir gleich.« Marie wurde vom Jagdfieber gepackt. Ihr Herz klopfte heftig und in ihrem Magen kribbelte es. Hatten sie das ›Mädchen von Moorhausen‹ endlich gefunden? Sie streifte die Handschuhe ab und begann, mit bloßen Händen zu graben. Zum Glück war die Erde nur ganz an der Oberfläche leicht gefroren, sonst wäre Marie ohne Spaten nicht weitergekommen.
»Sollten wir das nicht lieber der Polizei überlassen?«, fragte Kim.
»Dieser Heino Thiele ist doch völlig unfähig.« Franzi kniete sich neben Marie und half ihr beim Graben. »Wir müssen das selbst erledigen.«
»Na gut, von mir aus.« Seufzend ging auch Kim in die Knie. Eine Weile war nur der keuchende Atem der Detektivinnen zu hören, während sie stumm kalte Erde aus dem Grab schaufelten. Maries Rücken tat weh, ihre Arme schmerzten und sie spürte, wie zwei ihrer sorgfältig manikürten Fingernägel abbrachen, aber das war ihr egal. Das Jagdfieber trieb sie immer weiter an. Es gab kein Zurück mehr. Sie musste wissen, was hier vergraben war!
»Da ist etwas!«, rief Franzi. Sie buddelte noch etwas schneller. Unter der braunen Erde kam etwas Helles zum Vorschein.
»Holz«, stellte Kim mit heiserer Stimme fest. »Es ist eine Holzkiste.«
Marie wischte die Erde zur Seite. Ein schmutziger Aufkleber

kam zum Vorschein. Die Aufschrift war teilweise noch zu lesen.
»Fo… Forsch… Forschungszentrum!«, rief Kim triumphierend. »Darunter steht ein Straßenname, der leider nicht zu entziffern ist.«
Marie klopfte sich die Erde von den Händen. »Wir haben es geschafft! Wir haben das ›Mädchen von Moorhausen‹ gefunden.«
Sie stand auf und streckte ihren schmerzenden Rücken durch. Auch Kim und Franzi erhoben sich.
»Die Bergung der Kiste kann aber die Polizei übernehmen«, sagte Kim.
»Von mir aus.« Franzi grinste. »Schließlich soll sich Heino Thiele nicht völlig nutzlos fühlen.«
»Meine schönen Fingernägel«, jammerte Marie, während sie ihre Hände begutachtete. »Sie sind völlig hinüber. Es wird Wochen dauern, bis sie wieder gleichmäßig nachgewachsen sind.«
»Es gibt Schlimmeres.« Franzi hatte wenig Verständnis für Maries Probleme.
Kim zückte ihr Handy. »Ich rufe jetzt Heino Thiele an. Er soll sofort kommen und die Moorleiche bergen.«
Doch ehe Kim die Nummer der Moorhausener Polizeistation aufrufen konnte, ertönte eine schrille Stimme hinter ihnen.
»Was habt ihr getan? Könnt ihr die Toten nicht ruhen lassen? Das ist Grabschändung!«
Die drei !!! fuhren herum. Oma Hannelore war hinter der Wegbiegung aufgetaucht und marschierte erstaunlich schnell

auf die Mädchen zu. Ihren Spazierstock schwenkte sie drohend durch die Luft. Hinter ihr lief Kalle, der Mühe hatte, mit seiner Großmutter Schritt zu halten.
»Das ›Mädchen von Moorhausen‹ soll endlich in Frieden ruhen.« Keuchend baute sich Oma Hannelore vor den Detektivinnen auf und funkelte sie wütend an.
Kim redete nicht lange um den heißen Brei herum. »*Sie* haben die Moorleiche gestohlen!«
»Das ist richtig.« Oma Hannelore klang beinahe stolz. »Ich wollte das ›Mädchen von Moorhausen‹ vor den Untersuchungen im Forschungszentrum bewahren und ihr endlich zu einem vernünftigen Grab verhelfen.«
»Und welche Folgen der Diebstahl für das Dorf hat, war Ihnen ganz egal?«, fragte Franzi.
Oma Hannelore machte eine wegwerfende Handbewegung. »Ein paar Touristen weniger tun Moorhausen nur gut. Dann hat der Rummel endlich ein Ende und es kehrt wieder Ruhe ein. Vielleicht kommen sogar die Künstler wieder zurück, die in den letzten Jahren die Flucht ergriffen haben.«
»Wie haben Sie es geschafft, die schwere Kiste zu bewegen?«, wollte Kim wissen.
Marie sah zu Kalle. Er starrte auf seine Turnschuhe und wirkte alles andere als glücklich. Marie atmete einmal tief durch. Sie musste den Tatsachen endlich ins Auge sehen. Es brachte nichts, noch länger vor der Realität davonzulaufen. »Du hast deiner Oma geholfen, stimmt's?«, fragte sie.
Kalle hob den Kopf. Sein Blick traf Marie direkt ins Herz. Er brauchte nicht zu antworten. Sie konnte die Wahrheit in seinen Augen lesen.

»Ja«, sagte er mit fester Stimme. »Allein hätte sie es nicht geschafft. Ich konnte sie doch nicht im Stich lassen, oder?«

»Nein, das konntest du wohl nicht.« Trotz allem musste Marie lächeln. Kalle hatte einen Fehler gemacht, aber immerhin hatte er einen guten Grund dafür gehabt: die Liebe zu seiner Großmutter.

»Wie genau ist der Diebstahl abgelaufen?«, fragte Kim.

»Als ich von den Plänen hörte, das ›Mädchen von Moorhausen‹ in ein Forschungszentrum zu bringen, wusste ich, dass ich handeln muss«, sagte Oma Hannelore. »Also habe ich Heiko und Kai im *Düsteren Dorfkrug* ein bisschen ausgehorcht.«

»Die beiden Museumsangestellten?«, vergewisserte sich Franzi.

Die alte Frau nickte. »Ich kenne die Jungs von klein auf, wie die meisten hier im Dorf. Nach ein paar Schnäpsen haben sie mir alles erzählt, was ich wissen musste.«

»Sie kannten also den Zeitpunkt des Abtransports und den genauen Ablauf an jenem Morgen«, fasste Kim zusammen. »Wie ging es weiter?«

»Ich bin durch die Hintertür rein, während Heiko und Kai im Foyer waren«, erzählte Kalle. »Ich hab mir die Kiste geschnappt und sie mit einer Sackkarre über den Hof gerollt. Dabei muss ich mein Taschenmesser verloren haben. Oma hat solange Schmiere gestanden, aber es ist niemand gekommen.«

»Und es hat euch bei der ganzen Aktion keiner gesehen?«, fragte Marie ungläubig.

Kalle schüttelte den Kopf. »Es war ja noch sehr früh und außerdem dunkel.«

»Was habt ihr dann gemacht?«, fragte Kim weiter.
»Wir haben die Kiste zum Friedhof gebracht und hier in dieser abgelegenen Ecke zwischen zwei alten Gräbern bestattet.« Kalle nickte zu dem provisorischen Grab hinüber. »Die Grube hatte ich schon vorher ausgehoben, darum ging alles ganz schnell.«
»Der Vogel ist von dir, oder?« Marie hielt Kalle den kleinen Holzvogel hin. »Er ist wunderschön.«
»Danke.« Kalle lächelte verlegen. »Es ist ein Pirol. Das ist ein besonders hübscher Vogel, der gerne im Düstermoor brütet. Es sollte eine Art Grabbeigabe sein. Einen richtigen Grabstein oder ein Kreuz konnten wir ja schlecht aufstellen, das wäre zu auffällig gewesen.«
»Ihnen ist schon klar, dass wir die Polizei rufen müssen, oder?«, fragte Kim. »Sie sind ins Museum eingebrochen und haben einen Diebstahl begangen.«
»Wir sind nirgendwo eingebrochen«, stellte Oma Hannelore klar. »Die Hintertür des Museums war nicht abgeschlossen. Und wir haben das ›Mädchen von Moorhausen‹ auch nicht gestohlen, sondern es vor der Ausbeutung durch die Wissenschaft gerettet.« Die alte Dame schien überhaupt kein Schuldbewusstsein zu haben. Sie fühlte sich offenbar völlig im Recht.
Kalle hingegen war ziemlich kleinlaut. »Wir werden ziemlichen Ärger bekommen, oder?«
Marie nickte. »Ich fürchte schon. Diebstahl ist eine handfeste Straftat.«
Kalle schluckte. Erst jetzt schien ihm richtig klar zu werden, was für Konsequenzen sein Handeln haben würde. »Meine

Mutter wird ausrasten, wenn sie davon erfährt«, murmelte er.
»Sie wird es bestimmt verstehen. Erklär ihr einfach, warum du es getan hast«, sagte Marie sanft. Sie hätte Kalle am liebsten tröstend umarmt, aber sie traute sich nicht.
Kim telefonierte währenddessen mit dem Dorfpolizisten. »Herr Thiele kommt sofort«, informierte sie die anderen, nachdem das Gespräch beendet war.
»Was hat er gesagt?«, erkundigte sich Franzi.
»Nichts.« Kim grinste. »Es hat ihm glatt die Sprache verschlagen.«

Detektivtagebuch von Kim Jülich
Freitag, 18:12 Uhr
Der Fall ist gelöst! Das ›Mädchen von Moorhausen‹ ist wieder da. Es wurde heute Vormittag zurück ins Moormuseum gebracht, von dort soll es in den nächsten Tagen wie geplant ins Forschungszentrum überführt werden. Zum Glück ist der Moorleiche nichts passiert, da sie bereits fachgerecht für den Abtransport verpackt war.
Oma Hannelore und Kalle mussten Heino Thiele auf die Polizeistation begleiten und wurden dort ausführlich verhört. Anschließend durften sie wieder nach Hause gehen, weil laut Herrn Thiele ›keine Fluchtgefahr‹ besteht. Ganz ehrlich – wohin sollte eine alte Dame wie Oma Hannelore auch fliehen? Ich hoffe für Kalle und seine Großmutter, dass sie keine allzu harten Strafen bekommen. Aber ich denke, sie haben ganz gute Karten, weil sie voll geständig sind und für Kalle noch das Jugendstrafrecht gilt. Außerdem ist ja niemand zu Schaden gekommen.

Mia Frehlert war natürlich total schockiert, als sie von der Sache erfahren hat. Sie hat Kalle ordentlich den Kopf gewaschen – und ihrer Mutter auch. Aber im Endeffekt hat sie verstanden, worum es den beiden ging. Sie haben die Moorleiche ja nicht aus purem Übermut gestohlen oder um sich zu bereichern, sondern um das ›Mädchen von Moorhausen‹ zu schützen. Trotzdem bleibt der Diebstahl natürlich eine Straftat und Kalle und seine Oma müssen die Konsequenzen tragen.
Auf jeden Fall bin ich heilfroh, dass wir den Fall gerade noch rechtzeitig gelöst haben. Morgen nach dem Frühstück geht es wieder nach Hause. Meine Eltern holen uns ab. Hoffentlich bringen sie Ben und Lukas nicht mit, auf meine beiden chaotischen Zwillingsbrüder kann ich nämlich gut verzichten!
Aber gleich steht erst mal der große Abschlussabend an. Ich freu mich schon! Es gibt heißen Punsch und ›Moorhausener Torfsoden‹ – lecker! Wenn ich allerdings daran denke, dass ich vor allen Teilnehmern meine Krimi-Kurzgeschichte vorlesen muss, wird mir ganz anders …
Marie ruft nach mir. Sie will mich noch schminken. Tschüss!

»Das war Kim Jülich mit ihrer Kurzgeschichte ›Geheimnis im Düstermoor‹«, verkündete der Moderator durch das Mikro. »Einen riesigen Applaus für Kim Jülich, bitte!«
Marie und Franzi klatschten wie verrückt. Sie waren nicht die Einzigen, auch das restliche Publikum war begeistert. Kim verließ die Bühne und lief zu ihren Freundinnen hinüber.
»Du warst super!« Marie umarmte Kim. »Ich bin so stolz auf dich.«

»Und ich erst.« Auch Franzi fiel ihrer Freundin um den Hals. »Die Geschichte war der Hammer!«
»Hat sie euch wirklich gefallen?« Kim strahlte über das ganze Gesicht. Man sah ihr die Erleichterung über den erfolgreich absolvierten Auftritt deutlich an.
Marie nickte. »Und wie! Eine tolle Idee, das Schicksal des ›Mädchens von Moorhausen‹ zu einer Krimi-Geschichte zu verarbeiten.«
»Zum Glück habe ich als Autorin ja gewisse künstlerische Freiheiten«, stellte Kim grinsend fest. »So kann ich die Lücken füllen, die für die Wissenschaftler bisher rätselhaft geblieben sind. Ob es sich vor 2.700 Jahren wirklich so zugetragen hat, wird man vermutlich nie erfahren. Denn dieser Fall wird wohl niemals aufgeklärt werden.«
»Wenigstens hast du ihn in deiner Fantasie gelöst und dem Mädchen damit ein Denkmal gesetzt«, sagte Franzi.
Vor der nächsten Lesung gab es eine Pause und die Besucher strömten zur Theke, um sich etwas zu trinken zu holen.
»Wollen wir uns die Kreativausstellung anschauen?«, fragte Marie.
»Gerne.« Kim hakte sich bei ihren Freundinnen ein und sie spazierten zu den Bildern, Skulpturen, Töpfer- und Goldschmiedearbeiten der Jugendlichen hinüber. »Wo sind denn eure Bilder?«
»Mein Aquarell hängt dort drüben.« Marie führte die anderen zu einer Stellwand, an der ihr Moorlandschaftsbild hing. »Es heißt ›Sonnenaufgang über dem Düstermoor‹.«
»Wie schön!« Kim klang ehrlich beeindruckt.
»Danke.« Marie lächelte geschmeichelt. »Ich werde es Hol-

ger schenken. Als kleine Entschuldigung dafür, dass ich mich in dieser Woche nicht bei ihm gemeldet habe.«
»Und was ist mit Kalle?«, erkundigte sich Franzi.
Marie seufzte. »Das war nur ein harmloser Flirt. Es hat bloß eine Weile gedauert, bis mir das klar geworden ist.« Ein Lächeln erschien auf ihrem Gesicht. »Holger ist meine große Liebe, das weiß ich.« Sie musste an den süßen Liebesbrief denken, der in dem weißen Kuvert gesteckt hatte. Ihre Befürchtungen hatten sich zum Glück nicht bewahrheitet, im Gegenteil. Holger hatte ihr in so liebevollen Worten versichert, wie sehr er sie vermisste, dass sie förmlich dahingeschmolzen war. Sie konnte es kaum erwarten, ihn wiederzusehen.
»Wie schön, dass alles wieder in Ordnung ist«, sagte Kim. »Ich habe übrigens vorhin eine SMS von Michi bekommen.«
»Und das erzählst du erst jetzt?« Marie drückte Kims Arm. »Was schreibt er denn?«
»Er war krank, darum hat er sich so lange nicht gemeldet.« Kim lächelte. »Morgen treffen wir uns und sprechen uns endlich in aller Ruhe aus. Das war sogar sein Vorschlag, ich scheine ihm also doch noch etwas zu bedeuten.«
»Na also.« Marie grinste. »Hört sich gut an.« Sie wandte sich an Franzi. »Wann triffst du deine zahlreichen Verehrer wieder?«
Dieses Mal wurde Franzi nicht sauer, sondern nahm die kleine Stichelei mit Humor. »Morgen bin ich mit Blake verabredet und übermorgen gehe ich mit Benni und Leonhard skaten, wenn du es genau wissen willst.«
Während sie sich unterhielten, schlenderten die drei !!! langsam weiter durch die Ausstellung.

»Wow, von wem ist das denn?« Kim blieb vor einem großformatigen Ölgemälde stehen. Es zeigte ein abstraktes Motiv, das mit kräftigen Pinselstrichen und mehreren Farbschichten übereinander gemalt worden war.
»Die Künstlerin steht vor dir.« Franzi konnte sich ein Grinsen nicht verkneifen.
»Das Bild ist von dir?« Kim riss überrascht die Augen auf. »Ich dachte, du kannst nicht malen.«
»Das dachte ich auch. Aber da hatte ich nur noch nicht das richtige Ventil für meine kreative Energie gefunden.« Franzi lachte. »Mit den Ölfarben hat mir das Malen richtig Spaß gemacht. Das ist übrigens mein Pony Tinka, falls ihr es nicht erkannt haben solltet.«
Marie betrachtete die bunten Kringel und Kreise, die sich in Spiralen quer über die Leinwand zogen. »Klar, das hab ich sofort gesehen«, behauptete sie.
»Ich natürlich auch.« Kim versuchte, ernst zu bleiben, schaffte es aber nicht. Sie prustete los. Auch Franzi und Marie mussten lachen.
»Wir sollten unbedingt auf die neue Künstlerin in unserer Mitte anstoßen.« Marie nahm sich ein Glas Orangensaft vom Tablett eines Kellners, der gerade herumging. Kim und Franzi bedienten sich ebenfalls.
Marie hob ihr Glas. »Auf Franzis kreative Energie, die endlich das richtige Ventil gefunden hat!«
»Auf das ›Mädchen von Moorhausen‹ und sein wahres Schicksal«, sagte Franzi.
»Auf das Düstermoor, seine Irrlichter und Legenden und einen weiteren gelösten Fall«, ergänzte Kim.

Marie stieß mit ihren Freundinnen an und trank einen großen Schluck Orangensaft. Sie dachte an alles, was hinter ihnen lag. Sie hatten in dieser Woche so viel erlebt! Und sie dachte an das, was noch kommen würde: das Wiedersehen mit ihrer Familie, ihrem süßen Bruder Finn und natürlich mit Holger. Gemeinsame Spaziergänge durch raschelndes Herbstlaub, Küsse bei Kerzenschein und das romantische Candlelight-Dinner, das sie unbedingt für Holger zaubern wollte …

Marie lächelte glücklich. Das Leben war einfach wunderbar!